Marea de pasión

books4pocket

Iris Johansen

Marea de pasión

Traducción de Cristina Macía Orío

EDICIONES URANO

Argentina - Chile - Colombia - España
Estados Unidos - México - Uruguay - Venezuela

Título original: *Fatal Tide*
Copyright © 2003 by Johansen Publishing LLLP

© de la traducción: Cristina Macía Orío
© 2005 by Ediciones Urano
            Aribau, 142, pral. – 08036 Barcelona
            www.edicionesurano.com
            www.books4pocket.com

1ª edición en books4pocket noviembre 2009

Diseño de la colección: Opalworks
Imagen de portada: Getty Images
Diseño de portada: Alejandro Colucci

Impreso por Novoprint, S.A.
Energía 53
Sant Andreu de la Barca (Barcelona)

Fotocomposición: books4pocket

ISBN: 978-84-92516-96-4
Depósito legal: B-34.747-2009

Impreso en España – *Printed in Spain*

1

Norte de Irak
6 de enero de 1991

Agua fresca, lisa como el cristal mientras Kelby la atravesaba
a nado. Dios, qué sed. Sabía que lo único que tenía que hacer
era abrir los labios y el agua fluiría garganta abajo, pero an-
tes quería ver más allá del arco de la entrada. Era enorme, lle-
no de ornamentos tallados y lo incitaba a seguir adelante...

Entonces cruzó la arcada y la ciudad se desplegó delan-
te de él.

Enormes columnas blancas, construidas para durar
eternamente. Calles tendidas en perfecto orden. Gloria y si-
metría por doquier...

—Kelby.

Lo sacudían. Era Nicholas. De inmediato se puso alerta.

—¿Ya es la hora? —susurró.

Nicholas asintió.

—Dentro de cinco minutos deben venir de nuevo a por
ti. Sólo quería cerciorarme de que estamos en la misma sin-
tonía. He decidido abandonar el plan y eliminarlos yo solo.

—Vete a la mierda.

—Lo echarás a perder para ambos. No has comido ni bebido nada en tres días y cuando te trajeron de vuelta a la celda parecía que te había atropellado un camión.

—Cállate. Me duele la garganta cuando discuto. —Se reclinó contra las piedras y cerró los ojos—. Seguiremos el plan. Yo te daré la señal. Solo avísame cuando echen a andar por el pasillo. Estaré preparado.

Volver al mar. Allí hay fuerza. Ninguna sed que no pueda ser saciada. Podría moverse sin dolor por el agua que lo sustentaría.

Columnas blancas resplandecientes...

—Ahí vienen —susurró Nicholas.

Kelby abrió los ojos un mínimo mientras corrían el cerrojo de la puerta. Los dos guardianes de siempre. Hassan llevaba una Uzi colgando del brazo. Kelby estaba tan atontado que no podía recordar el nombre del otro. Pero recordaba la punta de su bota cuando el hombre le pateaba las costillas. Sí, eso podía recordarlo.

Alí, así se llamaba el hijo de puta.

—Levántate, Kelby. —Hassan estaba de pie junto a él—. ¿Está listo el perro americano para recibir su paliza?

Kelby gruñó.

—Levántalo, Alí. Está demasiado débil para ponerse de pie y enfrentarse de nuevo a nosotros.

Alí sonreía al llegar junto a Hassan.

—Esta vez se quebrará. Podremos llevarlo arrastrando a Bagdad para que todo el mundo vea qué clase de cobardes son los americanos.

Se agachó para agarrar la camisa de Kelby.

—¡Ahora! —El pie de Kelby salió disparado hacia arriba y fue a dar con las pelotas de Alí. A continuación rodó hacia un lado barriendo las piernas del árabe.

Oyó que Hassan mascullaba un taco mientras él se incorporaba. Se puso a espaldas de Alí antes de que pudiera ponerse de rodillas y su brazo se cerró en torno al cuello del guardián.

Se lo quebró con un solo movimiento.

Se giró rápidamente para ver cómo Nicholas le rompía la cabeza a Hassan con la Uzi. Salpicó la sangre. Nicholas volvió a golpearlo.

—Vamos fuera —Kelby agarró la pistola y el cuchillo de Alí y corrió hacia la puerta—. No pierdas el tiempo con él.

—Él perdió mucho tiempo contigo. Quería cerciorarme de que se marchara con a Alá.

Pero echó a correr por el pasillo detrás de Kelby.

En la oficina del frente otro guardia se puso de pie de un salto y llevó la mano a su pistola. Kelby le cortó el gaznate antes de que pudiera levantarla.

A continuación salieron de la choza y echaron a correr hacia las colinas.

Disparos a sus espaldas.

Sigue adelante.

Nicholas miró por encima del hombro.

—¿Estás bien?

—Perfectamente. Sigue corriendo, demonios.

Un dolor agudo en su costado.

No te detengas.

La adrenalina se esfumaba y la debilidad le atenazaba cada miembro.

Aléjate de eso. Concéntrate. Estás nadando hacia la arcada. Ahí no hay dolor.

Ahora corría más de prisa, con más fuerza. Las colinas estaban ahí delante. Podía llegar.

Había atravesado la arcada. Las columnas blancas se destacaban en la distancia.

Marinth...

• • •

Isla Lontana
Antillas Menores
Época actual

Calados dorados, como de encaje.

Cortinas de terciopelo.

Tambores.

Alguien iba hacia ella.

Iba a ocurrir de nuevo.

Indefensa. Indefensa. Indefensa.

El grito que brotó de la garganta de Melis la hizo despertarse de un salto.

Quedó sentada en la cama, muy erguida. Temblaba, su camiseta estaba empapada de sudor.

Kafas.

¿O Marinth?

A veces no estaba segura... No tenía importancia.

Sólo era un sueño.

Ella no estaba indefensa. Nunca volvería a estar indefensa. Ahora era fuerte.

Salvo cuando tenía los sueños. Le robaban la fuerza y la obligaban a recordar. Pero ahora los sueños llegaban con menos frecuencia. Había pasado un mes desde que tuvo el último. De todos modos, se sentiría mejor si tuviera alguien con quién hablar. Quizá debería llamar a Carolyn y...

No, afróntalo. Sabía lo que tenía que hacer después de los sueños para librarse de aquellos temblores y retornar a la bendita normalidad. Se quitó de un tirón la camisa de dormir mientras salía del dormitorio y se encaminó hacia la galería.

Un segundo después saltó de la galería al mar.

Era de madrugada pero el agua sólo estaba fresca, no fría, y su cuerpo la percibía como seda líquida. Limpia, acariciante, balsámica...

Sin amenazas. Sin sometimiento. Nada que no fuera la noche y el mar. Dios, qué bueno era estar sola.

Pero no estaba sola.

Algo elegante y fresco le acarició la pierna.

—¿*Susie*?

Tenía que ser *Susie*. El delfín hembra era mucho más cariñoso físicamente que *Pete*. El macho rara vez la tocaba, y cuando lo hacía era algo muy especial.

Pero *Pete* estaba en el agua a su lado. Lo vio de reojo mientras nadaba hacia la red que cerraba la rada.

—¡Hola, *Pete*! ¿Cómo te va?

El delfín emitió una serie de sonidos quedos y a continuación se sumergió bajo el agua. Un segundo después *Pete* y *Susie* salieron juntos a la superficie y nadaron delante de ella hacia las redes. Era extraño: siempre sabían cuándo estaba alterada. Habitualmente se comportaban de manera juguetona, a veces con una exuberancia atolondrada. Sólo se volvían tan dóciles cuando percibían que ella estaba alterada. Se suponía que era ella la que entrenaba a los delfines, pero cada día que pasaba en su compañía aprendía algo. Enriquecían su vida y Melis les daba las gracias por...

Algo andaba mal.

Susie y *Pete* emitían sonidos con frenesí mientras se acercaban a la red. ¿Un tiburón al otro lado?

Se puso tensa.

Habían bajado la red.

Qué demonios... Nadie podía soltar la red a no ser que supiera dónde se enganchaba.

—Yo me ocupo de todo. Volved a casa.

Los delfines hicieron caso omiso y siguieron nadando en torno a ella mientras examinaba la red. No había cortes ni desgarrones en los gruesos alambres. Le llevó escasos minutos volver a tensarla. Echó a nadar hacia el chalet con brazadas amplias, potentes... y preocupada.

No tenía por qué tratarse de un problema. Podía ser Phil, que hubiera regresado de su último viaje. Su padre de acogida llevaba esta vez siete meses fuera y sólo le había telefoneado o enviado una tarjeta postal de modo ocasional para decirle que estaba vivo todavía.

Pero podía tratarse de problemas. Phil se había visto obligado a ocultarse desde hacía casi dos años y la amenaza solo había desaparecido parcialmente. Allá fuera aún podía haber gente que anhelara ponerle las manos encima. Phil no era la persona más discreta del mundo y su criterio no era tan agudo como su intelecto. Era un soñador que corría más riesgos que...

—¡Melis!

Se detuvo chapoteando en el sitio, con la mirada en la galería, a corta distancia. Pudo ver la silueta de un hombre sobre el fondo del salón iluminado. No era la figura pequeña y nervuda de Phil. Aquel hombre era grande, musculoso y vagamente conocido.

—Melis, no quería asustarte. Soy yo, Cal.

Ella se relajó. Cal Dugan, el primer oficial de Phil. No había amenaza alguna. Conocía a Cal desde los dieciséis años y simpatizaba con él. Habría atracado su bote al otro lado de la casa, donde ella no podía verlo. Melis nadó hacia la galería.

—¿Por qué no me llamaste? ¿Y por qué demonios no volviste a levantar la red? Si un tiburón hubiera atacado a *Pete* o a *Susie*, te habría estrangulado.

—Me disponía a regresar para hacerlo —dijo a la defensiva—. En realidad, iba a convencerte de que lo hicieras tú. Para enganchar la red en la oscuridad tendría que saber Braille.

—Eso no es suficiente. En un minuto puede aparecer cualquier amenaza para los delfines. Tienes suerte de que no haya pasado nada.

—¿Cómo sabes que no se ha metido un tiburón?

—*Pete* me lo habría dicho.

—Ah, claro, *Pete*. —Dejó caer una toalla de baño en la galería y se volvió de espaldas—. Dime cuándo puedo volverme. Me imagino que no te habrás puesto el bañador.

—¿Y por qué habría de hacerlo? No hay nadie que pueda verme salvo *Pete* y *Susie*. —Se alzó hasta subir a las baldosas y se envolvió en la enorme toalla—. Y visitas sin invitación.

—No seas grosera. Phil me invitó.

—Puedes volverte. ¿Cuándo viene? ¿Mañana?

Cal se volvió.

—No lo creo.

—¿No está en Tobago?

— Cuando me envió hacia aquí había puesto rumbo a Atenas.

—¿Qué?

—Me dijo que tomara un avión en Génova, que viniera y te entregara esto. —Le pasó un grueso sobre de papel Manila—. Y que lo esperara aquí

—¿Qué lo esperaras? Te necesitará allí. No puede pasárselas sin ti, Cal.

—Eso fue lo que le dije. —Se encogió de hombros—. Me ordenó que viniera y permaneciera contigo.

Ella le echó una mirada al sobre que tenía en las manos.

—Aquí no puedo ver nada. Entremos, vamos a donde haya luz. —Se ajustó la toalla en torno al cuerpo—. Hazte café mientras le echo un vistazo a esto.

Cal retrocedió un paso.

—¿Podrías decirle a esos delfines que no voy a hacerte daño y que dejen de chillar?

Melis apenas se había dado cuenta de que los delfines estaban aún junto a la galería.

—Marchaos, chicos. Todo está en orden.

Pete y *Susie* desaparecieron bajo el agua.

—Que me parta un rayo —dijo Cal—. Te entienden.

—Sí. —Su voz denotaba distracción mientras entraba en el chalet—. ¿Génova? ¿En qué está metido Phil?

—No tengo ni idea. Hace unos meses me dejó a mí y a toda la tripulación en Las Palmas y nos dijo que teníamos tres meses de vacaciones. Contrató temporalmente a algunos marineros para navegar en el *Último hogar* y levó anclas.

—¿Hacia dónde fue?

Cal se encogió de hombros.

—No quiso decirlo. Un gran secreto. Algo totalmente impropio de Phil. No era como aquella vez que se fue a navegar contigo. Esta vez era diferente. Tenía los nervios a flor de piel y no dijo nada cuando volvió para recogernos. —Hizo una mueca—. No parecía que hubiéramos estado a su lado durante los últimos quince años. Yo estaba allí cuando descubrió el galeón español, y Terry y Gari se enrolaron un año después. Aquello... fue ofensivo.

—Sabes que cuando está obsesionado con una cosa no es capaz de ver nada más.

Pero ella no recordaba que él hubiera dejado fuera su tripulación. Para Phil eran lo más parecido a la familia que podía permitirse tener cerca. Mucho más cerca de lo que le permitía a ella.

Aunque con toda probabilidad era culpa de ella. Le resultaba difícil mostrar abiertamente su afecto por Phil.

Siempre había sido la protectora en una relación que por momentos se tornaba volátil y tormentosa. Con frecuencia se mostraba impaciente y frustrada con la obstinación casi infantil del hombre. Pero eran un equipo, cada uno satisfacía las necesidades del otro y él le caía bien.

—Melis.

Miró a Cal, que la contemplaba estupefacto.

—¿Te importaría ponerte algo de ropa? Eres una mujer bellísima, y aunque tengo edad suficiente para ser tu padre, eso no quiere decir que no reaccione de la forma habitual.

Eso era verdad. No importaba que la conociera desde la época en que era una adolescente. Los hombres seguían siendo hombres. Hasta los mejores estaban dominados por el sexo. Le había llevado tiempo aceptar aquella verdad sin irritarse.

—Ahora vuelvo. —Echó a andar hacia el dormitorio—. Prepara ese café.

No se molestó en darse una ducha antes de ponerse sus pantalones cortos y su camiseta de siempre. Después se sentó en la cama y abrió el sobre. Podía no tener importancia, ser algo totalmente impersonal, pero no había querido abrirlo delante de Cal.

El sobre contenía dos documentos. Sacó el primero y lo abrió.

Se tensó de inmediato.

—Qué demonios...

Hotel Hyatt
Atenas, Grecia

—Deja de discutir. Voy a recogerte. —La mano de Melis apretó con fuerza el teléfono—. ¿Dónde estás, Phil?

—En una taberna del puerto. El hotel Delphi —dijo Phil Lontana—. Pero no voy a meterte en esto, Melis. Vuelve a casa.

—Lo haré. Los dos nos vamos a casa. Y ya estoy metida. ¿Creías que iba a quedarme allí sin hacer nada tras recibir la notificación de que me habías legado la isla y el *Último Hogar*? Es lo más parecido a un testamento que he visto en mi vida. ¿Qué demonios pasa?

—Llegó el momento de volverme una persona responsable.

Phil no. Un sexagenario no podía parecerse más a Peter Pan que él.

—¿Qué temes?

—No temo nada. Simplemente quería ocuparme de ti. Sé que hemos tenido nuestros más y nuestros menos, pero siempre has estado a mi lado cuando te he necesitado. Me has sacado de varios líos y has mantenido apartados a esos chupasangres...

—También te sacaré de este lío si me dices lo que pasa.

—No pasa nada. El océano no perdona. Nunca puedo saber cuándo he cometido un error y nunca...

—Phil.

—Lo he escrito todo. Está en el *Último hogar*.

—Bien, entonces me lo podrás leer cuando estemos de camino a nuestra isla.

—Eso no va a ser posible. —Hizo una pausa—. He estado tratando de ponerme en contacto con Jed Kelby. Pero no ha respondido a mis llamadas.

—Hijo de puta.

—Quizá, pero un hijo de puta brillante. He oído decir que es un genio.

—¿Y quién te lo ha dicho, su agente publicitario?

—No seas sarcástica. Hasta el diablo tiene sus méritos.

—No lo estoy siendo. No me gustan los ricos que se creen que pueden convertir todo lo que existe en el mundo en su juguete.

—No te gustan los ricos. Punto. Pero necesito que te pongas en contacto con él. No sé si seré capaz de hacerlo personalmente.

—Claro que lo harás. Aunque no sé por qué consideras que tienes que hacerlo. Nunca antes has llamado a nadie para que te ayude.

—Lo necesito. Comparte conmigo la misma pasión y tiene el empuje para conseguir que las cosas pasen. —Hizo una pausa—. Prométeme que me lo conseguirás, Melis. Es lo más importante que te he pedido nunca.

—No tienes que... —Pero Phil no iba a rendirse. —Te lo prometo. ¿Satisfecho?

—No, me odio por pedírtelo. Y odio estar en este sitio. Si no hubiera sido tan soberbio, no hubiera tenido que... —Suspiró profundamente—. Pero eso es agua pasada, ahora no puedo mirar atrás. Hay demasiadas cosas en el futuro.

—Entonces, maldita sea, ¿por qué escribes un testamento y una última voluntad?

—Porque ellos no tuvieron la posibilidad de hacerlo.

—¿Qué?

—Debemos aprender de sus errores. —Hizo una pausa—. Vete a casa. ¿Quién cuida de *Pete* y *Susie*?

—Cal.

—Me sorprende que le permitas encargarse de eso. Te importan más esos delfines que cualquiera con dos piernas.

—Es obvio que no, por eso estoy aquí. Cal cuidará bien de *Pete* y *Susie*. Antes de irme sembré en su alma el temor de dios.

Phil rió entre dientes.

—O el miedo a Melis. Pero sabes lo importantes que son. Regresa con ellos. Si no tienes noticias mías en dos semanas, ve a buscar a Kelby. Adiós, Melis.

—No te atrevas a colgar. ¿Qué quieres que haga Kelby? ¿Se trata nuevamente de aquel maldito dispositivo sónico?

—Sabes bien que nunca se ha tratado de eso.

—¿De qué entonces?

—Sabía que te alterarías. Desde que eras una niña siempre te interesó el *Último hogar*.

—¿Tu barco?

—No, el otro *Último hogar*. Marinth. —Y colgó.

Ella permaneció largo rato allí, como paralizada, antes de colgar lentamente su teléfono.

Marinth.

Dios mío.

El Trina
Venecia, Italia

—¿Qué demonios es Marinth?

Jed Kelby se puso tenso en su silla.

—¿Qué?

—Marinth. —John Wilson levantó la vista del montón de cartas que clasificaba para Kelby—. Es todo lo que hay escrito en esta carta. Solo esa palabra. Debe ser algún tipo de broma o un ardid publicitario.

—Dámela.

Kelby estiró lentamente el brazo por encima del escritorio y tomó la carta y el sobre.

—¿Algo malo, Jed? —Wilson dejó de clasificar la correspondencia que acababa de subir a bordo.

—Quizá. —Kelby echó un vistazo a la dirección del remitente escrita en el sobre. Philip Lontana. La fecha del matasellos era de dos semanas antes—. ¿Por qué demonios no la recibí antes?

—La habrías recibido si hubieras permanecido en algún sitio más de uno o dos días —replicó Wilson con sequedad—. No he tenido noticias tuyas en dos semanas. No puedo responsabilizarme de mantenerte al corriente si no cooperas. Hago todo lo que puedo, pero no eres el hombre más fácil de...

—Está bien, está bien. —Se reclinó en la silla y echó una mirada a la carta. —Philip Lontana. No he tenido noticias suyas en varios años. Creí que quizás había abandonado el negocio.

—Nunca lo he oído mentar.

—¿Y por qué deberías conocerlo? No es un corredor de bolsa ni un banquero, por lo que no te interesaría.

—Eso es verdad. Lo único que me interesa es mantenerte asquerosamente rico y lejos de las garras de la Agencia Tributaria. —Wilson colocó varios documentos delante de Kelby. —Firma estos, por triplicado. —Observó con mirada de desaprobación cómo Kelby firmaba los contratos—. Debiste leerlos. ¿Cómo sabes que no te he jodido?

—Eres moralmente incapaz de hacerlo. Si tuvieras esa intención, me habrías desplumado hace diez años, cuando te balanceabas al borde de la bancarrota.

—Es verdad. Pero tú me sacaste de aquel hueco. Por lo que eso no prueba nada.

—Te dejé balancearte un rato para ver qué harías antes de intervenir.

—Nunca me enteré de que me estabas probando —Wilson inclinó la cabeza.

—Lo siento. —La mirada de Kelby descansaba aún sobre la carta—. Es la naturaleza de la bestia. No he sido capaz de confiar en mucha gente a lo largo de mi vida, Wilson.

Dios era testigo de que eso era verdad, pensó Wilson. Heredero de una de las mayores fortunas de Estados Unidos, Kelby y su fideicomiso habían sido el centro de la pelea entre su abuela y su madre desde el momento de la muerte de su padre. Habían presentado en los tribunales un caso tras otro hasta que alcanzó su vigésimoprimer cumpleaños. Entonces tomó el control con fría inteligencia; de forma implacable, cortó todos los contactos con su madre y su abuela y buscó expertos que dirigieran sus finanzas. Terminó su educación y se dedicó a ser el trotamundos que era aún en este momento. Durante la guerra del Golfo había sido miembro de los SEAL, el cuerpo de elite de la Marina norteamericana, compró después el yate *Trina* y dio inicio a una serie de exploraciones submarinas que le trajeron una fama que no valoraba y un dinero que no le hacía falta. De todos modos parecía irle bien en la vida. En los últimos ocho años había vivido vertiginosa y duramente, y se había relacionado con algunas personas bastante desagradables. No. Wilson no podía criticarlo por ser cauteloso y cínico a la vez. Eso no le preocupaba. Él mismo era un cínico y con el paso de los años había aprendido a querer sinceramente al hijo de puta.

—¿Lontana ha intentado antes ponerse en contacto conmigo? —preguntó Kelby.

Wilson revisó el resto de la correspondencia.

—Ésa es la única carta. —Abrió su agenda—. Una llamada el veintitrés de junio. Quería que se la devolvieras. Otra, el veinticinco. El mismo mensaje. Mi secretaria le preguntó de qué asunto se trataba, pero no quiso decírselo. No parecía ser nada tan urgente como para intentar buscarte. ¿Lo era?

—Posiblemente. —Kelby se levantó y atravesó la cabina hasta llegar al ventanuco—. Sabía perfectamente cómo atraer mi atención.

—¿De quién se trata?

—Es un oceanógrafo brasileño. Apareció mucho en la prensa cuando descubrió aquel galeón español hace unos quince años. Su madre era estadounidense y su padre brasileño, y él mismo es algo así como uno que vive en otra época. Oí decir que se creía un gran aventurero y salía a navegar en busca de ciudades perdidas y galeones hundidos. Solo descubrió un galeón pero nadie duda que sea un tío perspicaz.

—¿Lo conoces personalmente?

—No. En realidad, no me interesaba. No habríamos tenido muchas cosas en común. Yo soy, sin lugar a dudas, un producto de esta época. No transmitimos en la misma frecuencia.

Wilson no estaba tan seguro. Kelby no era un soñador pero tenía la temeridad feroz y agresiva tan típica de los bucaneros de otros siglos.

—Entonces, ¿qué quiere Lontana de ti? —Su mirada se centró en Kelby—. ¿Y qué quieres tú de Lontana?

—No estoy seguro de qué es lo que quiere de mí. —Miraba al mar y pensaba—. Pero yo sé lo que quiero de él. Lo que me pregunto es si me lo puede proporcionar.

—Hablas en clave.

—¿De veras? —Se volvió de repente para mirar de frente a Wilson—. Por dios, entonces es mejor que hablemos con claridad y sin tapujos, ¿no es verdad?

Wilson se quedó impresionado al ver la temeridad y la excitación que se traslucía en la expresión de Kelby. La energía agresiva que emitía era casi tangible.

—Entiendo entonces que quieres que me ponga en contacto con Lontana.

—Sí. De hecho, vamos a verlo.

—¿Vamos? Tengo que volver a Nueva York.

Kelby negó con la cabeza.

—Podría necesitarte.

—Sabes que no entiendo nada de todos esos líos oceanográficos, Jed. Y, maldita sea, no quiero entenderlos. Tengo postgrados en leyes y contabilidad. No te serviría de nada.

—No podrías asegurarlo. Podría necesitar toda la ayuda disponible. Un poco de brisa marina no te vendría nada mal. —Contempló de nuevo el sobre y Wilson percibió una vez más las corrientes subterráneas de entusiasmo que electrificaban a Kelby—. Pero quizá deberíamos darle a Lontana un aviso previo de que no debe agitar una zanahoria a no ser que espere que la devore de un bocado. Dame su número de teléfono.

La seguían.

Demonios, no era paranoia. Podía percibirlo.

Melis miró por encima del hombro. Era un intento fútil. No hubiera reconocido a la persona que buscaba entre la multitud a sus espaldas. Podía ser cualquiera. Un ladrón, un marinero que ansiaba echar un polvo... o cualquiera con la esperanza de que ella lo condujera a Phil. Todo era posible.

Ahora, cuando se trataba de Marinth.

Despístalo.

Echó a correr hasta la bocacalle siguiente, dejó atrás una manzana corta, se metió en un portal y esperó. La primera regla era cerciorarse de que no se trataba de un ataque de paranoia. La segunda: conoce a tu enemigo.

Un hombre de pelo gris, con pantalones caqui y camisa de manga corta a cuadros, dobló la esquina y se detuvo. Tenía el aspecto de cualquier turista de visita en Atenas en esta época del año. Sólo que su expresión anonadada no iba bien con su aspecto. Mientras su mirada examinaba el flujo de personas que iba calle abajo, en sus ojos se leía una clara irritación.

Melis no estaba paranoica. Y ahora recordaría a aquel hombre, fuera quien fuera.

Salió presurosa del portal y echó a correr. Dobló a la izquierda, atravesó un paseo y dobló a la derecha en la siguiente bocacalle.

Miró hacia atrás y logró distinguir por un momento una camisa a cuadros. El hombre ya no pretendía fundirse con la multitud. Se movía de prisa, con intención.

Ella se detuvo cinco minutos después, respirando pesadamente.

Lo había despistado. Quizá.

Por dios, Phil, ¿en qué nos has metido?

Esperó otros diez minutos para cerciorarse y después volvió sobre sus pasos y se encaminó al embarcadero. Según su callejero, el hotel Delphi debía estar en la siguiente manzana.

Allí estaba. Un edificio estrecho de tres plantas, de fachada antigua, con la pintura descascarillada, manchada por el *smog*, pero lleno de una atmósfera particular como todo en aquella ciudad. No era un hotel que Phil hubiera tolerado habitualmente. Le gustaban antiguos y con atmósfera, pero la decadencia no era su fuerte. Disfrutaba demasiado de la comodidad. Otro misterio que...

—¿Melis?

Se volvió y vio a un hombre de pelo gris, que llevaba vaqueros y camiseta, sentado tras una mesita de café.

—¿Gary? ¿Dónde está Phil?

Señaló el agua con la cabeza.

—A bordo del *Último hogar*.

—¿Sin ti? No lo creo.

Primero Cal, y ahora Gary St. George.

—Yo tampoco lo creía. —Bebió un trago de su aguardiente anisado—. Pensé que me quedaría aquí varios días y él regresaría a recogerme. ¿Qué puede hacer sin mí? Si pretende navegar solo en el *Último hogar* va a tener muchos problemas.

—¿Y qué pasa con Terry?

—Lo despidió en Roma después de hacer que Cal se marchara. Le dijo que fuera a verte y tú le darías trabajo. A mi me dijo lo mismo. —Sonrió—. ¿Estás lista para ser nuestra jefa de tribu, Melis?

—¿Cuánto hace que se marchó?

—Una hora quizá. Se fue inmediatamente después de hablar contigo.

—¿Adónde se dirigía?

—Al sureste, hacia las Islas Griegas.

Ella dio un paso hacia el embarcadero.

—Vámonos ahora mismo.

Él se levantó de un salto.

—¿A dónde?

—Voy a alquilar una lancha rápida y a seguir a ese idiota. Me va a hacer falta alguien que la conduzca mientras yo busco el *Último hogar*.

—Aún tenemos luz. —El hombre se apresuró en pos de ella—. Tenemos una buena probabilidad de hallarlo.

—Nada de probabilidades. Vamos a encontrarlo.

• • •

Descubrieron el *Último hogar* un momento antes de que oscureciera. La goleta de dos mástiles parecía una nave de otra época bajo la blanda luz. Melis le había dicho varias veces a Phil que el barco le recordaba cuadros del *Holandés Errante*, y en la confusa y dorada luz del crepúsculo su aspecto era aún más místico.

Y como el *Holandés* estaba desierto.

Ella sintió un estremecimiento de miedo. No, no podía estar desierto. Phil tenía que estar bajo la cubierta.

—Da miedo, ¿verdad? —dijo Gary mientras apuntaba la lancha rápida hacia la nave—. Ha apagado los motores. ¿Qué rayos está haciendo?

—Quizá tiene problemas. Se los merece. Echar a su tripulación y huir como... —Melis calló para que la voz se le hiciera más firme—. Aproxímate lo más que puedas. Voy a subir a bordo.

—No creo que te vaya a poner la alfombra roja —dijo Gary señalando hacia la nave. —No te quería ahí, Melis. No nos quería a ninguno de nosotros en este viaje.

—Muy mal. No puedo impedirle desear algo. Sabes que a veces Phil no hace la mejor elección. Ve lo que quiere ver y se lanza de cabeza, a toda velocidad. No puedo dejarlo... ¡Ahí está!

Phil había subido a la cubierta y los miraba con el ceño fruncido por encima del agua que los separaba.

—Phil, maldita sea, ¿qué estás haciendo? —gritó ella—. Voy a subir a bordo.

Phil negó con la cabeza.

—Algo va mal en la nave. El motor acaba de detenerse. No estoy seguro de...

—¿Qué es lo que no funciona?

—Debí de haberlo sabido. Debí de ser más cuidadoso.

—Hablas como un demente.

—Y no tengo más tiempo de hablar. Tengo que ir a ver si puedo encontrar dónde él... Vete a casa, Melis. Cuida a los delfines. Es muy importante que hagas tu trabajo.

—Tenemos que hablar. No voy a... —Le hablaba al aire. Phil había vuelto a bajar.

—Acércame más.

—No te va a dejar subir a bordo, Melis.

—Sí, lo hará. Aunque tenga que colgarme del ancla de aquí a...

El *Último hogar* estalló en miles de pequeños y feroces trocitos.

¡Phil!

—¡No! —Melis no se dio cuenta de que gritaba, tratando de negar lo ocurrido. La nave ardía, la mitad se había hundido—. ¡Aproxímate! Tenemos que...

Otra explosión.

Dolor.

La cabeza se le caía en pedazos, estallaba como la nave.

Oscuridad.

2

Hospital de Santa Catalina
Atenas, Grecia

Melis Nemid tiene conmoción cerebral —dijo Wilson—. Uno de los tripulantes de Lontana la trajo tras la explosión. Los médicos creen que se va a recuperar pero lleva veinticuatro horas inconsciente.

—Quiero verla —Kelby siguió caminando por el pasillo—. Búscame un permiso.

—Quizá no me hayas oído, Jed. Está sin sentido.

—Quiero estar allí cuando despierte. Tengo que ser el primero en hablar con ella.

—Este hospital es muy estricto. Y tú no eres un familiar. Quizá no te dejen entrar en su habitación hasta que no recobre totalmente la conciencia.

—Convéncelos de que lo hagan. Me da lo mismo si tienes que darles un soborno tan grande como para comprar el hospital. Y controla a la guardia costera a ver si ya han localizado el cuerpo de Lontana. Después encuentra al hombre que trajo aquí a la hija de Lontana e interrógalo. Quiero saber todos los detalles de lo que le ocurrió a Lontana y al *Último hogar*. ¿En qué habitación está ella?

—En la veintiuno. —Dudó un momento—. Jed, la chica acaba de perder a su padre. Por dios, ¿cuál es la prisa?

La prisa se debía a que por primera vez en varios años a Kelby le habían dado esperanzas y ahora se las quitaban. Que lo partiera un rayo si dejaba que eso pasara.

—No voy a someterla a un tercer grado. Según una de tus frases favoritas, eso no sería productivo. Tengo cierto tacto.

—Cuando te conviene. —Wilson se encogió de hombros—. Pero harás lo que decidas hacer. Está bien, primero hablaré con las enfermeras y después intentaré averiguar algo más sobre la explosión.

Lo que probablemente no sería gran cosa, pensó Kelby. Según el boletín informativo que había oído camino al hospital, la explosión había destrozado la nave. Él había llegado el primero al sitio del desastre pero allí no había prácticamente nada que recobrar. Por el momento, el hecho se consideraba un accidente pero no lo parecía. Habían tenido lugar dos explosiones en extremos opuestos de la nave.

La veintiuno.

Abrió la puerta y entró en la habitación. Una mujer yacía en la cama que dominaba la habitación, agradable y serena. No había enfermeras, gracias a dios. Wilson era bueno pero necesitaba tiempo para abrirle camino. Kelby agarró una silla al lado de la puerta y la llevó junto a la cama. Ella no se movió cuando él se sentó y comenzó a estudiarla.

La cabeza de Melis Nemid estaba cubierta de vendas, pero pudo ver mechones de cabello rubio sobre las mejillas de la chica. Dios, era... excepcional. Su cuerpo era pequeño, de huesos delicados, y su apariencia era tan frágil como la de un adorno navideño. Ver herida a una persona así era increíblemente enternecedor. Le recordaba a Trina, a la época en que...

Dios mío, hacía muchos años que no se tropezaba con una persona que hiciera renacer de repente aquel período de su vida.

Tranquilízate. Vuélvelo del revés. Transfórmalo en cualquier otra cosa.

Miró a Melis Nemid con fría objetividad. Sí, era frágil y de aspecto indefenso. Pero si uno consideraba la otra cara de la moneda, esa delicadeza era algo extrañamente sexual y excitante. Era como sostener en las manos una finísima taza de porcelana, sabiendo que uno la podía romper solo tensando la mano. La mirada de Kelby se desplazó al rostro de la chica. Una bellísima estructura ósea. Una boca grande, de forma perfecta, que acentuaba de alguna manera su apariencia sensual. Una mujer diabólicamente bella.

¿Y se suponía que ésta era la hija adoptiva de Lontana? El hombre era un sexagenario y aquella chica tendría unos veinticinco años. Por supuesto, eso era posible. Pero también era posible que la adopción fuera una manera de evitar preguntas sobre una relación entre personas de muy diferente edad.

Lo que ella hubiera sido para Lontana no tenía la menor importancia. Lo único relevante era el hecho de que la relación había durado mucho y había sido tan íntima que aquella mujer podía estar en condiciones de decirle lo que él necesitaba saber. Si ella sabía eso, él se cercioraría de que se lo dijera, sin la menor duda.

Se reclinó en la silla y esperó a que la chica despertara.

Por dios, qué dolor de cabeza.

¿Medicamentos? No, habían dejado de darle medicamentos cuando ella dejó de resistirse. Abrió los ojos con precaución. Descubrió aliviada que no había adornos de encaje. Paredes azules, frías como el mar. Sábanas blancas recién planchadas la cubrían. ¿Un hospital?

—Debe de tener sed. ¿Querría un poco de agua?

La voz de un hombre, podía ser un médico o un enfermero... Su mirada se posó en el hombre que estaba sentado al lado de su cama.

—Tranquila, no le estoy ofreciendo veneno. —Sonrió—. Nada más que un vaso de agua.

No era un médico. Vestía vaqueros y una camisa de hilo arremangada hasta el codo y le resultaba de alguna manera... familiar.

—¿Dónde estoy?

—En el Hospital de Santa Catalina.

Le sostuvo el vaso pegado a los labios mientras bebía. Ella lo examinó mirando por encima del borde. Tenía cabello y ojos oscuros, y entre treinta y cuarenta años, y llevaba su aplomo con la misma sencillez y desenvoltura con la que llevaba su ropa. Si lo hubiera visto antes, no lo habría olvidado de ninguna manera.

—¿Qué pasó?

—¿No se acuerda?

El barco se hacía astillas, lanzando al aire pedazos de cubierta y fragmentos de metal.

—¡Phil! —De repente se sentó muy derecha en la cama. Phil estaba dentro de aquel infierno. Phil estaba... Intentó poner los pies en el suelo—. Él estaba allí. Yo tengo que... Él bajó y entonces...

—Acuéstese. —El hombre la empujó hasta que ella volvió a recostarse sobre las almohadas—. No puede hacer nada. El barco estalló hace veinticuatro horas. Los guardacostas aún no han abandonado la búsqueda. Si Phil está vivo, lo encontrarán.

Veinticuatro horas. Ella lo miró aturdida.

—¿No lo han encontrado?

—Todavía no —el hombre negó con la cabeza.

—No pueden abandonar. No permita que lo hagan.

—No lo permitiré. Ahora es mejor que duerma un poco más. Si las enfermeras creen que la he hecho alterarse me echarán de aquí. Solo quería que usted lo supiera. Se me ocurre que usted es como yo. Que quiere saber la verdad aunque duela.

—Phil... —cerró los ojos mientras el dolor se apoderaba de ella—. Me duele. Quisiera poder llorar.

—Entonces, llore.

—No puedo. Nunca he... no lo he... Lárguese. No quiero que nadie me vea en este estado.

—Pero ya la he visto. Creo que me quedaré aquí para cerciorarme de que va a estar bien.

Ella abrió los ojos y lo examinó. Duro... muy duro.

—A usted no le importa que yo esté bien o no. ¿Quién demonios es usted?

—Jed Kelby.

Era ahí donde lo había visto: periódicos, revistas, televisión.

—Debí de haberme dado cuenta. El Chico de Oro.

—Odiaba ese apodo y todo lo que implicaba. Es una de las razones por la que me volví tan beligerante con los medios. —Sonrió—. Pero he logrado sobreponerme. Ya no soy un chico. Soy un hombre. Y soy lo que soy. Y descubrirá que ser lo que soy podría serle de gran ayuda.

—Lárguese.

El hombre dudó un instante y después se levantó.

—Regresaré. Mientras tanto, me cercioraré de que los guardacostas sigan buscando a Lontana.

—Gracias.

—No hay de qué. ¿Llamo a la enfermera para que le traiga un sedante?

—¡Nada de medicamentos! No los tomo...

—Bien. Lo que usted diga.

Vigiló la puerta hasta que se cerró a espaldas del hombre. Había sido muy atento, bondadoso incluso. Ella estaba demasiado mareada y dolorida para saber qué debía pensar de él. Lo único que había percibido con claridad era aquel aire de calmado aplomo y fuerza física, y eso la inquietaba.

No pienses en él.

E intenta no pensar en Phil. Veinticuatro horas era demasiado tiempo, pero aún era posible que él estuviera allá fuera.

Siempre que se hubiera puesto un chaleco salvavidas.

Siempre que no hubiera volado antes de tocar el agua.

Dios, cuánto deseaba poder llorar.

—¿Puedes estar levantada? —Gary frunció el ceño con preocupación cuando a la mañana siguiente vio a Melis sentada junto a la ventana—. La enfermera me dijo que habías recobrado la conciencia ayer por la tarde.

—Estoy bien. Y tengo que demostrarles que no necesito quedarme aquí. —Las manos de la chica apretaron con fuerza los brazos del butacón—. Quieren que espere aquí y hable con la policía.

—Sí, ya les di mi declaración. No te molestarán, Melis.

—Ya me están molestando. La policía no puede venir aquí hasta más tarde, después de la comida, y no voy a esperar tanto. Pero el hospital me mantiene atada aquí con tanto papeleo que no puedo ni moverme. Creo que se trata de una excusa. Dicen que de todas maneras no puedo irme hasta mañana.

—Probablemente los médicos estén en lo cierto.

—De eso nada. Tengo que regresar al sitio donde se hundió el barco. Tengo que encontrar a Phil.

—Melis... —Gary vaciló antes de seguir hablando con delicadeza—. Estuve allí con los guardacostas. No vas a encontrar a Phil. Lo hemos perdido.

—No quiero oír eso. Tengo que verlo con mis propios ojos. —Su mirada se desplazó hacia el césped perfectamente podado más allá de la ventana—. ¿Qué hacía Kelby aquí?

—Sobre todo, revolviendo el hospital. No me dejaban pasar a tu habitación pero él no tuvo el menor problema. Y antes de venir aquí estuvo ayudando a los guardacostas en la búsqueda. Tú no lo conocías, ¿verdad?

—No lo había visto antes. Pero Phil me dijo que Kelby trataba de ponerse en contacto con él. ¿Sabes qué quería?

Gary negó con la cabeza.

—Quizá Cal lo sepa.

Melis lo dudaba. No importa cuál fuera el negocio que Phil tenía con Kelby, era indudable que formaba parte del letal escenario que le había arrebatado la vida. Y se trataba de un negocio que él no había querido compartir ni siquiera con sus amigos más cercanos.

Dios, pensaba en él como si se tratara de un muerto. Aceptaba sin chistar lo que le habían dicho. No podía hacerlo.

—Ve y tráeme a Kelby, Gary. Dile que me saque de aquí.

—¿Qué?

—Dijiste que podía tocar algunas teclas. Dile que lo haga. No creo que tengas ningún problema. Vino aquí porque quiere algo de mí. Pues no podrá sacarme nada mientras yo esté en este hospital. Seguro que me quiere fuera.

—¿Aunque no sea bueno para ti?

Melis recordó la impresión de dureza férrea que le había dado Kelby.

—Eso no le importará. Dile que me saque de aquí.

—De acuerdo —dijo Gary, con una sonrisa—. Pero sigo pensando que no deberías hacerlo. A Phil no le hubiera gustado eso.

—Sabes que Phil siempre me dejaba hacer exactamente lo que yo quería. Así tenía menos molestias. —Tuvo que serenar la voz—. Te pido que no discutas conmigo, por favor, Gary. Hoy tengo ciertos problemas emocionales.

—Lo estás haciendo muy bien. Siempre lo haces muy bien —dijo y abandonó de prisa la habitación.

Pobre Gary, no estaba acostumbrado a que ella no estuviera al mando y eso le preocupaba. Ella también se sentía preocupada: no le gustaba sentirse tan indefensa.

No, indefensa no. Rechazó aquella palabra al instante. Siempre habría algo que pudiera hacer, otro camino por el que continuar. Solo estaba triste y enojada, llena de desesperación. Pero nunca indefensa. Lo que sucedía era que en ese preciso momento no podía ver cuál de los caminos era el mejor para ella.

Pero era mejor que tomara pronto una decisión. Kelby la rondaba y ella se había visto obligada a dejar que se le aproximara. Él utilizaría aquella puerta entreabierta para ganar puntos y fortalecer su posición.

Melis se reclinó en el asiento e intentó relajarse. Debería descansar y hacer acopio de todas sus fuerzas mientras tuviera esa posibilidad. Tendría que usar todos sus recursos para empujar a Kelby y volver a cerrar aquella puerta de un tirón.

Kelby sonrió divertido mientras contemplaba cómo Melis Nemid caminaba hacia la entrada principal. La seguía una monja que empujaba la silla de ruedas que Melis debió de ocupar, y eso no le gustaba.

Recordó momentáneamente la primera impresión de fragilidad que le había causado Melis. Aquel halo provocativo de delicadeza seguía allí, pero estaba compensado por la fuerza y vitalidad de su persona, por su manera de moverse. Desde el momento en que había abierto los ojos supo que ella era una fuerza que era necesario tomar en consideración. ¿Cómo había podido controlarla un soñador como Lontana? Quizá era ella la que lo controlaba a él. Eso era con mucho lo más probable.

Melis se detuvo frente a él.

—Supongo que debo agradecerle que me evitara todo ese papeleo y los obligara a dejarme marchar.

—Esto no es una prisión, señorita Nemid —dijo la enfermera con sequedad—. Solo necesitábamos estar seguros de que iba a estar bien cuidada. Y debió permitirme que siguiera el protocolo y la llevara en la silla de ruedas.

—Gracias, hermana. De aquí en adelante yo la cuidaré. —Kelby tomó a Melis por el brazo y la empujó con delicadeza hacia la puerta—. Esta noche tiene una cita con la policía para dar su declaración. Me he ocupado de todo el papeleo médico y de recoger sus recetas.

—¿Qué recetas?

—Solo unos sedantes en caso de que le hagan falta.

—No los necesitaré. —Ella apartó su brazo de la mano del hombre—. Y puede mandarme la factura.

—Estupendo. Siempre he estado a favor de que todo sea tratado de manera igualitaria. —Abrió la portezuela del coche aparcado delante del hospital—. Le diré a Wilson que le mande la factura a primeros de mes.

—¿Quién es Wilson? Me suena a mayordomo.

—Es mi asistente. Hace que siga siendo solvente.

—No cuesta tanto.

—Se sorprendería. Algunas de mis exploraciones tienen un fuerte impacto en mis corporaciones. Entre.

Ella negó con la cabeza.

—Voy al puesto de los guardacostas.

—No le servirá de nada. Han abandonado la búsqueda.

Eso la estremeció.

—¿Ya?

—Han surgido varias preguntas relativas al estado mental de Lontana. —Hizo una pausa—. No fue un accidente. Han recuperado restos de explosivo plástico y un temporizador entre los restos del barco. ¿Cree que él mismo pudo haber colocado el explosivo?

—¿Qué? —Melis abrió desmesuradamente los ojos.

—Tiene que considerar esa posibilidad.

—No voy a considerar nada por el estilo. No es una posibilidad. Phil se sintió preocupado cuando su barco se detuvo en alta mar y bajó a la sala de máquinas a ver qué ocurría.

—Eso fue lo que Gary les explicó a los guardacostas, pero Lontana no dijo nada que permitiera eliminar claramente la posibilidad de un suicidio.

—Eso no me importa. Phil disfrutaba cada minuto de su vida. Era como un niño. Siempre encontraba una nueva aventura al doblar la esquina.

—Me temo que ésta fue su última aventura. Desde los primeros momentos nadie tuvo muchas esperanzas de que hubiera sobrevivido.

—Siempre hay esperanzas. —Ella comenzó a alejarse—. Phil se merece tener una oportunidad.

—Nadie lo está privando de esa oportunidad. Simplemente le estoy contando que... ¿Adónde va?

—Tengo que verlo con mis propios ojos. Alquilaré un bote de motor en los muelles y...

—Su amigo Gary St. George la espera a bordo del *Trina*. Dijo que estaba decidida a continuar la búsqueda. Dentro de una hora podemos estar en el sitio donde estalló el *Último hogar*.

Ella titubeó.

—¿Algo le molesta?

—Un pie metido en la puerta.

Él rió para sus adentros.

—Es verdad. Pero cuando le dijo a St. George que acudiera a mí para que la sacara del hospital sabía en lo que se metía. Juegue según las reglas.

—Para mí no es un juego.

La sonrisa del hombre desapareció.

—No, puedo ver que no lo es. Lo siento. Para mí es usted una incógnita. Quizá he confundido la dureza con la insensibilidad. —Se encogió de hombros—. Vamos. Este viaje es gratis. Sin obligaciones, sin deudas.

Ella lo contempló durante unos instantes, se volvió y entró en el coche.

—Lo creeré cuando lo vea.

—Lo mismo digo. Para mí, esto también es una sorpresa.

Registraron la zona del desastre durante toda la tarde y solo hallaron algunos restos del naufragio. Las esperanzas de Melis se desvanecían a medida que pasaban las horas.

Phil no estaba allí. No importaba cuánto empeño pusiera ella, con cuánta dedicación lo buscara, él nunca volvería a estar allí. El mar de color turquesa era tan hermoso y sereno en ese lugar que parecía una obscenidad que pudiera contener tal horror, pensó con aturdimiento.

Pero no era el mar lo que había matado a Phil. Quizá fuera el sitio de su reposo eterno, pero no su asesino.

—¿Quiere que hagamos otro pase? —preguntó Kelby con serenidad—. Podríamos describir un círculo más amplio.

—No. —Melis no se volvió para mirarlo—. Sería una pérdida de tiempo. No está aquí. ¿Va a decirme que ya me lo había advertido?

—No, usted tenía que verlo con sus propios ojos para que fuera algo real. Puedo entenderlo. ¿Ya está preparada para regresar a Atenas?

Ella asintió, con gesto entrecortado.

—¿Quiere comer algo? Le dije a Billy que preparara unos bocadillos. Hace maravillas. Wilson y su amigo Gary están en la cabina principal devorándolos.

—¿Billy?

—Billy Sanders, el cocinero. Lo saqué de un restaurante de primera en Praga.

Por supuesto, un yate de lujo como el *Trina* tenía un cocinero. Ella había leído en alguna parte que Kelby le había comprado el yate a un jeque petrolero saudí. Era enorme y sus dos gabarras equipadas con la más modernas tecnologías eran también impresionantes. El *Trina* era esbelto, moderno, con el equipamiento científico más reciente, con campanas y silbatos. Aquel barco estaba a años luz del *Último hogar*. De la misma manera que Kelby era diferente de Phil. Pero éste había pensado que Kelby tenía algo en común con él.

Comparte conmigo la misma pasión y tiene el empuje para conseguir que las cosas pasen.

Eso era lo que Phil había dicho de Kelby en aquella última conversación telefónica que tuvo con ella.

Tenía razón. Melis podía percibir dentro de Kelby tanto la pasión como el empuje, como si se trataran de una fuerza viva.

—¿Comida? —volvió a preguntar el hombre.

Ella negó con la cabeza.

—No tengo hambre. Creo que voy a quedarme un rato sentada aquí. —Se sentó sobre la cubierta y abrazó con fuerza sus rodillas—. No ha sido una jornada fácil para mí.

—Y dígalo. —De repente, la voz del hombre se endureció—. Llevo dos horas esperando que se derrumbe. Por Dios, si lo hace nadie va a menospreciarla.

—No me importa lo que piensen los demás. Y mis lágrimas y mis sollozos no le servirán de nada a Phil. Ahora nada puede ayudarlo.

Kelby calló un instante y cuando ella lo miró descubrió que los ojos del hombre estaban entrecerrados, clavados en el horizonte.

—¿Qué pasa? ¿Ve algo?

—No. —La mirada de Kelby volvió a posarse en ella—. ¿Qué va a hacer ahora? ¿Qué planes tiene?

—No sé lo que voy a hacer. Ahora mismo no creo que pueda pensar con claridad. Ante todo, debo volver a casa. Tengo ciertas responsabilidades. Entonces decidiré qué hacer.

—¿Dónde está su casa?

—Es una isla en las Antillas Menores, no lejos de Tobago. Pertenecía a Phil, pero me la legó. —Sus labios se torcieron en un gesto de amargura—. También me dejó el *Último hogar*. Solo necesitaré unos diez años o más para recuperar los pedazos que salgan a flote aquí.

—Debió de tenerle mucho cariño.

—Yo también lo quería —susurró ella—. Creo que él lo sabía. Me hubiera gustado decírselo. Dios, quisiera habérselo dicho.

—Estoy seguro de que él se sentía bien retribuido.

Había una cierta inflexión en su tono.

—¿Qué quiere decir?

—Nada. —Kelby apartó la vista—. A veces las palabras no tienen mucho significado.

—Pero a veces sí. Phil me dijo que no podía conseguir que usted le devolviera las llamadas. ¿Qué dijo para hacerlo venir aquí?

—Me mandó una carta con una sola palabra. —La mirada del hombre volvió al rostro de la chica—. Me imagino que sabrá de qué palabra se trataba.

Ella no contestó.

—Marinth.

Melis lo miró en silencio.

—No creo que vaya a decirme lo que sabe sobre Marinth.

—No sé nada. —Ella lo miró a los ojos—. Y no quiero saber nada.

—Yo estaría dispuesto a darle una cuantiosa retribución por cualquier información que quisiera compartir conmigo.

Ella negó con la cabeza.

—Si no está dispuesta a admitir que Lontana se suicidó, ¿se le ha ocurrido que podría haber otra explicación?

Claro que se le había ocurrido, pero ella había pasado toda la tarde espantando aquella idea. Ahora le resultaba imposible analizar cualquier cosa. Y no se iba a asociar con Kelby, sin importarle cómo hubiera muerto Phil.

—No sé nada —repitió.

Él la miró atentamente.

—No creo que me esté diciendo la verdad. Creo que debe saber bastantes cosas.

—Me da lo mismo lo que crea, no tengo intención de discutirlo con usted.

—Entonces, la dejo sola. —Se volvió—. ¿Ve cuán atento soy? Si cambia de idea con respecto a los bocadillos, venga a la cabina.

Estaba bromeando pero desde que llegaron a bordo del *Trina* él había sido particularmente atento. Se había ocupado de lo suyo con rápida eficiencia. La había dejado dirigir la puesta en escena y había obedecido sus órdenes sin queja alguna. Había hecho soportable aquella búsqueda torturante.

—Kelby.

Él se volvió para mirarla.

—Gracias. Hoy ha sido muy amable conmigo.

—Oiga, alguna vez en la vida uno tiene un ataque de sentimentalismo. A mí no me ocurre con frecuencia. Me libro de eso con facilidad.

—Y siento que haya viajado a Atenas siguiendo una pista falsa.

—No ha sido así. —Kelby sonrió—. Porque tengo el pálpito de que no se trataba de una pista falsa. Quiero Marinth. Y voy a conseguirla, Melis.

—Buena suerte.

—No, la suerte no es suficiente. Voy a necesitar ayuda. Lontana me la iba a dar, pero ahora me queda usted.

—Entonces, no tiene nada.

—Hasta que salga del barco. Le prometí que hoy no le pediría nada. Tan pronto ponga pie en tierra las promesas quedan anuladas.

Mientras lo veía alejarse de ella, Melis sintió un miedo súbito. En su estado anímico era difícil hacer caso omiso a aquella confianza absoluta.

Difícil, pero no imposible. Lo único que le hacía falta era irse a casa y curar sus heridas, y volvería a ser tan fuerte como siempre. Sería capaz de pensar y tomar decisiones. Tan pronto llegara a la isla estaría a salvo de Kelby y de cualquier otra persona.

—Está abandonando. —Las manos de Archer apretaron con fuerza el pasamanos del crucero—. Maldita sea, regresan a Atenas.

—Quizá vuelva mañana y siga buscando —dijo Pennig—. Está oscureciendo.

—En ese yate Kelby tiene luces estroboscópicas como para iluminar toda la costa. No, ella abandona. Se marchará corriendo a esa maldita isla. ¿Te das cuenta de lo difícil que nos va a resultar todo? Tenía la esperanza de que estuviera aquí un día más.

No, no iba a tener ese día. Nada iba a ser cómo debería. La mujer debió de ser vulnerable. Eso era lo que él había planeado. Pero Kelby había entrado en el escenario y con su presencia había levantado una barricada de protección en torno a Melis Nemid.

—Tengo que atrapar a esa zorra.

—¿Y si ella no se va a casa? Kelby podría haberle pagado lo suficiente para que se quede con él a bordo.

—No si Lontana no pudo obligarla a que fuera con él. Me dijo que ella no quería saber nada de eso. Pero ella sabe, maldita sea. La zorra sabe.

—¿A Tobago entonces?

—Tobago es una isla bastante pequeña y a ella la conocen bien allí. Por eso quería atraparla aquí. —Respiró profundamente y se dedicó a calmar la ira que crecía en su interior. Había contado con seguir el camino más sencillo y evitar complicaciones. Paciencia. Si no hacía ninguna tontería, todo saldría bien—. No, solamente tenemos que encontrar la manera de hacerla salir de la isla y venir a nuestro encuentro.

Y asegurarse de que se derrumbara y le diera lo que quería antes de acabar con ella.

Kelby estaba de pie junto a la borda y miraba cómo Gary ayudaba a Melis a subir al muelle desde la gabarra. Ella no se volvió a mirarlo a él o al barco mientras caminaba con rapidez hacia la parada de taxis.

Melis había dejado de contar con él. La conciencia de aquello despertaba en Kelby una mezcla de irritación y diversión.

De eso nada, Melis. Eso no va a ocurrir.

—No creí que fuera a resistir —Wilson se reunió con él junto a la borda—. Ha sido un día muy duro para ella.

—Sí.

—Su amigo Gary no tenía ninguna duda. Dijo que la conocía desde que ella se fue a vivir con Lontana cuando era una adolescente y que siempre había sido la chica más dura y luchadora con que se había tropezado. Nadie lo hubiera imaginado. Tiene el aspecto de quien se disuelve bajo la lluvia.

—Ni por asomo. —La vio meterse en un taxi y tampoco miró atrás en ese momento—. Y ese aire de fragilidad puede ser un arma poderosa para una mujer.

—No creo que la utilizase. Creo que odiaría admitir que no es fuerte. —Miró a Kelby—. No todos son como Trina. Así que no seas tan pretencioso, maldito cínico.

—No la juzgo. Eso no me importa en absoluto. Pero tengo que saber con qué tipo de municiones cuenta.

—¿No pudiste sacarle lo que querías?

—Todavía no.

—¿Qué hacemos entonces?

—Tomaré el próximo vuelo a Tobago. Y tú, busca toda la información que puedas sobre Lontana y Melis Nemid.

—¿Desde qué momento?

—Desde el principio, pero concéntrate en el último año. Él trató de ponerse en contacto conmigo hace sólo un mes, y según lo que pudiste sacarle a St. George, en los últimos seis meses no se comportaba de manera normal.

—Si la teoría del suicidio es correcta, su estado mental quizá no...

—Desecha las teorías. Dame los hechos.

—¿Para cuándo quieres el informe? —preguntó Wilson.

—Lo más pronto posible. Quiero tener los datos preliminares esperándome cuando llegue a Tobago.

—Perfecto. ¿Algo más?

—Sí. Esta tarde, mientras buscábamos, había un crucero por allí. Lo vi en varias ocasiones. Nunca se aproximó lo suficiente para que pudiera distinguir un número, pero creo que las primeras tres letras del casco eran S, I, R.

—Estupendo. Y eso no me sirve de nada. Es una zona de cruceros. ¿No sería un barco de pesca? ¿O alguien de la compañía aseguradora?

—Averigua si hubo algún crucero de alquiler.

—Aunque fuera ése el caso, pudieron alquilarlo en cualquier sitio de la costa. Supongo que también quieres ese dato para cuando llegues a Tobago, ¿no?

El taxi se alejaba y Melis seguía con la vista clavada al frente.

—No seas sarcástico, Wilson. —Kelby se volvió y se encaminó hacia la cabina. —Sabes que te divierte hacer lo imposible. Eso alimenta tu ego. Y ésa es la razón por la que has seguido trabajando conmigo todos estos años.

—¿De veras? —Wilson ya estaba buscando su teléfono—. Para mí eso es noticia. Vaya, yo creía que estaba contigo para sacarte suficiente dinero y poder vivir mi jubilación en la Riviera.

3

Como siempre, *Susie* y *Pete* recibieron a Melis junto a la red.

Ella nunca había logrado imaginarse cómo se enteraban los delfines de su llegada. Por supuesto, tenían un oído fenomenal, pero con frecuencia hacían caso omiso a la llegada de la lancha del correo o a los barcos de pesca que pasaban. Pero cuando ella volvía de un viaje ellos siempre estaban allí. Melis había llegado a hacer experimentos con la intención de confundirlos. En una ocasión dejó la lancha a kilómetro y medio de la red y recorrió nadando el resto del camino. Pero el instinto de los delfines era completamente infalible. Siempre estaban allí esperando, emitiendo sonidos, silbando, zambulléndose, nadando alegremente en alocados círculos.

—Bien, bien, yo también os he echado de menos. —Hizo que el bote pasara flotando por encima de la red antes de volverla a colocar—. ¿Le habéis dado a Cal demasiado trabajo mientras estuve fuera?

Susie le dedicó un graznido alto, cloqueante, que recordaba una carcajada.

Dios, qué bueno era estar en casa. Tras el horror y todo lo desagradable que había tenido que sufrir en Atenas, estar allí con *Pete* y *Susie* era como si una mano cariñosa la acariciara, la serenara.

—Eso es lo que pensé. —Volvió a encender el motor—. Vamos, comeremos algo y podréis decirle a Cal que lo lamentáis.

De nuevo aquella risa jubilosa mientras los delfines la adelantaban, nadando raudos hacia el chalet.

Cal la recibió en el atracadero, su expresión era de sobriedad.

—¿Estás bien?

No, no estaba bien. Pero ahora, en casa, se sentía mejor.

—¿Gary te llamó?

El hombre asintió mientras ataba la lancha.

—No sabes cuánto lo siento, Melis. Todos lo vamos a echar mucho de menos.

—Sí, seguro. —Melis salió de la lancha—. ¿Te importa si ahora mismo hablamos sobre Phil? Tengo que sobreponerme a ello, pero a mi manera.

—Claro que sí —dijo Cal, caminando a su lado—. Y después, ¿podemos hablar sobre Kelby?

Ella se puso tensa.

—¿Por qué?

—Porque Kelby le ofreció a Gary trabajar a bordo del *Trina*.

Ella se detuvo y lo miró.

—¿Qué?

—Buen salario. Trabajo interesante. No será como formar parte de la tripulación del *Último hogar*, pero tenemos que ganarnos el pan.

—¿Tenemos?

—Gary dijo que también había trabajo para mí y para Terry. Me dio el número del teléfono móvil de Kelby. Dijo que lo llamáramos si queríamos el puesto. —Apartó la vista de Melis—. Y si tú no tienes nada en contra.

Ella no tenía nada en contra. La idea de perder a aquellos hombres junto a los cuales había crecido la hacía sentirse algo perdida.

—¿Crees que serás feliz trabajando para Kelby?

—A Gary le cae bien y ha conversado con la tripulación del *Trina*. Dicen que Kelby juega limpio, y que siempre que uno sea honesto con él, responde de la misma manera. —Hizo una pausa—. Pero no estamos obligados a aceptar ese puesto. Si no te gusta la idea, no. Sé que Phil y tú no estabais de acuerdo con respecto a Kelby. Pero tiene muy buena reputación.

Su reputación era más que buena. Kelby era la estrella en ascenso en la profesión que tanto había amado Phil. Ya había descubierto dos galeones en el Caribe. Era una de las razones por las que ella estaba tan resentida con él. Durante el tiempo relativamente corto que había estado en el negocio, había superado los logros de Phil sin demasiado esfuerzo.

Estaba siendo egoísta. Se había sentido tan segura al llegar a la isla que le dolía saber que la mano de Kelby llegaba hasta allí para llevarse a sus viejos amigos.

—Lo que yo crea no tiene importancia. Haced lo que sea mejor para vosotros.

—Nos sentiríamos mal si tú...

—Cal, no hay nada de malo en ello. Llama a Kelby y acepta el puesto. No se trata de que vayas a trabajar con un grupo terrorista. De todos modos, me habría visto obligada a buscaros trabajo a todos vosotros. No puedo manteneros trabajando aquí, así que lo mejor es que vayáis donde podáis conseguir trabajo. —Aún tenía el ceño fruncido y se obligó a sonreír—. A no ser que quieras que te contrate para cuidar de *Pete* y *Susie*, ¿no?

—¡Por dios, no! —dijo él, horrorizado—. ¿Sabes lo que me hicieron? Me robaron los pantalones. Yo estaba dándome un baño matutino y esa hembra vino desde abajo y me los arrancó. Creí que me atacaba. Hay que respetar las partes íntimas de un hombre.

Ella contuvo a duras penas una sonrisa.

—Era una pequeña travesura. No entienden el vestido. Para ellos no es más que otro juguete.

—¿Sí? Bien, no entiendo eso de que me desnuden y me dejen en pelotas.

Estaba tan indignado que ella no pudo resistirse.

—Deben haberte considerado atractivo. Los delfines son muy sexuales, ¿sabes?

—¡Oh, Dios mío!

Ella rió para sus adentros y negó con la cabeza.

—Simplemente jugaban. Ellos todavía no han alcanzado la madurez sexual. Solo tienen ocho años y para eso les falta uno o dos todavía.

—Recuérdame que no me acerque. Y eso no fue lo único que hicieron. Cada vez que me metía en el bote, lo volcaban.

—Veo que has sufrido. Hablaré con ellos sobre ese asunto. —Melis abrió la puerta del frente—. Prometo que haré que se disculpen después de la comida.

—No quiero una disculpa, de todos modos no va a ser sincera. —Hizo una mueca—. Sólo te pido que no vuelvas a dejarme solo con ellos.

—No lo haré, si no es por causa de fuerza mayor. No te preocupes.

Los ojos de Cal se estrecharon.

—¿Qué se supone que significa eso? Nunca sales de la isla a no ser que no te quede más remedio.

—Pasan cosas. No quería dejarte aquí cuando me trajiste los documentos que me enviaba Phil, pero lo hice. —Melis se dirigió a la cocina—. Además, si aceptas ese trabajo con Kelby no vas a estar aquí para que yo pueda contar contigo.

—Nunca abandono a un colega en apuros.

Ella se sintió emocionada.

—Gracias, Cal. Espero que no tenga que hacerte sufrir otro de los trucos de los delfines.

—No te preocupes, puedo ocuparme de ellos. —Cal dudó un instante—. Quizá.

—Les gustas de verdad, o no jugarían contigo. Debes sentirte halagado. Es una compañía mara...

—No quiero que me halaguen. Solo quiero que no me quiten los pantalones. —Hizo un gesto con la cabeza y señaló hacia la galería—. Pareces cansada. Ve y siéntate, yo prepararé la comida. —Dudó un momento—. Me preguntaba... ¿Debo hablar con alguien sobre lo de Phil? ¿Tenía otros parientes, eh?

—Nadie con quien hubiera mantenido contacto a lo largo de estos años. Tú y los demás significabais más para él que cualquier pariente—. Pero había una persona a la que debía llamar. No a causa de Phil, pero Carolyn se preocuparía si después se enteraba de que Melis no se lo había dicho—. Quizá tenga que hacer un par de llamadas.

—¿Me necesitas? —preguntó Carolyn discretamente—. Dilo y alquilaré un hidroplano en Nassau. Estaré ante tus redes en un santiamén.

—Estoy bien. —Melis echó un vistazo fuera, al mar, donde *Pete* y *Susie* jugaban—. En realidad no estoy bien. Pero aguanto.

—¿Qué sientes? ¿Rabia? ¿Tristeza? ¿Culpa?

—Aún no lo sé. Todavía estoy atontada. Sé que me alegró volver a casa. Me siento como si todo estuviera revuelto dentro de mí y no pudiera librarme.

—Voy para allá.

—No, sé lo complicada que es tu agenda. Tienes clientes, por Dios.

—Y tengo una amiga que me necesita.

—Mira, lo estoy sobrellevando. Si quieres venir este fin de semana, me encantará verte. De todas maneras, hace tiempo que no ves a *Pete* y *Susie*.

Hubo un silencio al otro extremo de la línea y Melis casi podía visualizar el ceño fruncido y la expresión intrigada en el rostro color café con leche de Carolyn.

—¿Estás sola?

—No, aquí está Cal. Y si no, nunca estoy sola, Carolyn. Tengo a los delfines.

—Sí, es magnífico que puedas confiar en ellos.

—Lo es. Nunca replican.

Carolyn rió para sus adentros.

—Está bien, esperaré hasta el fin de semana. Y dejaré libres varios días la semana próxima para que podamos irnos en mi barco a Isla Paraíso. Nos tumbaremos en la orilla, beberemos piña colada y nos olvidaremos del mundo.

—Eso suena muy bien.

—Sí, y no tiene nada de realista. Pero eso también está bien. —Calló por un momento—. Si me necesitas, llámame. Sabes que llevas mucho tiempo aguantando. Si esa presa revienta, quiero estar ahí para ayudarte.

—Estoy bien. Te espero el viernes por la tarde. —Hizo una breve pausa—. Gracias, Carolyn. ¿Te he dicho alguna vez lo que significa para mí tener una amiga tan buena como tú?

—Seguro que me lo contaste en uno de tus momentos más sentimentales. Te veré el viernes. —Colgó.

Y ese día era martes. Melis sintió una oleada de soledad y de repente aquel fin de semana le pareció muy lejano. Sintió el impulso de volver a llamar a Carolyn y...

Detente. ¿Qué haría si llamaba nuevamente a su amiga? ¿Gemir y decirle que había cambiado de idea? No podía depender de nadie, ni siquiera de Carolyn.

Limítate a mantenerte ocupada con los delfines. Deja que la isla te calme y cure tus heridas.

Si esa presa revienta, quiero estar ahí para ayudarte.

Ninguna presa iba a reventar. Ella tenía el control, como siempre.

Y el viernes no estaba tan lejos.

Quince minutos después de que Kelby bajara del avión en Tobago, su teléfono comenzó a sonar.

—¿Es demasiado pronto para el primer informe? —preguntó Wilson—. No quería que tuvieras que esperar.

—¿Alguien te ha dicho que eres un tipo que rinde más de lo esperado?

Mientras montaba en el taxi le pagó al porteador de las maletas.

—A los muelles —le dijo al chófer y se reclinó en el asiento—. ¿Qué tienes para mí?

—No tanto como quisiera. Ya conoces los antecedentes profesionales de Lontana.

—Nada sobre el último año.

—Eso es porque se escondió hace unos dos años. Nadie sabía dónde estaba o qué hacía.

—¿Algo así como una exploración?

—Su barco estuvo anclado en la bahía de Nassau hasta hace cosa de un año. Después llegó él y salió a navegar en el *Último hogar* de forma precipitada. No le dijo a nadie a dónde iba o cuándo regresaría.

—Muy interesante.

—Y tan pronto levó anclas, unos tipos duros comenzaron a buscarlo en Nassau, haciendo preguntas de una manera bien desagradable.

—Y en todo este tiempo, ¿dónde estaba Melis?

—En su isla, cuidando a sus delfines.

—¿Ella sabía dónde estaba él?

—Si lo sabía, no lo comentaba.

—Háblame de Melis Nemid.

—Muchos espacios en blanco. Parece que conoció a Lontana cuando era una niña, con dieciséis años. Él estudiaba corrientes térmicas oceánicas junto a la costa de Santiago de Chile y ella se encontraba bajo la custodia de un tal Luis Delgado. Iba a la escuela y trabajaba para la fundación Salvar a los Delfines. Según Gary St. George, era una niña tranquila, callada, y toda su vida parecía dedicada a los estudios y a trabajar con los delfines. Obviamente era una chica muy lista. La mayor parte de su educación fue mediante Internet, educación en casa y entrenamiento laboral. Pero la aceptaron en la universidad a los dieciséis y con los años ha conseguido un título en biología marina.

—Muy inteligente.

—Y al parecer le gustan los delfines más que la gente. La mayor parte del tiempo está sola en esa isla. Por supuesto, la abandonó hace unos seis meses para viajar a Florida. Pero eso tuvo como objeto protestar contra la burocracia que obstaculizaba la salvación de delfines varados en bancos de arena.

—¿Y qué ha sido del tal Luis Delgado?

—Cuando ella tenía dieciséis años, él se mudó a San Diego.

—¿Y la abandonó?

—Ésa es una de las páginas en blanco. Solo sé que ésa fue la misma semana en que ella partió de Santiago con Lontana, y desde entonces ha permanecido a su lado. Ha estado presente en el *Último hogar* durante varias de sus exploraciones, pero en general parece que cada uno vive su propia vida.

—¿Y qué me dices de esa isla donde vive ella?

—Lontana la compró con el dinero que ganó en el rescate de aquel galeón español. Si estás pensando en visitarla, yo en tu lugar no lo haría sin una invitación. El único acceso es una cala en la orilla sur de la isla, y está cerrada con una red electrificada para proteger a los delfines. La vegetación es tan tupida que no es posible aterrizar con un helicóptero.

—No iba a visitarla todavía. Voy a alquilar un barco y me quedaré aquí hasta que me des algo que pueda aprovechar. Creo que necesita cierto tiempo para sobreponerse a la muerte de Lontana.

—Entonces, ¿por qué estás ahí?

Kelby hizo caso omiso a la pregunta.

—¿Qué pudiste averiguar del barco que vimos cuando buscábamos a Lontana?

—Todavía estoy trabajando en eso. Si es de alquiler, existe una posibilidad de que podamos averiguar algo. El *Sirena* es propiedad de una compañía británica de alquiler de barcos con sede en Atenas. En los registros hay muchos otros *Sirena*, pero todos tienen además un adjetivo. Por supuesto, puedo estar totalmente equivocado. —Hizo una pausa—. ¿Crees que alguien podría haberla seguido?

—Es posible. Consígueme nombres y descripciones tan pronto puedas.

—Mañana.

—Hoy.

—Eres un tipo difícil, Kelby. ¿Alguna otra cosa?

—Sí. Intenta localizar a Nicholas Lyons y haz que venga aquí.

—Mierda.

Kelby rió para sus adentros.

—No pasa nada, Wilson. Lo último que oí de él es que se había vuelto muy circunspecto y legal, con buenos motivos.

—Lo que no significa gran cosa. Supongo que tendré por delante la tarea de sacarlos nuevamente a los dos de la cárcel.

—Solo tuviste que hacerlo en una ocasión. Y esa prisión en Argel era muy segura, porque no pudimos salir nosotros solos.

—Creo que cuando estabas en los SEAL elegiste como amigo al peor elemento de todos.

—No, Wilson. Yo era el peor elemento de todos.

—Pues gracias a Dios que decidiste crecer y dejar de jugar a los comandos. Hacer que te mataran y dejarme con todo el papeleo para que pusiera orden hubiera sido algo propio de ti.

—No te haría semejante cosa.

—Sí, claro que lo harías. —Wilson suspiró—. ¿Tienes idea de dónde está Lyons?

—En San *Peter*sburgo.

—¿Puedes llamarlo?

—No. Cambia de número telefónico con frecuencia.

—Eso es lo que hacen todos los ciudadanos circunspectos y legales.

—Wilson, encuéntralo. Haz que me llame.

—Eso va en contra de mi sentido común. —Hizo una pausa—. Gary St. George me dijo otra cosa sobre Melis Nemid. Durante los dos primeros años que estuvo con Lontana visitó regularmente a la doctora Carolyn Mulan, una loquera de Nassau.

—¿Qué?

—Ella no lo mantuvo en secreto. Hablaba de sus visitas a la doctora Mulan como de algo sin importancia. Hasta hacía bromas al respecto. Él cree que también había estado al cuidado de un psiquiatra en Santiago de Chile.

—Eso me sorprende. Yo la considero una de las personas más equilibradas con las que me he tropezado.

—¿Quieres que intente ponerme en contacto con esa doctora a ver si puedo averiguar algo?

—Existe algo llamado confidencialidad en la relación médico-paciente.

—Un pequeño soborno en el sitio correcto puede superar esa barrera.

Kelby sabía eso mejor que Wilson. El dinero hablaba; el dinero podía convertir lo negro en blanco. Había convivido con esa verdad desde que era un niño. ¿Por qué estaba tan renuente a dejar las manos libres a Wilson respecto a la hoja clínica de Melis Nemid? Era algo repugnante. Probablemente ella había desnudado su alma ante aquella loquera y revolver sus secretos sería equivalente a quitarle la ropa a tirones.

Pero también era posible que le hubiera hablado de Marinth a aquella doctora.

—Mira a ver qué puedes descubrir.

• • •

Dios, qué calor hacía ese día.

Carolyn Mulan se pasó el pañuelo por la nuca antes de caminar hasta la ventana para echar un vistazo a la calle Parliament. El aire acondicionado del edificio se había estropeado de nuevo y ella anhelaba salir de la oficina y conducir hasta la playa para darse un chapuzón. Quizá saliera a navegar en el velero e iría a Isla Paraíso. No, esperaría hasta poder hacerlo con Melis. Con un poco de suerte sería capaz de convencerla de que se separara de los delfines la próxima semana.

Un paciente más y estaría libre.

Hubo un toque en la puerta y ésta se abrió.

—¿Doctora Mulan? Siento irrumpir así, pero parece que su secretaria ha tenido que salir.

La voz del hombre era vacilante, como sus maneras. Tenía unos cuarenta años, era bajito y pálido y vestía un elegante traje azul. Le recordó vagamente a un tópico personaje vacilante de algún programa clásico de la tele. Pero ella había aprendido que no existían personajes tópicos. Cada paciente era un individuo y merecía ser tratado como tal.

—¿Ha salido? Qué impropio de María. Seguro que regresará enseguida. —La doctora sonrió—. Entre, por favor. Lo siento, no recuerdo cómo se llama.

—Archer, Hugh Archer. —El hombre entró y cerró la puerta—. Y no se disculpe. Estoy acostumbrado a ello. Sé que soy uno de esos hombres que se confunden con la multitud.

—Tonterías. Es que habitualmente tengo delante las notas de Maria. —Echó a andar hacia la puerta—. Recogeré los formularios para pacientes nuevos del escritorio de María y entonces podremos hablar.

—Estupendo. —El hombre no se movió de su sitio delante de la puerta—. Me cuesta trabajo decirle cuántas esperanzas tengo puestas en nuestra conversación.

El teléfono de Kelby sonó poco después de las tres de la madrugada.

—He localizado a Lyons —dijo Wilson—. Va camino a Tobago. Creo que se alegró de salir de Rusia.

—¿Por qué no? Las Antillas son más placenteras.

—Sí, y la policía no persigue el contrabando con tanto ahinco.

—Eso es verdad.

—Y es posible que yo tenga que tomar un avión y viajar a Nassau.

—¿Por qué?

—No puedo comunicarme con Carolyn Mulan. Seguiré llamándola por teléfono pero quizá tenga que ir a buscarla personalmente.

—¿Has llamado a su consulta?

—Sale una grabación. Tiene una secretaria, María Pérez, pero tampoco he podido hablar con ella.

—Eso no es bueno.

—Es frecuente que no duerma en casa. Según su compañera de piso, María tiene tórridas y saludables relaciones con varios hombres en la ciudad.

—¿Y Carolyn Mulan?

—Está divorciada y tiene más de cincuenta años. Por el momento no tiene compañía. Cuando no está en la consulta, vive prácticamente en su barco.

—Avísame tan pronto consigas entrar en contacto con ella.

Kelby colgó y salió a cubierta. Hacía calor, había humedad y el mar se extendía ante él como una alfombra oscura y plácida. Demonios, no le gustaba el desarrollo de la situación con respecto a Carolyn Mulan. Si él consideraba que la médico de Melis podía ser de utilidad, alguien más podría haber llegado a la misma conclusión.

Se sintió tentado a encender los motores y salir hacia la isla de Melis. Estaba cansado de girar los pulgares y esperar. Nunca había sido un hombre paciente y ahora que estaba tan cerca de Marinth la inquietud lo abrumaba.

Estaba actuando como un niño. Wilson podía buscar a Carolyn Mulan. Y si no lograba establecer la relación adecuada con Melis Nemid podía echarlo todo a perder. No, haría lo más inteligente y aguardaría.

A las dos y treinta y cinco de la madrugada, el timbre del teléfono sacó a Melis de un profundo sueño.

—¿Melis?

La voz era tan ronca que por un momento Melis no la reconoció.

—Melis, necesito que vengas aquí.

Carolyn.

Se sentó en la cama.

—¿Carolyn, eres tú? ¿Qué pasa? Hablas como...

—Estoy bien, necesito que tú... —su voz se quebró—. Lo siento, por dios, lo siento. Cox. Yo no quería... No vengas. Mentiras. Te lo pido por dios, no vengas.

La conexión se cortó.

Melis buscó su agenda telefónica y un segundo después marcaba el número del teléfono móvil de Carolyn.

Sin respuesta.

La llamó a la consulta y a su casa. En los dos sitios le respondieron grabaciones. Permaneció allí sentada, inmóvil, tratando de aclararse la mente.

¿Qué demonios estaba ocurriendo? Conocía a Carolyn desde que era una adolescente, había sido su médico y su amiga. Melis siempre la había considerado fuerte como una roca, pero esta noche no lo había sido. Su voz sonaba... como rota.

Sintió un ataque de pánico.

—Dios mío. —Bajó los pies al suelo y echó a correr por el pasillo hasta la habitación de invitados—. Cal. Despierta. Tengo que llamar a la policía y viajar a Nassau.

De prisa. Tenía que apurarse.

Melis saltó del taxi en la pequeña terminal y se apresuró a pagarle al taxista. Se dio la vuelta y echó a andar hacia la entrada principal.

—Melis.

Kelby la esperaba al otro lado de la entrada. Ella se detuvo.

—Dios, lo único que me faltaba. —Pasó por delante de él y se dirigió al mostrador de pasajes—. No me moleste, Kelby, tengo que tomar un avión.

—Lo sé. Pero tendrá que cambiar de avión en San Juan para llegar a Nassau en un vuelo comercial. He alquilado un jet privado y un piloto. —La tomó por el codo—. Llegaremos dos horas antes.

Ella se apartó de él.

—¿Cómo sabía que yo iba a volar esta noche?

—Cal. Estaba preocupado por usted y porque no le permitió que la acompañara.

—Entonces, ¿lo llamó?

—La noche en que llamó para aceptar mi ofrecimiento de trabajo, le pedí que estuviera atento a cualquier problema que usted pudiera tener.

—Por Dios, no puedo creer que él le haya telefoneado.

—No la estaba traicionando. Intentaba ayudar.

—Y hacerle un favor a su nuevo jefe —dijo ella, torciendo los labios en una mueca.

Kelby negó con la cabeza.

—Es leal con usted, Melis. Simplemente está preocupado. No le gustó la llamada de Carolyn Mulan. A mí tampoco.

A Melis tampoco. Se asustó al recibir la llamada y su miedo había seguido creciendo.

—Eso no es asunto suyo. Yo no soy asunto suyo.

—Pero Marinth es asunto mío porque yo lo he decidido así. Y usted forma parte de todo eso. —La miró a los ojos—. Como Carolyn Mulan. Wilson ha estado intentando contactar con ella durante los últimos dos días. Alguien puede haberse dado cuenta de que estábamos tratando de hablar con ella y quizá la persigan. O es posible que hayan llegado ellos primero y ésa sea la razón por la que no podemos encontrarla.

—¿Y quién puede ser ese «alguien»?

—No lo sé. Si lo supiera, se lo diría. Mientras buscábamos a Lontana había otro barco recorriendo la zona. Pudo ser algo totalmente inocente pero estoy tratando de averiguar quién era. Puedo estar siguiendo una pista falsa. Quizá la desaparición de Carolyn Mulan no tenga nada que ver con la muerte de Lontana —añadió muy serio—. Pero no me gusta el hecho de que la están forzando a atraerla a usted a Nassau. Eso no pinta nada bien.

—¿Nada bien? Es terrible. No se imagina lo difícil que es hacer que Carolyn...

—Pero usted viaja a Nassau y eso es lo que ella le dijo que no hiciera.

—No puedo hacer otra cosa. Antes de salir de la isla llamé a la policía de Nassau y ahora ellos la están buscando.

Kelby asintió.

—Yo también los llamé. Pensé que podía servir de ayuda. De todos modos, venga usted conmigo o no, me voy a Nassau esta noche para encontrarla. Simplemente le ofrezco que viaje conmigo.

Las manos de Melis se cerraron con fuerza a los lados de su cuerpo. Carolyn estaba atrapada en medio. Carolyn, arañando las paredes de una jaula, indefensa. Una pesadilla. Una pesadilla. Maldita sea. Malditos sean todos.

—¿Su avión está preparado para despegar?

—Sí.

Ella volvió el rostro con un gesto brusco.

—Entonces, vámonos de aquí.

Melis no volvió a hablar hasta que estuvieron a punto de llegar a Nassau.

—¿Por qué? ¿Por qué intentaba ponerse en contacto con Carolyn?

—Usted no quiere hablar conmigo. Tenía la esperanza de que ella sí.

—¿Sobre Marinth? Ella no sabe nada. Nunca le dije nada sobre Marinth.

—No lo sabía.

—Y, de todos modos, ella tampoco se lo habría dicho. Nunca le revelaría nada de lo que le conté en nuestras sesiones. Cree en la confidencialidad de la relación médico-paciente. Además, es mi amiga.

—No tenía la menor idea. Pensé que podía equilibrar la balanza con un pequeño soborno.

—Nunca —repuso con fiereza—. Ella es una de las personas más honorables que he conocido. Es lista, bondadosa, y nunca se rinde. Dios sabe que nunca me abandonó. Si tuviera una hermana, quisiera que fuera como Carolyn.

—Eso dice mucho de ella. ¿Le gustaba a Lontana?

—Él no la conocía muy bien. La buscó para que me tratara pero no tenía mucha relación con ella. Siempre se sentía algo turbado en presencia de Carolyn. Los psiquiatras eran ajenos a su círculo. Pero él lo prometió, así que se aseguró de que yo siguiera viéndola.

—¿Se lo prometió a usted?

—No, a Kem... —estaba hablando de más. Aquello no le incumbía a él en absoluto. Aquella conversación era una prueba de su pánico desesperado—. La policía estaba muy preocupada. Ella es una ciudadana notable. Quizá la encuentren para cuando lleguemos.

—Es posible.

—Ella hablaba... no era ella misma. —Le temblaba la voz y calló para serenarse—. No puedo decirle lo fuerte que es. La primera vez que fui a su consulta me sentí como... Nunca antes me había permitido apoyarme en alguien. Ella podía haber dejado que me volviera dependiente, pero no lo hizo. No me permitía que me apoyara. Simplemente me daba su mano y me decía que siempre sería mi amiga. Nunca rompió su palabra.

—Entiendo que la relación entre el psiquiatra y el paciente puede convertirse en algo muy íntimo.

—No era nada por el estilo. Cuando pasaron los primeros años, ella se convirtió en mi mejor amiga. —Se recostó en el asiento y cerró los ojos—. Cuando llamó... su voz... creo que le habían hecho daño.

—No lo sabemos. Lo descubriremos. —Su mano se cerró sobre la de ella, que reposaba sobre el brazo del asiento—. No imagine más problemas.

Él no negaba ni confirmaba ninguna posibilidad. Si lo hubiera hecho, ella no lo habría creído. Pero su contacto era cálido y reconfortante, y ella no trató de liberar su mano. En ese preciso instante necesitaba consuelo y lo aprovecharía sin importar de dónde viniera.

Dios, esperaba que la policía hubiera hallado a Carolyn.

4

—¿Señorita Nemid? ¿Señor Kelby? —Un hombre robusto que llevaba un traje marrón los esperaba en el hangar cuando bajaron del jet—. Soy el detective Michael Halley. ¿Fue con ustedes con quienes hablé por teléfono?

Melis asintió.

—¿Han encontrado a Carolyn?

El hombre negó con la cabeza.

—Aún no, pero estamos haciendo un gran esfuerzo para encontrarla.

Las esperanzas de la chica cayeron en picado.

—La isla es pequeña. Casi todo el mundo conoce a Carolyn. Alguien debe de haberla visto o debe de haber oído algo sobre ella. ¿Qué hay de María Pérez?

El hombre vaciló un instante.

—Por desgracia, hemos hallado a la señorita Pérez.

Melis se puso tensa.

—¿Por desgracia?

—Fue encontrada en la playa por un grupo de chavales. Le habían cortado la garganta.

Melis sintió algo parecido a un puñetazo en el estómago. Apenas percibió la mano de Kelby, que le apretó el brazo en un gesto silencioso de apoyo.

—¿Y cómo...?

—No creemos que fuera asesinada en la playa. Había rastros de sangre en el recibidor de la consulta, la consulta de la doctora Mulan, así como en el pasillo trasero del edificio. Los otros inquilinos salen a las seis, así que lo más probable es que se llevaran el cuerpo al oscurecer y lo tiraran en la playa.

Lo tiraran. El detective hizo que pareciera un montón de basura en lugar de la chica alegre, la María de lengua suelta que Melis había conocido durante años.

—¿Está seguro de que se trata de María? ¿No es un error?

Halley negó con un gesto de cabeza.

—Llevamos a su compañera de piso a la morgue. La identificación fue positiva. Quisiéramos que usted nos acompañara a comisaría para declarar.

Ella asintió, aturdida.

—Haré cualquier cosa para ayudar a que encuentren a Carolyn. Pero no sé por qué alguien querría matar a María.

—¿Chantaje? —Halley se encogió de hombros—. Es una posibilidad. Uno de los archivadores estaba medio vacío y se habían llevado los archivos.

—¿Qué archivos? —intervino Kelby.

—De la M a la Z. —El detective hizo una pausa—. ¿La doctora tenía su hoja clínica en la consulta, señorita Nemid?

—Por supuesto. Era un lugar seguro. El archivador siempre se cerraba con llave.

—Obviamente, no tanto. A juzgar por las llamadas de preocupación que hemos recibido, parece que la doctora Mulan tenía pacientes en todos los niveles del gobierno. Si esas hojas clínicas se hacen públicas tendremos un problema terrible.

—¿Terrible? —Su aturdimiento se esfumó en un estallido de ira—. Lamento que sus políticos tengan que avergonzarse. No me importa cuáles eran los expedientes robados. Carolyn ha desaparecido, maldita sea. Encuéntrela.

—Tranquila, Melis. —Kelby se adelantó un paso e hizo una seña con la cabeza a un Mercedes aparcado junto al hangar—. Tengo un coche esperando, detective. Lo seguiremos a comisaría.

Halley asintió con un gesto.

—Lo siento. No quería ser insensible. El problema es que este crimen nos plantea problemas a diferentes niveles. —Se volvió y echó a andar hacia un sedán marrón—. Les estaré esperando.

—Vamos —Kelby le señaló el Mercedes a Melis—. Terminemos con esto. —Cogió la llave de una caja magnética bajo el parachoques trasero y abrió las puertas del coche—. O puedo hacer que Halley espere hasta que usted se serene.

—No voy a serenarme. Al menos hasta que encontremos a Carolyn. —Melis se acomodó en el asiento del pasajero—. Yo esperaba... Es peor de lo que pensé. María... han matado a María.

—¿La conocía bien?

Ella asintió.

—Desde que soy paciente de Carolyn, ella trabaja en la consulta. Vino con nosotras en algunos de nuestros viajes. Carolyn pensaba que ella me hacía bien.

—¿Por qué?

—Ella era... diferente. Era todo lo contrario que yo. Pero... a mí me gustaba. Siempre era... —Miró sin ver por la ventanilla mientras él ponía el motor en marcha—. Le cortaron la garganta. Dios mío, le cortaron la garganta. ¿Por qué?

—El cuchillo es silencioso y rápido.

Sí, él sabría mucho de esas cosas, pensó. Recordó haber leído en alguna parte que Kelby había estado en los SEAL, y ellos estaban habituados a matar muy silenciosa y rápidamente.

—Ella nunca hizo daño a nadie. Solo quería pasárselo bien y que cada minuto le resultara divertido.

—Entonces, seguro que era un obstáculo en el camino. —Kelby puso el coche en marcha—. Es así como los inocentes se convierten en víctimas.

—¿En el camino de alguien que quería llegar hasta Carolyn?

—O conseguir las hojas clínicas. Halley parece pensar que no era usted la única que interesaba.

—¿Y usted qué cree?

—A no ser que su amiga hiciera más de una llamada anoche a otras personas de su lista de pacientes, creo que usted es el blanco y los demás expedientes han sido robados para despistar.

—Y Halley nos hubiera dicho si había alguien que hubiera oído algo sobre Carolyn.

Kelby asintió.

—Pero si esos expedientes eran comprometedores, nadie habría contado nada. Me limito a decirle lo que percibo intuitivamente.

Y eso mismo era lo que ella sentía.

—Carolyn quería ir a la isla para verme allí. Yo sabía que estaba muy ocupada y le dije que esperara hasta el fin de semana. Por dios, si le hubiera dicho que fuera.

—Sí, claro. Pero, ¿cómo podía saber usted que iba a ocurrir todo esto? —Estiró el brazo y le tocó la mano que ella tenía sobre la rodilla—. Es fácil pensar a posteriori. No puede echarse la culpa por no predecir el futuro. Para usted, yo era la única amenaza en todo el escenario. Y no creo que me considere sospechoso de asesinato.

—En Atenas me siguieron desde mi hotel hasta los muelles. Y yo no quise pensar en nada que tuviera relación con Phil hasta que lograra hacerme a la idea. Pensé que la única persona amenazada era yo.

—¿Tiene alguna idea...? —Kelby negó con la cabeza—. Lo siento. En este preciso instante usted no necesita que le hagan más preguntas. Cuando lleguemos a la estación, Halley se ocupará de eso.

—Nunca había visto a aquel individuo. —Ella no había retirado la mano de debajo de la del hombre y se dio cuenta. No le gustaba que la tocaran pero había aceptado el contacto físico con Kelby sin preguntarse nada—. Pero no podía estar segura de que aquel hombre tuviera algo que ver con Phil. Yo era una mujer sola y ahí fuera hay muchos depredadores sexuales.

—Y puedo darme cuenta de que usted sería una presa preferente.

Ella se tensó e intentó retirar la mano. Pero él la agarró con más fuerza.

—Maldita sea, no para mí. No ahora. Sería como patear a un cachorrito.

—Un cachorrito está indefenso. Yo nunca estaré indefensa.

—¡Dios nos libre! Pero como estamos juntos en esto y no soy ahora una amenaza, no hay nada malo en que me permita estar a su lado en una situación difícil. —Los labios de Kelby se tensaron—. Y yo diría que esta situación es más que difícil.

—No lo necesito.

«Difícil» no era la palabra que describía el horror que se arremolinaba en torno a ella. Se sentía como sumida en una niebla gélida, asfixiante. Pero Kelby era fuerte, estaba lleno de vida, y le había prometido que no sería una amenaza.

No retiró la mano.

—¿Café?

Melis levantó la vista y descubrió a Kelby de pie frente a ella con una taza de poliespuma en la mano.

—Gracias. —Ella aceptó la taza y tomó un sorbo del líquido humeante—. ¿Ya ha terminado?

—Me pareció larguísimo. Halley es minucioso. Yo no tenía ninguna relación con su amiga, aparte de pedirle a Wilson que intentara verla. No tenía nada que contarle al detective.

—O quizá él no quería ofenderlo. Usted ha hecho grandes inversiones en el complejo Atlantis, ¿no es verdad?

—Sí, pero eso no impediría que Halley me tratara con la misma minuciosidad con la que la trató a usted. Es evidente que la doctora Mulan es muy importante. —Se sentó al lado de ella—. Usted lleva casi seis horas en comisaría y esta sala de espera no es nada cómoda. ¿Y si me deja llevarla a un hotel? Me quedaré aquí y la llamaré si algo... —Ella negó con la cabeza—. Bueno, es lo que pensaba. —Tomó un sorbo de café—. Bien, al menos el café de la máquina es decente. He estado en algunas cárceles donde sabía a fango.

—¿De veras?

—Parece sorprendida. Es verdad, Wilson ha impedido que la prensa eche mano a mi pintoresco pasado. Es una de las escasas cosas que ha podido escamotearle.

—¿Por qué estuvo en la cárcel?

—Por nada demasiado terrible. Cuando salí de los SEAL andaba de correrías. No tenía nada que hacer y no sabía qué dirección tomar. Iba de país en país, tratando de decidirme.

—Y optó por la oceanografía.

—Yo diría que ella optó por mí. Desde que era niño me

encantaba navegar, y resultó algo natural. —Tomó otro sorbo de café—. ¿Siempre ha sabido lo que quería hacer?

—Sí, desde que tenía doce años. Vi el océano, vi los delfines y supe que no querría separarme de ellos nunca. Ellos me trajeron la paz.

—¿Y eso era importante para una niña de doce años?

—Para esta niña de doce años. —Echó un vistazo a Halley, al otro lado de la pared de cristales que separaba su oficina de la sala de espera. Hablaba por teléfono—. ¿Por qué tarda tanto? ¿Cree que sabe lo que está haciendo?

—Parece bastante eficiente. Y quiere encontrarla, Melis.

Entonces, ¿por qué no lo hacía? Durante las horas que habían pasado allí no habían oído nada.

—Es imposible que no haya testigos que vieran cómo se llevaban de la consulta a María y a Carolyn.

—Estoy seguro de que aún no han entrevistado a todo el mundo. Todavía es posible que... Mierda. —Miraba directamente a Halley, que acababa de colgar el teléfono—. No me gusta su lenguaje corporal.

Melis se puso tensa. Halley estaba de pie, avanzando hacia la puerta que llevaba a la sala de espera. Caminaba muy erguido, con los hombros derechos y su expresión...

—Señorita Nemid, lo siento. —Su voz era muy suave—. El mar ha dejado un cuerpo en la orilla, cerca del hotel Castle. Una mujer de cincuenta años, alta, de cabello gris. Pensamos que podría tratarse de Carolyn Mulan.

—¿Piensan? ¿Por qué no lo saben a ciencia cierta?

—El cuerpo está... algo dañado. Ahora lo llevan a la morgue, para la identificación.

—Quiero verla, puedo decirle si se trata de Carolyn.

—Quizá no pueda hacerlo. Su rostro está... muy lacerado.

Melis apretó las manos con tanta fuerza que se clavó las uñas en las palmas.

—La conozco hace años. Era más que una hermana para mí. Puedo decirle si es ella.

—No querrá ver su cuerpo, señorita Nemid.

—¡Por supuesto que sí! —La voz le temblaba—. Quizá no sea ella. No quiero que dejen de buscarla mientras toman muestras de ADN o analizan la dentadura de esa mujer. Quiero verla con mis propios ojos.

Halley miró a Kelby.

—Si ella cree que puede darnos una identificación positiva, no puedo negarme. En los casos de asesinato el tiempo siempre es muy importante. Pero le aseguro que no me gusta. ¿Podría convencerla de que no lo hiciera?

Kelby negó moviendo la cabeza.

—Me gustaría poder hacerlo, pero no hay manera.

—Probablemente no sea ella. —Melis se humedeció los labios—. Ustedes no la conocen. Es tan fuerte, es la mujer más fuerte que he conocido. No permitiría que le pasara nada. Estoy segura de que se trata de otra persona.

—Entonces, ¿por qué pasar por todo esto? —preguntó Kelby con brusquedad—. Unas horas, un día, no pueden...

—¡Cállese, Kelby! Yo tengo que... —Melis se volvió hacia Halley—. ¿Me llevará usted a... la morgue?

—Yo la llevaré. —Kelby la tomó de la mano—. Vamos a terminar con esto, Halley.

El recinto era frío.

El brillo de la mesa de acero inoxidable donde yacía el cuerpo cubierto por una sábana blanca era mucho más frío todavía.

Todo el mundo era frío. Ésa debía de ser la razón por la que ella no podía dejar de temblar.

—Puede cambiar de idea —murmuró Kelby—. No tiene que hacer esto, Melis.

—Sí, lo haré. —Dio un paso hacia la mesa—. Tengo que saber... —Respiró profundamente y después se dirigió a Halley—: Muéstreme su cara.

Halley vaciló un instante y a continuación retiró lentamente la sábana.

—¡Oh, por Dios! —Retrocedió hasta pegarse a Kelby—. ¡Por Dios, no!

—Vamos fuera. —Kelby la rodeó con el brazo—. Vámonos de aquí, Halley.

—No. —Melis tragó en seco y se acercó un poco más—. Aunque... quizá no... Ella tiene un lunar bajo el cabello, en la sien izquierda. Siempre decía que se lo haría quitar, pero nunca se decidía a hacerlo. —Apartó delicadamente el cabello del rostro destrozado de la mujer.

Por favor. Dios, que no lo tenga. Que esta pobre mujer destrozada no sea Carolyn.

—¿Melis? —pronunció Kelby.

—Me siento... mal.

Apenas tuvo tiempo de atravesar el recinto hasta el fregadero de acero inoxidable, donde vomitó. Se agarró con desesperación al borde romo de metal para no caer al suelo.

Kelby estuvo enseguida a su lado, sosteniéndola. Melis podía oír los latidos del corazón del hombre junto a su oreja. La vida. El corazón de Carolyn nunca más volvería a latir de esa manera.

—¿Es su amiga? —preguntó Kelby suavemente.

—Es Carolyn.

—¿Está segura? —preguntó Halley.

Desde el instante en que el detective apartó la sábana, ella había estado segura, pero no había querido admitirlo.

—Sí.

—Entonces, lárguese de aquí.

Halley se volvió y comenzó a cubrir el rostro de Carolyn con la sábana.

—No. —Melis se liberó del abrazo de Kelby y atravesó nuevamente el recinto—. Todavía no. Tengo que... —Quedó allí de pie, mirando el rostro de Carolyn—. Tengo que recordarla...

El dolor la quemaba, se retorcía con furia dentro de ella, fundiendo el hielo y dejando únicamente la desesperación.

Carolyn...

Amiga. Maestra. Hermana. Madre.

Dios que estás en los cielos, ¿qué te han hecho?

—Ésta es su habitación. —Kelby abrió la puerta y encendió la luz de la habitación de hotel—. Estoy al lado, en la habitación vecina. Mantenga esa puerta entreabierta. Si me llama, quiero oírla. No abra la puerta del pasillo para nada.

Carolyn tendida allí, fría e inmóvil.

—Muy bien.

Kelby maldijo para sus adentros.

—No me está escuchando. ¿Ha oído lo que le he dicho?

—Que no abra la puerta. No voy a hacerlo. No quiero dejar que nadie entre. —Solo quería estar sola. Dejar el mundo fuera. Dejar el dolor fuera.

—Creo que no se puede esperar otra cosa. Recuerde, si me necesita estoy aquí.

—Lo recordaré.

Kelby la miró con frustración.

—Demonios, no sé qué hacer. De esto no... Dígame qué puedo hacer por usted.

—Márchese —dijo ella con sencillez—. Simplemente márchese.

Él no se movió, en su rostro se reflejaron diversas emociones.

—Oh, qué diablos...

La puerta se cerró a sus espaldas y un segundo después ella oyó cómo él controlaba que la puerta tuviera pasado el cerrojo.

Distraída, se dio cuenta de que él no había confiado en que ella cerrara bien la puerta. Quizá tenía razón. Parecía incapaz de hilvanar dos pensamientos.

Pero no tenía problemas con los recuerdos. El recuerdo de Carolyn cuando la conoció. El recuerdo de su amiga al timón de su barco, riendo con Melis por encima del hombro.

El recuerdo de Carolyn destrozada, hecha pedazos, tendida sobre aquella mesa en la morgue.

Apagó la luz y se dejó caer en el butacón junto a la ventana. No quería luz. Quería arrastrarse a una caverna y estar sola en la oscuridad.

Quizá los malos recuerdos no la siguieran hasta allí.

—Por Dios que eres un tío difícil de encontrar, Jed.

Kelby se volvió y vio a un hombre gigantesco que se le acercaba por el pasillo.

Se relajó al reconocer a Nicholas Lyons.

—Cuéntale eso a Wilson, Nicholas. Ha tenido que peinar San *Petersburgo* para hallarte.

—Tuve algunas dificultades, pero no dejé un rastro de cadáveres a mis espaldas. Wilson me dice que aquí te has metido en un enredo de primera. —Miró a la puerta—. ¿Es ésa la habitación de ella?

Kelby asintió.

—Melis Nemid. —Dio unos pasos por el pasillo y abrió la puerta de su propia habitación—. Ven conmigo, te invito a un trago y te pongo al día.

—Estoy impaciente. —Nicholas hizo una muecas mientras lo seguía—. Creo que estaré más seguro si vuelvo a Rusia.

—Pero será menos rentable. —Kelby encendió la luz—. Si vas a correr el riesgo de que te maten, que sea por una causa que valga la pena.

—¿Marinth?

—¿Wilson te lo dijo?

—Es la carnada que me ha traído aquí —Lyons asintió—. He decidido que necesitas los servicios de un chamán de primera como yo si vas a dedicarte a Marinth.

—¿Un chamán? Eres un mestizo de apache que creció en los barrios bajos de Detroit.

—No me molestes con la verdad cuando estoy preparando una mentira tan grandiosa. Además, paso los veranos en la reserva. Te sorprenderías de todo lo que aprendí sobre magia cuando me dediqué a ello.

No, Kelby no se sorprendería. Se había dado cuenta de que Lyons era polifacético desde el momento en que lo conoció en el campo de entrenamiento de los SEAL en San Diego. En la superficie era pura amistad, carisma informal, pero Kelby nunca había encontrado a nadie tan salvaje, tan gélidamente eficiente cuando entraba en acción.

—¿Qué clase de magia?

—Magia blanca, por supuesto. En estos tiempos, nosotros los indios tenemos que ser políticamente correctos. —Sonrió—. ¿Quieres que te lea la mente?

—Rayos, no.

—Qué aguafiestas. Nunca me has permitido mostrarte mis habilidades. De todos modos, te lo voy a decir. —Cerró los ojos y se llevó la mano a la frente—. Estás pensando en Marinth.

Kelby resopló, burlón.

—Es una suposición muy sencilla.

—Cuando se trata de Marinth no hay nada que resulte sencillo. —Abrió los ojos y la sonrisa se desvaneció—. Porque es tu sueño, Jed. Los sueños nunca son sencillos. Hay demasiadas interpretaciones.

—También es tu sueño o no estarías aquí.

—Sueño con el dinero que podría traer. Demonios, con lo que sé sobre Marinth no puedo pensar otra cosa. Ni querría saber nada. Pero parece que ahora vas a tener que ponerme al día.

—Bien, debes saber que la primera vez que se habló de Marinth fue a finales de los cuarenta.

—Sí, vi ese viejo ejemplar de *National Geographic* que tenías en el *Trina*. Había un desplegable sobre el descubrimiento de la tumba de un escriba en el Valle de los Reyes.

—Hepsut, escriba de la corte real. Fue un gran hallazgo porque había cubierto las paredes de su futura tumba con la historia de su época. Y había toda una pared dedicada a Marinth, la isla ciudad destruida por una enorme ola. En la época del escriba ya era un relato antiguo. Marinth era fabulosamente rica. Tenía de todo. Fértiles tierras de cultivo, una marina, una próspera industria pesquera. Y tenía la reputación de ser el centro tecnológico y cultural del mundo entero. Entonces, una noche, los dioses se llevaron lo que habían creado. Enviaron una enorme ola que barrió la ciudad de vuelta al mar de donde había salido.

—Tiene un sospechoso parecido con la Atlántida.

—Ése era el consenso general. Que Marinth era simplemente otro nombre para la leyenda sobre la Atlántida. —Hizo una pausa—. Quizá lo fuera. Eso no importa. Lo que importa es que este escriba dedicó una pared entera de su última morada a Marinth. Todo lo demás que había en la tumba hablaba de la historia del Antiguo Egipto. ¿Por qué iba a cambiar de opinión para contar un cuento de hadas?

—Entonces, ¿no crees que sea una leyenda?

—Quizá haya una parte de leyenda. Pero si al menos la décima parte es verdad, las posibilidades son emocionantes.

—Como dije, es tu sueño. —Su mirada se deslizó hasta la puerta adyacente—. Pero no es su sueño, ¿no es verdad? Después de todo lo ocurrido tiene que ser más bien una pesadilla.

—Me ocuparé de que obtenga beneficios de todo esto.

—«Beneficios» puede interpretarse de muchas maneras.

—Dios, cuando te vuelves filosófico no te aguanto.

—Estaba siendo más enigmático que filosófico.

Kelby se dirigió al teléfono.

—Te pediré un trago de bourbon. Quizá eso difumine tu...

—No te molestes. Sabes que nosotros, los indios, no podemos beber agua de fuego.

—No tenía idea de semejante cosa. Me has hecho beber hasta caer bajo la mesa muchas veces.

—Sí, pero si vas a hacer que te vuelen la cabeza, yo debo mantener la mía clara. Además, no creo que estés de humor esta noche para divertirme. Mis poderes chamánicos perciben un declive emocional bien marcado. —Se dio la vuelta y echó a andar hacia la puerta—. Tengo que registrarme en el hotel. Te llamaré cuando tenga un número de habitación.

—No me has preguntado qué quiero que hagas.

—Quieres hacerme rico. Quieres que te ayude a conseguir tu sueño. —Hizo una pausa para mirar de nuevo la puerta que daba a la habitación de Melis—. Y quieres que te ayude a mantenerla con vida mientras hacemos todo eso. ¿Algo más?

—Eso es todo.

—Y eso que, según tú, no soy un chamán auténtico.

La puerta se cerró a sus espaldas.

Kelby pensó con cansancio que Nicholas tenía razón. Estaba agotado y descontento, y su estado de ánimo era indudablemente sombrío. Era bueno tener allí a Nicholas, pero en ese preciso instante no tenía ganas de tratar con él. No podía espantar el recuerdo de la cara de Melis Nemid al contemplar el horror de lo que una vez fue su amiga. Querría haber blasfemado, gritar de ira, tomarla en brazos y llevársela de allí.

Era una reacción poco habitual para él. Pero desde que conociera a Melis todas sus reacciones habían sido poco habituales. Generalmente podía transformar cualquier relajamiento en lo que sentía hacia ella concentrándose en un elemento diferente, como su sexualidad. Eso había hecho en el hospital de Atenas. Pero no había podido hacerlo desde que la vio en el aeropuerto de Tobago. Sí, su percepción sexual de la chica estaba allí, pero había muchas otras cosas. Al parecer ella era capaz de hacer brotar emociones que él ni siquiera sabía que aún estaban allí.

Y la chica no había abierto la puerta entre las habitaciones, como él le había dicho que hiciera.

Kelby atravesó la habitación y entreabrió ligeramente la puerta. En la habitación de Melis no había luz pero él podía percibir que estaba despierta y sufriendo. Era como si los dos estuvieran conectados de alguna manera. Qué locura.

Se alegraría cuando ella dejara de ser tan vulnerable y él pudiera ver la situación con más perspectiva.

No pensar en ella. Llamaría a Wilson para ver si había logrado hallar la pista de aquel otro barco. A continuación llamaría a Halley para darle el número de su habitación en caso de que hubiera alguna información nueva.

No pensar en Melis Nemid, sentada en la habitación adyacente. No pensar en su dolor. No pensar en su coraje. Mantenerse ocupado y trabajar para lograr el objetivo. El sueño. Marinth.

Kelby llamó a la puerta que daba a la habitación de al lado y después la abrió del todo al no obtener respuesta.

—¿Está bien?

—No.

—Bien, de todos modos voy a entrar. Decidí dejarla sola con su dolor durante un tiempo pero lleva veinticuatro horas sentada ahí en la oscuridad. Tiene que comer.

—No tengo hambre.

—No es mucho. —Encendió la luz al entrar en la habitación—. Sólo lo suficiente para luchar contra el dolor. He pedido sopa de tomate y un bocadillo. —Hizo una mueca—. Sé que no me quiere aquí, pero tendrá que decirme si hay algo más que necesite.

Ella negó con la cabeza.

—¿Han concluido la autopsia?

—No querrá hablar de ello.

—Sí. Cuénteme.

Kelby asintió.

—La llevaron a cabo de prisa, así como la prueba del ADN. Querían una confirmación total por varias razones.

—La gente cuyos expedientes desaparecieron.

—A Halley lo están presionando bastante. Es... —Se cortó al oír un golpe en la puerta—. Aquí está su comida. —Atravesó la habitación y ella lo oyó hablar con el camarero. A continuación cerró la puerta y regresó empujando un carrito—. Siéntese y coma algo. Cuando termine responderé a todas las preguntas que quiera.

—Yo no... —Ella lo miró a los ojos. Él no iba a transigir y ella necesitaba información. Tendría que pagar aquel precio mínimo. Melis se sentó y comenzó a comer. Terminó el bocadillo, dejó la sopa y apartó el carrito—. ¿Cuándo podrán entregar el cuerpo de Carolyn?

Él le sirvió una taza de café.

—¿Quiere que le pregunte a Halley?

Melis asintió.

—Carolyn quería que la incineraran y que lanzaran sus cenizas al mar. Quiero estar aquí para hacerlo. Tengo que despedirme de ella.

—Ben Drake, su ex marido, se está ocupando de todo eso. Lo único que falta es que le entreguen el cadáver.

—Ben debe estar destrozado. Él la amaba todavía. No podían vivir juntos pero eso no quería decir nada. Todo el mundo quería a Carolyn.

—Usted más que nadie. —Kelby la examinó—. Está más serena de lo que pensé. Más pálida que un fantasma, pero cuando la traje aquí esperaba que se derrumbara. Estaba casi a punto.

Todavía estaba a punto de derrumbarse. Melis se sentía como si estuviera caminando por el borde de un acantilado, colocando un pie delante del otro, temiendo siempre que la cornisa cayera a sus espaldas.

—Yo no le haría eso a Carolyn. —Le costó trabajo pero mantuvo la voz serena—. Se decepcionaría conmigo si me permitiera una crisis nerviosa. Ella se sentiría como si hubiera fallado.

—Si ella era tan bondadosa como me dice, no creo que le importara que usted...

—Me importaría a mí. —Se levantó y caminó hacia la ventana que daba al mar—. ¿Han descubierto algo más sobre la muerte de Carolyn?

—El certificado oficial dice que murió por hipovolemia.

Melis hizo acopio de fuerzas.

—La torturaron, ¿no es verdad? Su pobre cara...

—Sí.

—¿Qué... le hicieron?

Él quedó en silencio.

—Cuéntemelo. Tengo que saberlo.

—¿Para sentirse peor todavía?

—Si la torturaron es porque querían que ella me hiciera venir aquí. Estuvieron a punto de conseguirlo y eso significa que deben haberle hecho mucho daño. —Cruzó los brazos sobre el pecho. Aguanta. Métete en tu concha y las palabras no harán tanto daño—. Si no me lo dice, le preguntaré a Halley.

—Usaron un cuchillo en su cara y sus pechos. Le arrancaron dos molares traseros de raíz. ¿Está satisfecha?

El dolor. Aguanta. Aguanta. Aguanta.

—No, no estoy satisfecha, pero ahora sé cómo van las cosas. —Tragó en seco—. ¿Halley tiene alguna pista? ¿No hay testigos?

—No.

—¿Y el nombre que pronunció? ¿Cox?

—En Inmigración aparece un Cox que llegó recientemente. Pero es un ciudadano responsable, un filántropo con más de setenta años. Además, no creo que el canalla que vigilaba la conversación de la doctora Mulan le habría permitido que mencionara su nombre. Quizá ella se confundió.

—¿No hay nombres en su agenda?

—No hay agenda. Desapareció con las hojas clínicas.

—¿Cuándo se va a celebrar el funeral de María?

—Mañana a las diez. Su madre llega esta noche de Puerto Rico. ¿Piensa asistir?

—Por supuesto.

—Aquí no se da nada por supuesto. En las últimas cuarenta y ocho horas ha habido aquí dos asesinatos relacionados con usted. Alguien está desesperado por ponerle las manos encima. Pero usted piensa ir a ese funeral como si nada hubiera ocurrido.

—¿Por qué no? —Melis sonrió con un gesto torcido—. Usted me protegerá. No quiere que nadie más averigüe nada sobre Marinth. ¿No es ésa la razón por la que está aparcado ante mi puerta?

Kelby se puso tenso.

—Seguro. Si no fuera por eso dejaría que la gente que destrozó a su amiga se ocupara de usted. ¿Qué demonios me importa?

Estaba molesto. Quizá se sentía herido. Melis no lo sabía y no estaba de humor para analizar los sentimientos de Kelby. Apenas lo conocía.

No, eso no era verdad. Después de lo que habían pasado juntos ella se daba cuenta de que Kelby no era el hombre consentido y ambicioso que había imaginado. Era duro pero no implacable del todo.

—Lo dije sin pensar. Creo que soy suspicaz por naturaleza.

—Sí, lo es. Pero tiene razón. Simplemente, me ha cogido desprevenido. —Kelby caminó hacia la puerta—. Vendré mañana por la mañana a recogerla y llevarla al funeral. Ahora voy a comisaría, a presionar a Halley para que me dé más información. Tengo un amigo en el pasillo que la protege. Se llama Nicholas Lyons. Es enorme, feo, tiene el cabello negro y largo y se parece a Jerónimo. Mantenga la puerta cerrada con llave.

La puerta se cerró con fuerza a sus espaldas.

Melis se alegraba de que se hubiera marchado. Era demasiado fuerte, demasiado vibrante. No quería dispersar su concentración, lo que le ocurría siempre que Kelby estaba cerca. Tenía que dedicar toda su atención y sus esfuerzos a dejar pasar las próximas horas, los próximos días.

Y a decidir cómo igualar la partida.

5

La mañana siguiente el teléfono de Melis sonó a las nueve y treinta.

—Soy Nicholas Lyons, señorita Nemid. Jed está en comisaría y se retrasa un poco. Me ha pedido que la lleve al funeral. Él se reunirá con nosotros allí.

—Lo veré en recepción.

—No. Subiré a recogerla. Hay demasiadas salidas y los ascensores nunca son seguros. A Jed no le gustaría que yo dejara que la secuestraran en nuestras narices. Cuando llame a la puerta, mire por el visor. Estoy seguro de que Jed le dio mi descripción. Alto, apuesto, lleno de dignidad y encanto. ¿Es correcto?

—No exactamente.

—Entonces, recibirá una sorpresa placentera. —Y colgó.

Ella echó un vistazo al espejo junto a la puerta. Gracias a dios, se sentía muy mal pero su aspecto no era ése. Estaba pálida pero no demacrada. Y no era que la madre de María se fuera a dar cuenta. Estaría demasiado desconsolada para verlo...

Llamaron a la puerta.

Melis miró por el visor.

—Nicholas Lyons. ¿Lo ve? Jed le mintió. —El hombre sonrió—. Siempre ha tenido celos de mí.

Kelby no había mentido. Lyons medía por lo menos un metro noventa y dos, era corpulento y llevaba su brillante cabello negro atado en una cola. Sus rasgos eran tan duros que podían haber sido descritos como feos si no fueran interesantes.

—Bueno, no acertó cuando dijo que usted se parecía a Jerónimo. —Ella quitó el cerrojo a la puerta—. Las únicas fotos de Jerónimo que he visto se las hicieron cuando era un anciano.

—Hablaba de la versión cinematográfica. Joven, dinámico, inteligente, fascinante. —La sonrisa desapareció—. Siento mucho su pérdida. Jed dice que está atravesando un mal momento. Sólo quiero que sepa que mientras esté conmigo no va a ocurrirle nada.

Qué extraño. Ella le creía. De él irradiaba una fuerza sólida y una resolución tranquilizadoras.

—Gracias. Me gusta saber que tengo a Jerónimo de mi lado.

—Y a su lado. —El hombre dio un paso atrás e hizo un gesto—. Vamos ya. Jed se preocupará y eso siempre lo convierte en una persona difícil.

Melis cerró la puerta y echó a andar hacia el ascensor.

—Usted debe conocerlo muy bien.

Lyons asintió.

—Pero me tomó muchísimo tiempo. Su infancia no lo preparó para ofrecer libremente su confianza o su afecto.

—¿Y la suya?

—Mi abuelo era temible. A veces la diferencia está en una única persona.

—No me ha respondido.

—Oh, ¿se dio cuenta de eso? —Sonrió—. Es una mujer muy perspicaz...

De repente giró y se colocó delante de ella mientras la puerta de salida se abría junto a ellos. En una fracción de segundo su aspecto cambió de ligero e informal a intimidatorio y amenazante. El camarero portador de una bandeja que había salido de la escalera se detuvo de repente y dio un paso atrás. Melis comprendió por qué: ella también hubiera retrocedido.

Entonces Nicholas sonrió, le hizo un gesto al camarero y le indicó que caminara delante de ellos.

El hombre se apresuró a seguir por el pasillo.

—¿Qué decía yo? —preguntó Nicholas—. Oh, sí, estaba diciendo que es usted una mujer muy perspicaz.

Y qué hombre más enigmático es usted, pensó Melis. Pero eso estaba bien. El hecho de que los amigos de Kelby fueran tipos peligrosos no la sorprendía. Tal para cual. Y en ese mismo momento no tenía que resolver ningún rompecabezas. Todo lo que estaba obligada a hacer era estar presente en el funeral de María e intentar darle un poco de consuelo a su madre.

Contención. No liberar el dolor y la furia. Dar un paso cada vez.

—La Nemid estuvo presente hoy en el funeral de la secretaria —dijo Pennig tan pronto Archer cogió el teléfono—. No hubo oportunidad de acercarse a ella. Kelby estuvo a su lado todo el tiempo y ella estaba rodeada de policías y amigos de la difunta.

—¿Te mantuviste a distancia?

—Por supuesto. Ella me vio en Atenas. La zorra me miró fijamente. Podría reconocerme.

—Eso fue por tu chapucería. Debiste de haber sido más cuidadoso.

—Fui cuidadoso. No sé cómo se enteró de que la seguía.

—El instinto. Es algo que te falta, Pennig. Pero tienes otras habilidades que yo admiro. Y he tratado de cultivar esas habilidades. Aunque me sentí decepcionado cuando fallaste con la Mulan después de todo lo que te he enseñado.

—Estuve a punto de conseguirlo —dijo Pennig con rapidez—. Y ella no fue fácil. Con frecuencia las mujeres son las más duras.

—Pero me aseguraste que estaba quebrada, de otra manera no le hubiera dejado que llamara a Melis Nemid. Fue un serio error de juicio de tu parte.

—No volverá a ocurrir.

—Lo sé. Porque no voy a permitirlo.

Pennig sintió una súbita ansiedad que acalló al instante.

—¿Quiere que me quede aquí? No sé cuánto podré aproximarme a ella.

—Quédate ahí un poco más. Uno nunca sabe cuándo podría aparecer la ocasión. Mientras, quiero que averigües todo lo que puedas sobre Kelby y sus socios. Incluyendo su número de teléfono y dónde está atracado su barco. Reúnete conmigo dentro de dos días en Miami si no sale nada ahí en Nassau. Y no dejes que nadie te vea, maldita sea. Dime, ¿tus contactos en Miami consiguieron a los dos hombres que tenían que buscar?

—Sí, son dos de por allí, Cobb y Dansk. De poca monta, pero servirán para vigilar la isla.

—Espero que no sean necesarios. Yo estaría complacido en grado sumo si pudieras llegar hasta Melis Nemid ahí en Nassau.

Pennig se quedó en silencio por un instante.

—¿Y qué hacemos si no puedo?

—Pues encontraré una manera de herir a Melis Nemid donde más le duela —dijo Archer con voz tranquila—. Y te prometo que no seré tan ineficiente como tú con Carolyn Mulan.

Todo es tan rápido, pensó Melis mientras contemplaba cómo las cenizas de Carolyn se deslizaban hacia el mar. Sus restos tardaron segundos en desaparecer bajo las olas.

En ese mínimo espacio de tiempo se esfumó el vestigio de una vida. Pero ella había dejado mucho detrás. Melis tomó el silbato de plata que Carolyn le había dado, lo besó y lo lanzó al mar.

—¿Qué era eso? —preguntó Kelby.

—Cuando llevé los delfines a casa, Carolyn me lo regaló para que me diera suerte. —Tragó en seco—. Era demasiado bello para ponérmelo pero lo llevaba siempre conmigo.

—¿No quería conservarlo?

La chica negó con la cabeza.

—Quería que lo tuviera ella. Carolyn sabrá lo que significaba para mí.

—Hijos de puta.

Melis se volvió para ver a Ben Drake, el ex marido de Carolyn, de pie a su lado, mirando el agua por encima de la borda de la nave. Sus ojos estaban enrojecidos y húmedos de lágrimas no vertidas.

—Hijos de puta. ¿Por qué coño alguien iba a...? —Se volvió y se abrió camino entre la multitud hasta el otro lado del barco.

—Usted tenía razón, lo está pasando muy mal. —Kelby miró a la gente congregada en cubierta—. Tenía muchísimos amigos.

—Si hubieran dejado que subieran a bordo todos los que deseaban venir, el barco se habría hundido. —Melis volvió a mirar el agua—. Era una persona muy especial.

—Está muy claro que todos pensaban así. —Transcurrieron varios minutos, el barco dio la vuelta y emprendió el regreso al muelle antes de que Kelby volviera a hablar—. ¿Y ahora, qué? —preguntó con serenidad—. Dijo que todo quedaba en suspenso hasta que terminara el funeral de su amiga. No puede permanecer aquí. Es muy peligroso para usted. ¿Va a regresar a su isla?

—Sí.

—¿Me permitirá que vaya con usted?

Ella sabía que él esperaba una negativa. Melis volvió a mirar por encima del hombro hacia el mar, donde habían dispersado las cenizas de Carolyn.

Adiós, amiga mía. Gracias por todo lo que me diste. No te olvidaré.

Sus labios se pusieron muy tensos cuando se volvió para mirarlo a la cara.

—Sí, Kelby, por supuesto, venga conmigo.

—Buena instalación. —Kelby contemplaba cómo ella bajaba la red—. Y sus amigos delfines, ¿nunca han intentado salir de ahí?

—No. *Pete* y *Susie* son muy felices aquí. En una ocasión les puse un transmisor e intenté liberarlos, pero todo el tiempo regresaban a la red y me pedían que los dejara entrar.

—¿No les gusta el ancho mundo?

—Saben que puede ser peligroso. Y han tenido todas las aventuras que han querido. —Tan pronto pasaron flotando al otro lado volvió a tensar la red—. No todo el mundo ama a los delfines.

—Es difícil de creer. *Pete* y *Susie* son fascinantes. —Sonrió mientras miraba a los delfines que nadaban jubilosos en torno al bote—. Y parece que la quieren mucho.

—Sí —Melis sonrió—. Me quieren. Soy de la familia. —Echó a andar el motor—. Para los delfines la familia es importante.

—¿Adoptaron a su amiga Carolyn?

Melis negó con la cabeza.

—Les gustaba. Quizá se le habrían acercado más si ella hubiera sido capaz de pasar más tiempo con ellos. Siempre estaba ocupada. —Hizo un gesto de saludo con la mano—. Ahí está Cal, en el embarcadero. Se sentirá aliviado por mi regreso. *Pete* y *Susie* lo ponen nervioso. Ellos se dan cuenta de ello y hacen travesuras. —Llevó el bote hasta el embarcadero y apagó el motor—. Hola, Cal. ¿Todo bien?

—Perfecto. —Cal la ayudó a salir del bote—. En realidad, mientras estabas fuera los delfines se han portado muy bien.

—Te dije que les gustabas. —Hizo un gesto hacia Kelby—. Jed Kelby. Éste es Cal Dugan, su nuevo empleado. Se conocen por teléfono. Cal le mostrará su habitación. Voy a darme una ducha y les daré tiempo para que se conozcan. Los veré a la hora de la cena.

Melis echó a andar por el embarcadero hacia la casa.

—Parece que me han abandonado —murmuró Kelby con los ojos clavados en la chica—. Creo que aquí hay que ser delfín para llamar su atención.

—Más o menos —dijo Cal—. Pero por lo menos lo ha dejado venir. No invita a mucha gente.

—A no ser que tenga algún propósito oculto.

—Melis no oculta gran cosa. Es directa, siempre va de frente. —Hizo una mueca—. Siempre dice exactamente lo que piensa.

—Entonces, todavía no está lista para decirme por qué me ha invitado. —La siguió con una mirada indagadora—. Al menos, aún no.

El sol se ponía cuando Kelby salió a la galería. Melis estaba sentada con los pies metidos en el agua y hablaba tranquilamente con *Pete* y *Susie*.

El hombre se detuvo un instante para contemplarla. La expresión de la chica era dulce, radiante. Tenía un aspecto totalmente diferente al de la mujer que había conocido en Atenas y después.

Eso no quería decir que no fuera dura de pelar. No debía olvidarlo, tenía que hacer caso omiso de aquella mujer que parecía una niña mientras hablaba con sus delfines. Las mujeres eran siempre más peligrosas cuando no parecían ser una amenaza. Él estaba allí por una sola razón y nada podía interferir en eso.

Sí, sin duda, había muchas cosas que estaban interfiriendo. Pero habían logrado dejar atrás todo aquel horrible lío en Nassau. Ahora podía concentrarse y avanzar hacia el objetivo.

Echó a andar por la galería en dirección a ella.

—Actúan como si la comprendieran.

Melis se puso tensa y levantó la vista hacia Kelby.

—No sabía que estuviera aquí.

—Estaba totalmente absorta. ¿Siempre salen y la saludan después de cenar?

Kelby se sentó en el borde de la galería y contempló cómo *Pete* y *Susie* se alejaban nadando a toda velocidad y comenzaban a jugar en el mar.

—Casi siempre. Habitualmente vienen al atardecer. Les gusta darme las buenas noches.

—¿Cómo los identifica en el agua? ¿O debo decir cómo los identificaría yo? Al parecer, usted tiene un sentido adicional.

—*Pete* es más grande y tiene en el hocico unas manchas grises más oscuras. *Susie* tiene una V en el centro de la aleta dorsal. ¿Dónde está Cal?

—Lo envié a Tobago a por provisiones y a recibir a Nicholas. Volverán mañana.

—¿Nicholas Lyons viene hacia aquí?

—No, a no ser que usted lo diga. La isla es suya. Él puede quedarse en Tobago. Solo lo quería cerca.

—Puede venir. No me importa.

—Eso no fue lo que dijo Cal. Según él, esta isla es muy privada.

—Así es como me gusta. Pero a veces debo hacer caso omiso a lo que me gusta o no. Quizá lo necesite.

—¿De veras?

—Buenas noches, tíos —le gritó ella a los delfines—. Os veré por la mañana.

Los delfines emitieron una serie de cloqueos y al momento desaparecieron bajo la superficie.

—No volverán, a no ser que los llame.

—¿Por qué los llama «tíos» si *Susie* es hembra?

—Cuando los vi por primera vez, no me dejaron aproximarme lo suficiente para determinar cuál era su sexo. Están diseñados para la velocidad y sus genitales están fuera de la vista hasta que tienen que usarlos. Alguna que otra vez los llamo así. —Melis se puso de pie—. He preparado café. Voy a buscar unas tazas y la cafetera.

—Voy con usted.

—No, quédese aquí.

No quería que él la acompañara. Necesitaba estar sola unos minutos. Dios, no quería hacer aquello. Pero lo que ella quisiera o no carecía de importancia. Había tomado una decisión y debía mantenerla.

Cuando regresó, él estaba de pie mirando al crepúsculo.

—¡Qué belleza! No me sorprende que no quiera abandonar este sitio.

—En el mundo hay muchos lugares hermosos. —Melis dejó la bandeja sobre la mesa—. Y probablemente usted conozca la mayoría.

—Lo he intentado—. Kelby sirvió el café y llevó su taza hasta el borde de la galería—. Pero a veces lo hermoso se vuelve horroroso. Depende de lo que ocurra. Espero que eso no le ocurra nunca a este lugar.

—Ésa es la razón por la que le pedí a Phil que instalara lo necesario para proteger la isla.

—Cal me dijo que usted puede aumentar la tensión en esa red hasta un nivel letal. —Hizo una pausa—. Y que lo instaló antes de que todo esto comenzara. Es obvio que no tiene mucha confianza en las fuerzas del orden.

—Habitualmente los guardacostas aparecen después de un crimen. Si uno quiere mantener su independencia sólo puede confiar en sí mismo, eso es lo que he aprendido. —Lo miró a los ojos—. ¿No lo cree?

—Sí. —Kelby se llevó la taza a los labios—. No la estaba criticando. Solamente era un comentario. —Se volvió para mirarla—. Bien, hemos discutido la belleza del entorno, la seguridad y la independencia. ¿Va a decirme ahora por qué estoy aquí?

—Pues porque voy a darle lo que quiere. Lo que todos quieren. —Hizo una pausa—. Marinth.

Kelby se puso tenso.

—¿Qué?

—Ya me ha oído. La ciudad antigua, la fortaleza, el cofre del tesoro. El gran premio. —Los labios de la chica se torcieron en un gesto de amargura—. El trofeo por el cual Phil y Carolyn dieron sus vidas.

—¿Sabe dónde está Marinth?

—Conozco su ubicación aproximada. Está en las Islas Canarias. Hay obstáculos. No va a ser algo fácil. Pero puedo encontrarla.

—¿Cómo?

—No se lo pienso decir. Es importante que siga necesitándome.

—Porque no confía en mí.

—Cuando se trata de Marinth, no confío en nadie. Viví muchos años con Phil y siempre soñaba con encontrar Marinth. Me leyó las leyendas y me habló de las expediciones que habían partido en busca de la ciudad perdida. Hasta bautizó su barco como *Último hogar* porque Hepsut se refirió a Marinth con esas palabras en la pared de su tumba. Phil no sentía la misma emoción con respecto a la Atlántida. Estaba seguro de que Marinth era un hito superior de desarrollo tecnológico y cultural. Pasó la mitad de su vida siguiendo pistas falsas para hallar la ciudad. —Hizo una pausa—. Y entonces, hace seis años, creyó haber descubierto su localización. Quería que todo fuera un gran secreto para que no aparecieran otros oceanógrafos. Dejó a la tripulación en Atenas y me llevó al sitio.

—¿Y lo había encontrado?

—Había descubierto una manera de encontrarlo. Y la prueba de que existía. Estaba loco de alegría.

—¿Y por qué no fue al lugar.

—Hubo un problema. Necesitaba mi ayuda y yo se la negué.

—¿Por qué?

—Si quería encontrar la ciudad, que lo hiciera solo. Quizá hay sitios que deben permanecer enterrados en el océano.

—Pero ahora está dispuesta a colaborar.

—Porque es el precio que tengo que pagar. Usted quiere Marinth, igual que Phil.

—¿Y qué quiere usted?

—Quiero a los hombres que mataron a Carolyn y a Phil. Quiero que sean castigados.

—¿Los quiere muertos?

Carolyn yaciendo sobre aquella mesa metálica.

—Oh, sí.

—¿Y no cree que la ley pueda atraparlos?

—No puedo correr ese riesgo. Y es posible que pase demasiado tiempo si intento atraparlos yo sola. No tengo dinero ni tampoco influencias. La isla es lo único que poseo en el mundo. Usted es mi única oportunidad. Tiene tanto dinero como el rey Midas. Sus antecedentes en los SEAL le han enseñado a matar. Ahora tiene un motivo. Acabo de ofrecérselo.

—Pero antes de recibir mi recompensa tengo que darle lo que quiere.

—No soy tonta, Kelby.

—Y yo tampoco. Usted no ayudó a Lontana a encontrar Marinth a pesar de que le tenía cariño. ¿Por qué debo creer que me llevará allí por las buenas?

—No va a creerlo pero está obsesionado como Phil, así que se arriesgará a ver si cumplo mi parte del trato.

—¿Está segura de eso?

—Bastante segura.

—Deme una prueba de que sabe dónde está Marinth.

—Aquí no cuento con ninguna prueba que pueda mostrarle. Tendrá que confiar en mí.

—Si no la tiene aquí, ¿dónde entonces?

—Cerca de Las Palmas.

—Eso no es muy exacto. ¿Por qué no volamos allí y me lo enseña?

—Si le muestro la prueba, usted podría llegar a la conclusión de que no me necesita.

—Entonces tendría que confiar en mí, ¿no es verdad? —Kelby negó con la cabeza—. Tenemos un empate. Equipar un barco para una expedición de este tipo puede resultar muy caro. Se supone que yo debo gastar todo ese dinero con la esperanza de que me diga la verdad, ¿no? Wilson no aprobaría que siguiera adelante sin pistas.

—¿Por qué discute? —Melis frunció el ceño—. Eso es lo que quiere de mí desde el momento en que me conoció. Ahora se lo estoy poniendo en las manos.

—Me está diciendo que lo va a poner en mis manos. ¿Sabe cuántas veces a lo largo de mi vida he confiado en personas que después me han pateado el trasero? Hace mucho juré que eso no me volvería a ocurrir. Muéstreme por qué debo pensar que usted es diferente. No veo ningún indicio, ninguna prueba. —Hizo una pausa por un instante—. Lo pensaré.

Melis sintió una sacudida de pánico. No había esperado que él vacilara. Phil no lo hubiera hecho. Todo, lo que fuera, por el sueño.

—¿Qué más quiere?

—He dicho que lo pensaría.

—No, yo necesito que usted lo haga. Carolyn era... No puedo dejar que se vayan de rositas después de lo... —Respiró profundamente—. ¿Qué quiere de mí? Haré lo que sea. ¿Quiere que me acueste con usted? Lo haré. Es algo tentador, ¿no? Lo que sea para asegurar que...

—Cállese, por Dios. No quiero follármela.

—¿Nunca le ha pasado la idea por la cabeza? —Los labios de la chica se curvaron—. Claro que sí. Yo... les gusto a los hombres. Desde siempre. Es algo que tiene que ver con mi aspecto. Carolyn solía decir que yo despertaba su instinto de conquistadores, que yo tenía que aceptarlo y acostumbrarme. Como ve, lo acepto, Kelby. ¿Quiere que añada un pequeño extra a Marinth? Puede conseguirlo. Basta con que me dé su palabra.

—Hija de puta.

—Sólo su palabra.

—No voy a darle absolutamente nada. —Dio un paso hacia ella, con los ojos brillantes llameantes en su rostro tenso—. Sí, demonios, quiero acostarme con usted. He querido hacerlo desde el primer momento en que la vi en Atenas. Pero uno no intenta tirarse a una mujer que está herida. Rayos, no soy un animal. No la trataré como a una furcia aunque me ofrezca comportarse como tal. Si he tomado la decisión de buscar Marinth no ha sido porque quisiera meterme en su cama.

—¿Se supone que debo darle las gracias? No lo entiende. No me importa lo que haga. Eso no significa nada para mí.

Kelby masculló un taco.

—Dios, no me sorprende que vayan a por usted. No conozco a un solo hombre que no quisiera follársela sólo para demostrarle que está equivocada. —Se dio la vuelta y echó a andar en dirección a la puerta de la galería—. Tengo que alejarme de usted. Hablaremos por la mañana.

Había metido la pata, pensó ella con desesperación cuando el hombre desapareció en la casa. Había querido ser fría, diligente, pero le había entrado el pánico al primer asomo de oposición. Le había ofrecido la única mercancía que ella sabía totalmente aceptable.

Pero no lo había sido para él. Por alguna razón eso la hacía indignarse y enojarse.

Y no porque él no hubiera querido. Ella había visto todas las señales. El cuerpo del hombre había estado tenso, preparado, y ella había percibido una sexualidad salvaje.

Y no había retrocedido ante aquello.

Se dio cuenta de ello con asombro. No había percibido el usual rechazo instintivo. Quizá fuera porque aún estaba hundida en un vacío emocional. Aunque había sentido suficientes emociones cuando pensó que él se negaba a ayudarla.

Olvídalo. Intentaría persuadirlo nuevamente por la mañana. Él tendría toda la noche para pensar en Marinth y lo que aquello significaría para él. De todos modos, para los hombres el sexo era sólo una tentación temporal. La ambición y el hambre de riquezas eran cosas sólidas y permanentes que echaban todo lo demás a un lado. ¿Quién podría saberlo mejor que ella?

La luna ascendía y su luz era clara y hermosa sobre el agua. Permanecería un rato allí y quizá pudiera calmarse antes de irse a la cama. En ese mismo momento se sentía como si nunca más fuera a dormir. Su mirada se dirigió a la red al otro lado de la rada. Había tanta maldad más allá de aquella red. Tiburones, barracudas y los canallas que habían asesinado a Carolyn. Ella siempre se había sentido segura en la isla, pero en ese momento no.

En ese momento no...

Por Dios, qué duro era.

Y qué estúpido, pensó Kelby disgustado. Estúpido como una roca. ¿Por qué separarse de ella? Habitualmente no renunciaba a nada. Allí había sexo. Tómalo.

Debió ser lo inesperado de la oferta lo que le hizo dar un paso atrás. Ella nunca había dado indicios de que había percibido la tensión sexual subyacente que él detectaba. Demonios, desde el momento en que la había conocido ella había estado sumida en un vuelo en picada emocional.

Ése era el puñetero problema.

Está bien, olvida el sexo y concéntrate en lo que tiene importancia. ¿Podía creerla cuando decía que le podía dar Marinth? La chica estaba obsesionada con la idea de encontrar a las personas que habían matado a su amiga. Podría estar mintiendo al decir que conocía la localización de la ciudad. También podría estar mintiendo cuando aseguraba que cumpliría su parte del trato. Era una situación llena de peligros.

Y que él no podía valorar objetivamente antes de darse una ducha fría.

Mientras caminaba hacia el dormitorio su teléfono comenzó a sonar.

—He descubierto quién alquiló el *Sirena* —dijo Wilson tan pronto Kelby respondió—. Hugh Archer. Estaba acompañado por Joseph Pennig. No fue fácil. Tuve que gastar una buena cantidad de tu dinero. Spiro, el dueño de la empresa de alquiler, tenía un miedo mortal a hablar.

—¿Por qué?

—Me imagino que recibió amenazas terribles. Spiro es un tío de cuidado y no le preocupa alquilarle sus barcos a los contrabandistas de drogas de Argel. Por eso creo que las amenazas deben de haber sido horribles. Dijo que Pennig le prometió que le cortaría la polla si no se olvidaba de que los había visto.

—Sí, creo que eso impresionaría a cualquier hombre. ¿Pudiste sacarle a Spiro alguna información sobre Archer?

—Pues no le hizo llenar un formulario de solicitud de crédito —repuso Wilson con sequedad—. Pero anduvo preguntando discretamente después de que Archer le pagó en efectivo.

—¿Drogas?

—Habitualmente no. Se dedica a compraventa de armas. Juega fuerte. Se dice que ha metido componentes nucleares de contrabando en Irak.

—Entonces no tendría problemas para conseguir el plástico que hizo estallar el *Último hogar*.

—¿Pero por qué? A no ser que Lontana estuviera transportando alguna mercancía suya.

—No sé cuál sería la causa. Marinth puede haber sido suficiente. Quizá Lontana estaba ayudando a Archer y después se le atravesó en el camino. Aunque desenterrar una ciudad perdida nunca es un negocio de rédito inmediato. Hay que invertir tiempo y mucho dinero antes de que llegue la bonanza. Pero todavía me inclino por Marinth. Secuestraron a Carolyn Mulan porque querían llegar hasta Melis. Y Melis sabe cosas sobre Marinth.

—Y Lontana intentó ponerse en contacto contigo para hablar de Marinth. ¿Quieres que investigue a Archer y averigüe de dónde sale?

—Ya lo sabes. Intenta averiguar si estuvo en las Bahamas la semana anterior. ¿Cuánto tiempo crees que te va a llevar este asunto?

—¿Cómo demonios voy a saberlo? No tengo contactos con la Interpol.

—Entonces, consíguelos. No sé de cuánto tiempo disponemos aún.

—Habla con Lyons —dijo Wilson en tono agrio—. Estoy seguro de que tiene relaciones íntimas con la policía en varios continentes.

—Íntimas, quizá. Pero yo no diría amistosas.

—¿Melis te ha dado alguna pista sobre Marinth?

—Sí, algo así. Llámame. —Y colgó.

Archer. El hombre del otro barco ahora tenía nombre y un pasado. Un pasado muy feo. Bueno, si había sido responsable de las muertes de Lontana, María Pérez y Carolyn Mulan, su presente sería aún más feo. Si Kelby decidía perseguirlo, no podría esconderse.

¿Sí? Ya había tomado la decisión. ¿Por qué iba a dudar? Desde el momento en que conoció a Melis se había sentido blando como el agua clara y eso lo ponía enfermo. Ya tenía a Archer en el punto de mira. Podía encontrar vías para presionar a Melis y que ella cumpliera su parte del trato. Marinth estaba en el horizonte, esperándolo.

Entonces, haz lo que quieras. Ve en pos de Marinth. Cumple el trato.

Y, sin dudas, disfruta del sexo.

6

El teléfono de Melis sonó a las doce y treinta de la mañana.

Carolyn.

No estaba durmiendo pero el timbrazo la hizo sentarse de un tirón, muy derecha sobre el lecho. Le recordaba demasiado aquella noche en que Carolyn la había llamado. Lacerada. Agonizante...

El teléfono volvió a sonar.

¿Cal llamando desde Tobago?

Pulsó el botón.

La voz masculina era firme, tranquila.

—¿Melis Nemid?

No era Cal.

—Sí. ¿Quién es?

—Entrega especial.

—¿Qué?

—Tengo un paquete para usted.

—¿Se trata de una broma?

—Oh, no. Hablo en serio. He dejado un regalo para usted atado a la red. Sufrí un corrientazo desagradable. Eso me ha dejado con cierta inquina hacia usted.

—¿De qué demonios está hablando?

—Sabe, no debió ser tan soberbia con respecto a Marinth. A mí me complace, pero a usted no le gustarán las consecuencias.

—¿Quién es usted?

—Hablaremos más tarde. Vaya a recoger su regalo.

—No voy a ninguna parte.

—Creo que irá. La curiosidad es un acicate. ¿Sabe?, me fastidiaron esos delfines que me chillaban.

Ella se puso tensa.

—Si les hace daño, le cortaré el gaznate.

—Qué violenta. Tiene mucho en común con uno de mis empleados. Debería conocerlo. —Hizo una pausa—: Hablar personalmente con usted ha sido una delicia. Es mejor que limitarse a oír su voz. —Y colgó.

Ella permaneció sentada allí, petrificada.

La última frase sólo podía significar una cosa.

Carolyn. Él había sido el que escuchaba mientras obligaba a Carolyn a que le mintiera.

—Dios mío. —Saltó de la cama, se puso los pantaloncitos cortos y la camiseta, y salió corriendo de la habitación. Abrió la caja de controles de la electricidad y empujó la palanca para aumentar el voltaje. Cuando salió corriendo de la casa, la puerta delantera se cerró de un tirón a sus espaldas.

—¿Adónde demonios va? —Kelby estaba de pie en el camino de acceso cuando ella pasó corriendo hacia el embarcadero.

—*Susie* y *Pete*. Ese hijo de puta quiere hacer daño a mis chicos. —Soltó el bote de motor—. No le voy a permitir...

—¿Qué hijo de puta? —Kelby saltó al bote junto a ella—. ¿Y por qué va a querer dañar a los delfines?

—¡Porque es un cabrón! —Melis puso en marcha el motor—. Porque eso es lo que hace. Destroza las cosas. Corta, saja y hace...

—¿Me va a decir qué rayos pasa?

—He recibido una llamada del hijo de puta que mató a Carolyn. Dijo que tenía un regalo para mí. Y después se puso a hablar de *Pete* y *Susie*, y de cómo... —Suspiró profunda y entrecortadamente—. Lo mataré si se le ocurre hacerles daño.

—De todos modos es lo que tenía pensado hacerle. ¿Le dijo su nombre?

—No, pero me dijo que era el que escuchaba cuando Carolyn me llamó. —Metió la mano debajo y agarró dos potentes linternas. Se las tiró—. Ayúdeme. Ilumine más allá de la red. Podría estar fuera, con un fusil, esperándome.

—No es lógico. —Kelby encendió las linternas y recorrió con el rayo de luz las aguas oscuras al otro lado de la red—. Nada. No creo que la quiera muerta.

—A la mierda la lógica. —Al aproximarse a la red ralentizó el bote—. Oh, Dios, no oigo a *Pete* y *Susie*.

—¿No estarán bajo el agua?

—No si alguien ha estado jugando con la red. Son como perros guardianes. —Melis tomó el silbato que llevaba atado al cuello y sopló. Seguía sin oírlos. Sintió que el pánico se apoderaba de ella—. Podrían estar heridos. ¿Por qué no...

—Tranquila. Los oigo.

Se dio cuenta con alivio de que ella también los oía. Un cloqueo agudo cerca de la orilla sur de la rada. Hizo girar el bote.

—Apunte la luz hacia ellos. Tengo que cerciorarme de que están bien.

Dos esbeltas cabezas grises se levantaron cuando se aproximó. No parecían heridos, solo agitados.

—Está bien, chicos —dijo calmándolos—. Estoy aquí. No os va a ocurrir nada.

Los delfines emitieron sonidos con excitación y *Susie* comenzó a nadar hacia ella.

Pero *Pete* se mantenía junto a la red, nadando de un lado para otro como si estuviera de guardia.

—Acércate. Hay algo al otro lado de la red. —Kelby enfocaba la linterna más allá de *Pete*—. Lo veo brillando en el agua.

—¿Brillando? —Ahora ella también podía verlo. Era como un pedazo de valla, quizá de sesenta por noventa centímetros—. ¿Qué demonios es eso?

—Sea lo que sea, está atado a la red —dijo Kelby—. Y no podremos retirarlo hasta que la baje y desconecte la electricidad.

Melis se humedeció los labios.

—Mi regalo.

—No parece muy letal. Pero usted sabrá.

—Quiero ver de qué se trata. Mantenga enfocada esa linterna.

Melis se dirigió al punto de desconexión. Tres minutos después había bajado la red y regresaba a donde estaba *Pete*. El delfín no hizo el menor intento de salir de la rada. Estaba en silencio, nadando de un lado al otro frente al objeto en el agua.

—Está preocupado —dijo Melis—. Percibe algo... desagradable. Siempre ha sido más sensible que *Susie*.

Ella permaneció con los ojos clavados en el objeto que flotaba bajo la superficie. No quería mirarlo. Al igual que *Pete*, tenía algo así como un presentimiento.

—No tenemos que recuperarlo ahora —dijo Kelby—. Regresaré más tarde y lo sacaré.

—No. —Melis acercó el bote—. Como bien dijo, no es lógico que él quiera matarme o algo por el estilo. Mantendré quieto el bote para que usted pueda meter la mano y soltarlo de la red.

—Si eso es lo que quiere... —Kelby se inclinó sobre la borda y metió ambos brazos bajo el agua—. Está atado con una soga. Me llevará un minuto...

A ella no le hubiera importado que le llevara diez años. Esperaba que la maldita cosa se hundiera hasta el fondo del mar. Kelby había colocado las linternas en el fondo del bote pero la luz se reflejaba en el agua y ella podía ver aquella extraña superficie brillante. Comenzó a temblar.

Oro. Parecía oro.

—Lo tengo. —El hombre sacó el panel dorado al bote y lo examinó—. ¿Pero qué demonios es? Trabajo de calado, dorado. Esto parece pintura dorada, pero no tiene ningún mensaje escrito.

Calado dorado, como de encaje.

—Se equivoca. Hay un mensaje —dijo ella, atontada.

Calado dorado, como de encaje.

—No veo que... —Se cortó al levantar la vista hasta el rostro de la chica—. Usted sabe de qué se trata.

—Lo sé. —Melis tragó en seco, con fuerza. No vomitar—. Tírelo de vuelta al mar.

—¿Seguro?

—Maldita sea. Tírelo.

—Bien.

Kelby lanzó el panel al mar con todas sus fuerzas.

Ella hizo girar el bote y se dirigió a la orilla.

—Melis, tiene que subir la red —dijo Kelby bajito.

Dios mío, lo había olvidado. Nunca, en todo el tiempo que había estado allí, se le había olvidado proteger la isla.

—Gracias.

Volvió a hacer girar el bote y se encaminó hacia la red.

Kelby no volvió a hablar hasta que estaban regresando de nuevo al chalet.

—¿Va a decirme qué mensaje le ha enviado Archer?

—¿Archer?

—Wilson dice que se llama Hugh Archer. Siempre que se trate de la misma persona que alquiló aquel barco en Grecia.

—¿Por qué no me lo había dicho?

—No tuve la ocasión. Me lo dijeron anoche y usted no estaba de humor para oírme. Temía por sus delfines.

Ella todavía sentía miedo. Cuánta fealdad. No podía imaginar cuánta fealdad había en Archer, tanta que lo había llevado a enviarle aquel panel.

—No me ha respondido. ¿Va a decirme qué significado tenía para usted ese panel?

—No.

—Bueno, una respuesta sucinta. Entonces, ¿me va a decir si es un contacto ocasional o si es la jugada de apertura?

—Esto sigue. —Melis apagó el motor junto al embarcadero—. Será pronto. Querrá herirme de nuevo.

—¿Por qué?

—Algunos hombres atacan de esa manera. —¿Estaba hablando del pasado o del presente? Se difuminaban en una sola imagen—. Es probable que le causara placer torturar a Carolyn. El poder. Les gusta ejercer el poder... —Echó a andar hacia la casa.

—Melis, si me deja en la ignorancia no puedo ayudarla.

—Pero en este preciso momento no puedo hablar con usted. Déjeme sola.

Entró en la casa y fue directamente a su dormitorio. Encendió todas las luces y se acurrucó en el butacón con los ojos clavados en el teléfono al lado de la cama, donde ella lo había dejado. Tenía que dejar de temblar. El hombre volvería a llamarla pronto y ella tenía que estar preparada.

Dios, cuánto quería dejar de temblar.

El hombre no volvió a llamar.

Ella se rindió y cuando los primeros rayos de la aurora aparecieron sobre el horizonte fue a darse una ducha. El agua caliente le causaba una sensación agradable en su cuerpo helado, pero no lograba relajar sus músculos tensos. Hasta que aquella espera terminara nada la relajaría. Debió de esperar que él intentara prolongarlo todo.

Para ella la espera había sido siempre una forma de tortura. Él debía saberlo. Él debía saberlo todo.

Cuando ella salió a la galería, Kelby estaba sentado en una silla y le señaló la jarra de café sobre la mesa.

—Cuando la oí moverse, preparé café. —La mirada del hombre examinó su rostro—. Tiene muy mal aspecto.

—Gracias. —Melis se sirvió el café—. Usted tampoco parece muy fresco. ¿Ha permanecido aquí toda la noche?

—Sí. ¿Qué esperaba? Cuando entró corriendo en su dormitorio parecía una víctima del Holocausto a la que de nuevo habían encerrado en Auschwitz.

—Y usted sentía curiosidad.

—Sí, puede decirlo de esa manera si no quiere aceptar que estuviera preocupado. ¿Va a hablar conmigo?

—Aún no. —Ella colocó el teléfono en la mesa que tenía delante antes de sentarse en la silla de extensión. Paseó la vista por encima del agua—. Ese hombre... él tiene mi hoja clínica. Le conté cosas a Carolyn que nunca le había contado a nadie. Él sabe exactamente qué cosas me hacen daño. Está buscando una forma de manipularme.

—Hijo de puta.

—¿Y no es ésa la razón por la que usted me ha seguido desde Atenas? Necesitaba encontrar algo que me obligara a contarle lo que sé sobre Marinth. Él quiere lo mismo que usted.

—No creo que me guste que usted nos compare.

—No, no existe nadie sobre la tierra tan canalla como ese cabrón.

—Eso me consuela.

Quizá debía disculparse. Estaba tan agotada que le resultaba difícil pensar.

—No quise decir... Se trata de que me siento atrapada y tengo que encontrar cómo escapar. No sé quién o dónde... Si hubiera creído que usted es como él no le habría dicho que quería llegar a un arreglo.

—Entonces, ¿su ofrecimiento se mantiene?

—Sí. ¿Creyó que yo dejaría que ese tipo me intimidara? —Sus labios se tensaron—. Nunca logrará que me rinda. Nunca permitiré que consiga lo que quiere.

—Aún no sabemos qué quiere.

—Marinth. Me lo dijo.

—Archer es un traficante de armas a gran escala. No sé cómo ha podido involucrarse en esto. Puedo imaginármelo sacando el jugo de un rico hallazgo, pero...

—¿Es un traficante de armas?

—Sí. —Kelby entrecerró los ojos y la miró fijamente—. Eso le dice algo. ¿Por qué?

—Porque es posible que sepa cómo se ha metido en esto. Phil necesitaba dinero para la expedición. Estoy segura de que ésa es la razón por la que quería ponerse en contacto con usted. Pero Archer debió de haber oído algo sobre Phil y se puso al habla con él.

—¿Qué es lo que debió de haber oído?

Ella aguardó un momento antes de responder. Estando tan habituada a proteger a Phil le resultaba difícil confiar en alguien. Pero Phil estaba muerto. Ya no tenía que seguir protegiéndolo.

—Nosotros... encontramos unas tablillas. Unas tablillas de bronce. Dos pequeños cofres metálicos, ambos llenos de tablillas.

—En Marinth.

—No estaban entre las ruinas. No descubrimos las ruinas. Phil pensó que la fuerza que destruyó la ciudad los había arrastrado. O quizá las tablillas fueron escondidas antes del cataclismo. Eso no importa. Phil estaba loco de contento.

—Puedo entender por qué.

—Tenían textos escritos en jeroglíficos, pero eran diferentes de todo lo que se ha encontrado en Egipto. Phil tenía que ser muy cuidadoso a la hora de buscar un traductor en quien pudiera confiar plenamente y tardó un año para que se las descifraran.

—Por Dios.

—Veo que eso lo entusiasma. Phil se entusiasmó de la misma manera. —Hizo una pausa—. Al principio yo también me emocioné. Era como descubrir un mundo de conocimientos y experiencias totalmente nuevo.

Kelby la miró con ojos entrecerrados.

—Pero algo la espantó. ¿Qué fue?

—En ocasiones los mundos nuevos no son tan buenos como los pintan. Pero Phil estaba feliz. Había estudiado las fumarolas en el fondo del océano y una de las tablillas le ofreció algo que, en su opinión, podría cambiar el mundo. Una fórmula para crear un aparato sónico que permitiría explotar las fumarolas y quizá el magma del núcleo terrestre. Podría suministrar energía geotérmica que sería a la vez barata y limpia. Iba a salvar el mundo.

—¿Inventó el aparato?

—Sí, le tomó bastante tiempo pero lo hizo.

—¿Y funcionó?

—Si lo hubieran utilizado para lo que fue hecho, seguramente habría funcionado. Fue a ver a un senador estadounidense muy involucrado en temas medioambientales. Le dieron un laboratorio y un equipo para que concluyera su trabajo en el dispositivo. —Melis se humedeció los labios—. Pero no le gustó lo que ocurría allí. Se hablaba demasiado sobre efectos volcánicos y casi nada sobre energía geotérmica. Pensó que lo más probable era que tuvieran la intención de utilizarlo como arma.

—¿Un cañón sónico? —Kelby soltó un silbido—. Eso podría ser un arma formidable. ¿Terremotos?

—Por supuesto —asintió ella.

—Parece usted muy segura.

—Hubo un... incidente. Una tragedia. No fue culpa de Phil. Él había recuperado sus notas y los prototipos y se había largado de allí. Me prometió que abandonaría todo intento de hacer operativo aquel aparato. —Hizo una mueca—. Pero no abandonó lo de Marinth. Recomenzó la búsqueda.

—Y usted cree que Archer se enteró de los experimentos y llegó a la conclusión de que quería participar.

Melis se encogió de hombros.

—Contrataron a varios personajes desagradables para el proyecto. Todo eso es posible.

—Entonces, quizá Archer no vaya detrás de Marinth. ¿Tiene los datos de la investigación de Lontana?

—Sin prototipos. —Ella hizo una pausa—. Pero tengo las tablillas, las traducciones y los trabajos que hizo para el gobierno.

—Mierda. ¿Dónde están?

—Aquí no. ¿Creyó que se lo diría?

—No, nada de eso. Pero usted podría estar más segura si alguien además de usted supiera dónde están.

Ella no respondió.

—Está bien, no me lo diga. De todos modos no me dedico a bombas sónicas.

—¿No? A la mayoría de los hombres le gustan los juguetes de guerra. La idea de poder manejar el poder suficiente para estremecer el planeta les parece atractiva.

—De nuevo generaliza. Y estoy comenzando a enojarme por...

—Viene alguien. —Se levantó de un salto y echó a andar hacia la casa—. ¿No oye a *Pete* y *Susie*?

—No, usted debe tener una antena incorporada. —Se levantó y la siguió—. Y no tiene por qué tratarse de visitas, ¿verdad?

—No, pero lo son. —Ella atravesó toda la casa y salió por la puerta principal. Se sintió aliviada—. Son Cal y Nicholas Lyons. Claro, se me olvidó que venían esta mañana.

—Obviamente tenía otras cosas en la cabeza. —Se detuvo junto a ella en el embarcadero mientras contemplaba cómo Cal bajaba la red—. Y llegan un poco temprano. Deben haber salido todavía de noche.

Ella se puso tensa.

—¿Y por qué razón harían eso?

—No tengo ni idea. —Sus ojos se centraron en el bote—. Pero nada la amenaza, Melis. No conozco a Cal Dugan, pero Nicholas es de fiar. Le he confiado mi vida en varias ocasiones.

—Hace años que conozco a Cal. No me preocupa que él pueda... Pero ahora todo ha cambiado. No sé que es lo que va a ocurrir después.

Cal la saludó con la mano mientras volvía a colocar la red.

Ella le devolvió el saludo y comenzó a relajarse. Estaba demasiado ansiosa. Cal parecía tranquilo, confiado.

—¿Está bien? —preguntó Kelby—. *Pete* y *Susie* nadan hacia acá. En su mundo más inmediato todo debe estar en orden. ¿Y si entro y preparo unos huevos para nosotros cuatro?

—Lo haré yo. Tengo que mantenerme ocupada. —Melis miró a Cal y Nicholas, que se aproximaban al embarcadero—. ¿Tenéis hambre? —les gritó—. Habéis salido de Tobago demasiado temprano para desayunar.

—Sí, estoy muy hambriento —gruñó Cal mientras acercaba la borda del bote al embarcadero—. Iba a llevar a Lyons a desayunar a ese pequeño restaurante junto al mar, pero se le metió en la cabeza que debíamos venir enseguida. Le dije que no tenía importancia.

—¿Qué cosa no tenía importancia? —preguntó Kelby.

—Dejaron esto junto a la puerta de Cal —dijo Lyons mientras agarraba el objeto que tenía a sus pies—. Tiene escrito el nombre de Melis.

—No es más que una jaula de pájaros vacía —explicó Cal—. Puedo imaginarme cuánto te habrías preocupado si hubiera dentro un pájaro muerto o algo así. Es bonita. Nunca antes había visto una pintada de dorado.

Kafas.

Ella podía sentir cómo el embarcadero se movía bajo sus pies. No te desmayes. No vomites. Eso lo hará feliz. Poder. Recuérdalo: aman el poder.

—¿Melis? —dijo Kelby.

—Fue... fue Archer. Tuvo que ser él.

—¿Qué quiere que haga con esto?

—Lo que quiera. No deseo volverlo a ver en mi vida. Haz con eso lo que se te ocurra. —De repente, se dio la vuelta—. Voy a nadar. Deles de comer, Kelby.

—Claro. No se preocupe.

¿Cómo podía ella preocuparse por algo cuando no podía pensar en otra cosa que no fuera aquella maldita jaula dorada?

Kafas.

Nicholas silbó por lo bajo mientras contemplaba a Melis entrar en la casa.

—¿Muchos problemas?

Kelby asintió.

—Y la jaula es sólo la punta de un témpano muy feo. —Se volvió hacia Cal—. Coge esa maldita cosa y hazla pedacitos. Asegúrate de que ella no la vuelva a ver.

Cal frunció el ceño con preocupación.

—No tenía intención... no creí que fuera nada que pudiera preocuparla. —Agarró la jaula y echó a andar por el embarcadero—. Era... bonita.

—Intenté decírselo —dijo Nicholas—. Lo bonito no siempre sirve. ¿Cuál es el problema?

—Un traficante de armas llamado Hugh Archer que probablemente ha matado a Lontana, a Carolyn Mulan y a su secretaria. Estuvo aquí anoche, al otro lado de la red, hostigándola un poco.

La mirada de Nicholas se desplazó hasta la red.

—Entonces, es probable que tenga a alguien vigilando la isla. ¿Quieres que coja un bote, recorra los alrededores y trate de descubrir algo?

—Quiero que hagas exactamente eso.

—Sí, me lo imaginaba. ¿Puedo desayunar primero?

—Supongo que sí. Melis me ha ordenado que os alimentara.

—¿Te lo ha ordenado? ¿De veras? —Nicholas sonrió—. Creo que me va a gustar esta isla.

7

La llamada de Archer tuvo lugar esa noche a las nueve.

—Siento haberla hecho esperar, Melis. Debe haber sido bastante molesto para usted. Pero quise cerciorarme de que el impacto fuera total. ¿Le gustó la jaula? Me llevó un buen rato pintarla con un pulverizador. Soy muy perfeccionista.

—Fue sádico y estúpido. Y su juego del gato y el ratón no me molestó para nada.

—Está mintiendo. Usted odia esperar. Eso le trae demasiados recuerdos. Lo dijo usted misma. Creo que estaba en la cinta número tres.

—Ya lo superé. He superado muchos de los traumas que le hacen la boca agua.

—En realidad es verdad. Las cintas me parecieron fascinantes. Adoro las niñas pequeñas. Pero creo que la hallaré igual de excitante ahora. Si me da los papeles de la investigación demasiado de prisa voy a sentirme muy desilusionado.

—No le voy a dar nada.

—Eso fue lo que dijo su amiga Carolyn. ¿Quiere acabar como ella?

—Es usted un hijo de puta.

—No, no acabará como ella. Tengo que adecuar el castigo a la persona. Como le dije, soy un perfeccionista. Creo que usted tiene nostalgia de Estambul. Creo que debo esforzarme en hallar un sitio para usted. Nunca estuve en aquel lugar de Estambul, pero hay otras *Kafas* en el mundo. Albania, Kuwait, Buenos Aires. He sido cliente de todas.

—No lo dudo. —Melis tuvo que esforzarse para controlar la voz—. Es lo que esperaría de usted.

—Y creo que lo que me gusta más de todo es su nicho particular.

La jaula. El calado dorado semejante a encaje. El retumbar de los tambores.

—¿Acaso ahora mismo no puede hablar? Sé que esto le resulta muy difícil. ¿Sabía que la doctora Mulan estaba muy preocupada por el pronóstico de su enfermedad? Usted se controla demasiado. Ella tenía miedo de que algo la hiciera desequilibrarse. Usted tiene una vida tan placentera... No me gustaría que eso ocurriera. Un asilo psiquiátrico es también una jaula.

—¿Me amenaza con empujarme más allá del límite?

—Pues sí. En las consultas usted caminaba por una línea muy delgada, estaba hundida en lo más profundo del infierno. Creo que podría volver allí si se remueven viejos recuerdos. Llamadas periódicas que traigan al presente los hechos del pasado. Usted no tiene necesidad de que la torturen así. —Rió para sus adentros—. Por supuesto, yo prefiero hacerlo de verdad, pero esto resultará muy divertido.

—Escúcheme, no voy a dejar que me haga saltar al abismo. No voy a permitir que me mate. —Melis hizo una pausa—. Y *Kafas* es mi pasado, no mi futuro. Carolyn me enseñó la diferencia.

—Ya lo veremos —dijo Archer—. No creo que sea tan fuerte como usted cree ser. Hubo épocas en las que dormir la asustaba porque tenía mucho miedo de lo que podía soñar. ¿Durmió bien anoche, Melis?

—Como una piedra.

—Eso no es verdad. Y va a ser peor. Porque estaré aquí para recordarle cada detalle. Yo diría que estará a punto de derrumbarse en una semana o algo así. Me implorará que me lleve esas tablillas y los papeles de las investigaciones y que la deje en paz. Entonces iré junto a usted y la libraré de todo eso. Tengo la esperanza de que no sea demasiado tarde para usted.

—Que lo jodan.

—Por cierto, ¿sabe algo Kelby sobre *Kafas*?

—¿Qué sabe usted de Kelby?

—Que usted le enseña Marinth como una zanahoria y que en Nassau se alojaron en habitaciones vecinas. Me imagino que le está haciendo pasar un buen rato. Creo que me encantará hablar con él de *Kafas*.

—¿Por qué?

—Tiene una reputación exuberante y eso me hace pensar que es un hombre con mucha experiencia. Me imagino que le gusta el tipo de juego que yo llevo a cabo. ¿Qué cree usted?

—Creo que usted es un hijo de puta muy enfermo. —Y colgó.

Tanta maldad. Melis se sentía como si hubiera tocado algo viscoso. Se sentía sucia... y asustada. Dios, tenía miedo. Los músculos de su estómago estaban hechos nudos y su pecho estaba tan tenso que apenas podía respirar.

Existen otras Kafas en el mundo.

Para ella, no. Para ella, nunca.

Olvidar lo que había dicho el hombre. Quería asustarla. El terror le daba poder.

Dios santo, no podía olvidarlo. Él no iba a dejar que ella olvidara ni un solo minuto de los recuerdos que le había confiado a Carolyn.

Enfréntate a ello. Eso es lo que Carolyn le habría dicho.

El teléfono volvió a sonar. Ella no iba a responder. No en ese momento. No antes de tener más fuerzas.

El teléfono seguía sonando cuando salió casi a la carrera del dormitorio a la galería.

Quedó de pie ante las grandes puertas de cristales y respiró profundamente el aire cálido y húmedo. No prestar atención al teléfono. Mientras estuviera aquí, en la isla, él no podría tocarla. Ella estaba a salvo.

Melis se mentía a sí misma. Nunca estaría a salvo. No mientras existieran en el mundo hombres como Archer. Siempre habría riesgos y momentos de terror como ése. Ella tendría que aceptarlo y afrontarlo, como le había enseñado Carolyn. Ella tendría que encontrar la fuerza en su interior. Era la única...

—¿Va a nadar otra vez con sus delfines?

Melis se puso tensa y se volvió. Kelby atravesaba la galería y se dirigía hacia ella.

—No.

—Qué sorpresa. Ésa parece ser la ruta de escape número uno. —La mirada del hombre la sobrepasó y se dirigió al dormitorio—. Su teléfono está sonando. ¿Es que no va a cogerlo?

—No. Se trata de Archer. Ya he hablado con él.

—¿Quiere que le responda yo? —Los labios de Kelby se endurecieron—. Le aseguro que se sentirá encantada.

—No tiene sentido. —Melis cerró las puertas de cristales para amortiguar el sonido—. Es a mí a quien quiere hacer daño.

—Bueno, y se ve que lo está logrando. La está haciendo pasar por la exprimidora.

—Sobreviviré a eso.

Melis cruzó los brazos con fuerza sobre el pecho. Quería que el sonido del timbre cesara. Debería entrar y bajar el volumen. No, porque así no sabría en qué momento Archer se habría rendido. Se imaginaba cómo el teléfono sonaba y sonaba sin parar...

—¿Qué piensa obtener mediante el hostigamiento?

—Quiere volverme loca. Cree que le daré las tablillas si logra agobiarme lo suficiente —explicó de un tirón—. Quiere roerme hasta que me desangre y muera. Como a Carolyn. Ella murió desangrada. Pero no voy a dejar que me lo haga. No volveré a estar indefensa. Eso es lo que él quiere. Eso es lo que todos quieren. No me volveré loca y no...

—Cállese, por Dios. —Los brazos del hombre se cerraron en torno a ella—. Y no se ponga tan tensa, no voy a hacerle daño. Se trata de que no resisto verla así. Es como contemplar cómo crucifican a alguien.

—Estoy bien. Él no me ha hecho daño. No voy a dejar que me haga daño.

—Cómo que no le ha hecho daño. —La mano de Kelby se levantó y le sostuvo la cabeza por detrás, mientras la acunaba—. Shhh, todo estará bien. Está segura. No permitiré que le pase nada.

—No es su responsabilidad. Tengo que afrontarlo. Carolyn dijo que tenía que afrontarlo.

—¿Afrontar qué?

—A *Kafas*.

—¿Qué cosa es *Kafas*?

—La jaula. La jaula dorada. Él lo sabe. Por eso me mandó aquella jaula de pájaros. Lo sabe todo sobre mí. Siento sus dedos sucios en mi alma. Aunque él preferiría ponerlos sobre mi cuerpo. Es uno de ellos. Estoy segura. Siempre puedo decir cuándo...

—Melis, está fuera de sí. Va a lamentar...

—¡No! No he perdido el control. Estoy bien.

—Dios, no he dicho que estuviera perdiendo la chaveta. —La apartó un poco y la miró—. Tiene todo el derecho a estar alterada. Lo que quería decir es que no quería oír nada que después lamentara haberme dicho. No quiero que vaya a opinar de mí lo mismo que opina de ese cabrón de Archer.

—Usted no es como él. De eso estoy segura. Si usted fuera como él, yo no podría soportar que me tocara. ¿Y por qué iba a contarle nada? No es asunto suyo. —Dio un paso atrás—. Lo siento, sé que no tenía mala intención. Yo... tengo que acostumbrarme a ello. Fue como un golpe, me hizo dar vueltas en redondo.

—Todavía está en buena forma. —Kelby desvió la vista—. Archer cree saber algo sobre su pasado que podría herirla. ¿Tiene la posibilidad de chantajearla?

Hubo una nota en su voz que sorprendió a Melis.

—¿Qué haría si le digo que sí?

—Podría cancelar el trato y perseguir a Archer gratuitamente. —La sonrisa de Kelby era fría—. Odio a los chantajistas.

Ella lo miró sorprendida.

—No puede chantajearme. Hace mucho tiempo que dejó de preocuparme lo que podía pensar el mundo de mí.

—Lástima, tenía verdaderos deseos de romperle el cuello a alguien. —Las miradas se cruzaron—. Y no me diga ahora que es la típica reacción masculina. No estoy de humor para oírlo.

—No iba a decir eso. Estoy con usted en lo de romperle el cuello a Archer. Siempre que no llegue yo primero. —Melis se humedeció los labios—. Él sabe de usted. Cree que somos amantes. Quizá intente llegar a mí a través de usted. Parece creer que a usted le molestará saber lo de *Kafas*.

—Como no somos amantes, Archer se equivoca.

—Sí, y no me importa lo que piense él, lo que piense usted. No me importa.

—Entonces, lo que más quisiera es que dejara de temblar.

—Ahora. —Ella comenzó a volverse—. Siento mucho haberlo preocupado. No lo molestaré...

—Por Dios, ésa no fue mi intención.

—Es mi problema. Tengo que afrontarlo. —Aspiró profundamente. —Pero podría haber algo de bueno en toda la porquería que me lanza. Si logro convencerlo de que está a punto de destrozarme, quizá podamos darle vuelta a la partida.

—¿Y quiere que yo la ayude a montar la trampa?

—Sí, ahora podría resultar más fácil. Ahora tendrá ganas de hablar conmigo. —Melis sonrió sin alegría—. Quiere ser mi nuevo amigo. Se relame de ganas.

—Por Dios, no me diga que va a escuchar toda esa porquería y dejar que él la vuelva a herir.

—Pues sí, siempre que crea que tiene una oportunidad de hacer que salte por la borda. Ahora soy la que tiene la mano. Pero no puedo atacarlo enseguida o se volverá suspicaz. Tendré que esperar a que crea que ha ganado.

—Si usted puede soportarlo bien. —La mirada de Kelby se dirigió hacia las puertas de cristal que conducían al dormitorio de ella—. En este momento no parece estar muy bien.

—Tengo que acostumbrarme a ello. Es... duro.

—¿De veras? ¡Qué sorpresa! —De nuevo la voz del hombre se endureció—. Debe ser algo así como cuando a uno lo arrastran y lo desmembran. Pero estoy seguro de que se acostumbrará perfectamente a eso. Podrá asimilarlo.

—Sí, lo haré. —Los labios de ella se tensaron—. Pero el hecho de que usted se enoje y se ponga sarcástico no me ayuda.

—Por el momento es mi única arma —dijo Kelby con brusquedad—. ¿Qué demonios esperaba? Me siento impotente, y cuando me siento así pierdo los estribos. —Comenzó a alejarse de ella y unos pasos más allá la miró por encima del hombro—. Pero hágame un favor, maldita sea. No responda esta noche a su llamada. Eso sería demasiado para mí.

Ella guardó silencio por un instante.

—Bien, no voy a responder. ¿Quién sabe? Eso podría hacer que mañana estuviera más ansioso por hablar conmigo.

Kelby masculló un taco antes de desaparecer dentro de la casa.

Se había marchado pero ella percibía aún una tensión, explosiva y persistente, que era como el olor acre del relámpago después de golpear. La respuesta de Kelby la había agotado casi tanto como la llamada de Archer.

¿Sonaba de nuevo el teléfono?

Melis suspiró profundamente y abrió las puertas de cristal. El teléfono callaba, pero pronto comenzaría de nuevo. Archer todavía la consideraba una víctima. Quería ponerla de rodillas, utilizarla, destruir todo lo que ella había logrado erigir sobre las ruinas de su vida. Usaría todas las armas que la hoja clínica y las cintas le habían dado.

Ella no se lo permitiría. Tenía la fuerza suficiente para combatirlo y vencer. Melis oiría su basura y le dejaría pensar que la estaba destrozando.

Entonces, cuando llegara el momento, lo destrozaría.

* * *

Lyons silbó por lo bajo cuando Kelby entró en el salón.

—Pareces un poco molesto. ¿Tiene relación con Melis y la jaula de pájaros?

—Total. —Kelby pensó con disgusto que había manejado la situación como si fuera un niño. Se había limitado a gritarle, a exponer toda su frustración y después de había marchado—. Y ese hijo de puta de Archer. Está tratando de llevarla hasta el límite. Encantador, verdaderamente encantador.

—¿Puede hacerlo?

—No, ella es dura. Pero él puede convertir su vida en un infierno y ella va a dejar que lo haga. Melis piensa que puede hacerlo caer en una trampa.

—No es una mala idea.

—Es una mierda. Todo el asunto es una mierda.

—¿Qué vas a hacer entonces?

—Voy a encontrar Marinth. Voy a llegar a convertirme en una leyenda. Y me marcharé navegando hacia el crepúsculo. —Sacó su teléfono—. Pero antes necesito tener un barco. Estoy llamando al *Trina,* para que la tripulación lo lleve a Las Palmas.

—¿Ahí es dónde está Marinth?

—¿Cómo diablos voy a saberlo? Ella dice que se encuentra en esa zona. Por supuesto, podría estar mintiendo. No confía en mí ni un poquito. Y la entiendo. Tengo el pálpito de que no ha podido confiar en muchos hombres.

—¿Y vas a seguir necesitándome?

—Por supuesto. Primero, voy a llamar al *Trina,* después a Wilson para saber qué ha podido averiguar sobre Archer. —Marcó el número del *Trina*—. Voy a limpiar las cubiertas antes de partir. Y Archer será lo primero que tire por la borda.

El sol brillaba, el agua que lamía su cuerpo era tersa como la seda y ella avanzó entre las olas. Como siempre, *Pete* y *Susie* nadaban delante, pero retornaban a cada rato para cerciorarse de que ella estaba bien. Siempre se había preguntado si los delfines creían que ella sufría de alguna minusvalía leve. Les debía parecer raro que fuera tan lenta cuando ellos, con sus cuerpos esbeltos, estaban maravillosamente equipados para deslizarse por el agua.

Era hora de regresar. Melis podía ver a Kelby de pie al borde de la galería, contemplándolos. Vestía pantalones deportivos, zapatos náuticos y una camiseta blanca. Su aspecto era delgado, potente y vitalmente alerta. Era la primera vez que lo veía desde la noche anterior y percibió una sacudida de tremenda inquietud. No esperaba sentir aquella... conexión con el hombre. Era como si el momento de intimidad de la noche anterior hubiera tejido un vínculo entre ellos.

Una locura. Probablemente sólo ella tenía esa sensación. Kelby parecía frío, algo distante incluso.

—Lleva traje de baño. —Se inclinó para tomarla de la mano y subirla a la galería—. Qué decepción. Cal me dijo que usted nadaba desnuda con frecuencia.

—No cuando hay huéspedes cerca. —Tomó la toalla que él le tendía y comenzó a secarse—. Y parece que en estos días he tenido más que suficientes.

—Creí que me había invitado. Aunque tenía un motivo adicional. —Se sentó en la silla de extensión—. ¿Ha hablado con Archer?

—No, le prometí que no lo haría. Desconecté el teléfono. Volveré a conectarlo cuando entre a vestirme.

—Hablé anoche con Wilson y conseguí el perfil de Archer. ¿Quiere saber con qué clase de monstruo está tratando?

—Los monstruos son monstruos. Pero supongo que debo saber todo lo que pueda de él.

—No. Archer entra en una clase especial. Creció en los arrabales de Albuquerque, Nuevo México. A los nueve años vendía drogas y fue arrestado como sospechoso de la muerte de otro alumno de su secundaria con apenas trece años. Fue un asesinato particularmente truculento. Antes de matarlo se tomó mucho tiempo para torturar al otro chico. El fiscal no pudo presentar un buen caso y lo liberaron. Archer desapareció el día siguiente y lo más probable es que fuera a México. Después de eso, la lista de sus enredos parece una enciclopedia. Pasó de los narcóticos a las armas, y eso se convirtió en su especialidad. A los veintidós formó su propio grupo y se introdujo en el mercado internacional. En los últimos veinte años le ha ido muy bien. Tiene inversiones en Suiza y es dueño de un barco, el *Jolie Fille*, que utiliza para sus negocios. Casi siempre está fondeado en Marsella, pero lo usa para transportar cargamentos de armas a Oriente Medio. Al cabrón le gustan el dinero y el poder, y nunca ha perdido su veta de sadismo. Algunas de las historias sobre lo que les hizo a jefes de bandas rivales u otras víctimas hielan la sangre. Creo que le han dado buen resultado. Nadie quiere que lo incluyan en su lista de enemigos.

—Nada de eso me sorprende —dijo Melis—. Sabía lo que era. Vi lo que le hizo a Carolyn. ¿Podemos conseguir una foto de Archer?

—Tan pronto Wilson tenga una a mano. —Hizo una pausa—. ¿Sabe?, esto no es necesario. No acepte las llamadas. No tiene por qué soportar ese tipo de castigo. Cuando salgamos hacia Las Palmas, Archer nos seguirá.

—¿Nos vamos a Las Palmas?

—Tan pronto me comuniquen que el *Trina* está en puerto y totalmente equipado.

—¿Va a ayudarme en serio? ¿No necesita una prueba de que cumpliré mi parte?

—Todo el mundo tiene derecho a tirar los dados una vez. —Hizo una mueca burlona—. Pero quiero forzar las posibilidades. Primero hallaremos Marinth. Después a Archer. Pero quizá podamos cazar dos pájaros de un tiro si él nos sigue a Las Palmas.

—Sigue siendo un empate. Tengo que confiar en usted.

Él asintió.

—Pero usted sabe que quiero ponerle las manos encima a ese hijo de puta. Lo que usted arriesga es poco. —Calló un momento—. Ah, y algo más. Las tablillas y las traducciones son mías.

—No. Quizá las necesite como carnada para pescar a Archer.

—Puede tenerlas en préstamo, pero desde este momento me pertenecen.

Ella calló unos segundos.

—Es usted muy duro negociando.

—He sido entrenado por expertos. Si usted no juega limpio conmigo, este juego va a ser muy caro.

—Mantendré mi promesa. Le daré lo que quiere.

—Ahora necesito que me diga una cosa. ¿Qué tipo de equipamiento voy a necesitar? ¿Cuál es la profundidad probable?

—Donde explorábamos el fondo oceánico estaba a sesenta metros. A no ser que haya un descenso en la zona, para la exploración inicial bastará con equipos de buceo.

—Sin sumergibles. Eso recortará bastante los gastos.

—Si puede, consiga uno. Porque llegar hasta allí puede resultar más caro de lo que piensa. Tendrá que encontrar un avión donde pueda instalar dos tanques para transportar a *Pete* y *Susie*. Y cuando lleguemos a Las Palmas tendrá que conseguir un tanque mayor.

—¿Qué? De eso, nada. Sé que quiere mucho a *Pete* y *Susie*, pero no voy a pagar la factura para que lleve consigo a sus amigos marinos. ¿Sabe cuánto dinero eso...

—Tienen que venir.

—Dejaré hombres suficientes en esta isla para protegerlos de cualquier amenaza. Estarán bien.

—Sin ellos no podremos hallar Marinth. Son los únicos que conocen el camino.

—¿Qué me está diciendo?

—Ya me ha oído. Encontramos a *Pete* y *Susie* en aguas cercanas a Cadora, una de las Islas Canarias, mientras Phil buscaba Marinth. Estaban todo el tiempo en nuestro camino, nadaban en la estela del barco y se zambullían con nosotros cuando hacíamos pesquisas bajo el agua. Eran jóvenes, no tenían más de dos años. No es común que los delfines jóvenes se separen de su madre o del grupo elegido, pero *Pete* y *Susie* eran diferentes desde el principio. Parecían anhelar el contacto con los humanos. Aparecían junto al *Último hogar* por la mañana y nos dejaban al atardecer. Nunca pude verlos después del crepúsculo. Quizá a esa hora volvían a casa, con su madre o su grupo. No me importaba. Las horas de luz diurnas eran suficientes para mí. En realidad, yo no quería buscar ciudades perdidas y ésa era mi oportunidad para estudiar de cerca a los delfines salvajes. Pasé más tiempo con ellos bajo el agua que buscando la ciudad de Phil.

—Lo que es probable que no le gustara nada.

—No, pero estuvo encantado cuando seguí a los delfines a una caverna submarina y encontré las tablillas.

—¿Ellos la llevaron ahí intencionadamente?

—No lo sé. Creo que sí, pero no tengo ninguna prueba. Quizá solo querían jugar en una zona que les resultaba familiar.

—Y Lontana cosechó los beneficios.

Los labios de Melis se tensaron.

—Se volvió loco de emoción. Pensó que los delfines podían llevarlo a la ciudad. Él y los hombres que contrató en Las Palmas se zambulleron diariamente con los delfines durante semanas. Trataban de conducirlos, de asustarlos incluso, para que se alejaran del barco y poderlos seguir. Yo quería estrangular a Phil. Le dije que no siguiera, pero no quiso escucharme. Solo pensaba en Marinth.

—¿Y consiguió lo que quería?

—No. Un día *Pete* y *Susie* no aparecieron. Tres días más tarde oímos que los pescadores habían atrapado en sus redes a dos delfines jóvenes cerca de Lanzarote. Se trataba de ellos, ambos estaban muy enfermos y bastante deshidratados. Me enfurecí con Phil. Le dije que si no nos traíamos a los delfines a la isla y los curábamos, le contaría a todo el mundo la historia de las tablillas.

—Yo diría que eso fue suficiente.

—No le gustó. No tenía mucho dinero y el transporte de delfines no resulta barato. Pero trajimos a *Pete* y *Susie* por avión y han permanecido en este lugar.

—Sin embargo, apostaría a que Lontana no quería que se quedaran aquí. ¿Regresó a las Canarias e intentó encontrar Marinth sin ellos?

—Sí, pero el relieve submarino de allí es un laberinto de arrecifes, cavernas y salientes. Allí uno podría pasarse cien años buscando a Marinth, a no ser que se tropezara por casualidad con la ciudad.

—¿Y él no la presionó para que le permitiera utilizar de nuevo a los delfines?

—Claro que lo hizo. Sobre todo después de conocer la traducción de las tablillas. Parece que los habitantes de Marinth utilizaban constantemente a los delfines en la vida cotidiana.

—¿De qué manera?

—Eran una comunidad de pescadores y los delfines les ayudaban a pastorear los peces hasta las redes. Les advertían de la presencia de tiburones en la zona. Incluso ayudaban a que los niños aprendieran a nadar. Los delfines fueron parte integrante de sus vidas durante siglos.

—¿Y entonces? ¿Qué tiene eso que ver con la búsqueda de Marinth?

—Para nosotros los delfines siguen siendo una especie misteriosa. Existe la posibilidad de que haya una memoria genética que pase de generación en generación a los delfines nacidos tras la destrucción de Marinth. O quizá sólo se aferren a un habitat que les resultó beneficioso. Sea lo que sea, Phil estaba seguro de que debíamos darle otra oportunidad a *Pete* y *Susie* para que encontraran Marinth.

—¿Y usted se negó a considerar la idea?

—Tiene toda la razón. Transportar delfines es algo que les causa mucho estrés. Por culpa de Phil estuvieron a punto de morir en aquellas redes. Podía encontrar Marinth por su cuenta. Ellos ya le habían dado las tablillas.

—Pero usted cree que *Pete* y *Susie* podrían encontrar la ciudad, ¿no?

—Si su madre o algún otro delfín que conozcan se mantiene cerca de las ruinas, sí. Cada delfín tiene su propio silbido y ellos deben ser capaces de seguirlo sin ningún problema.

—Pero Lontana no fue capaz de hacer que ellos la encontraran.

—Los estaba acosando y ellos no conocían lo suficiente a Phil para confiar en él. Sí, creo que hay muchas posibilidades de que nos conduzcan a Marinth. Ellos hallaron las tablillas. Y la gente de Marinth que hizo aquellas inscripciones hablaba de los delfines como de sus hermanitos pequeños. Pues sus hermanitos fueron, con toda probabilidad, la única especie sobreviviente y sus descendientes todavía están allí —añadió con furia—. ¿Cree que quiero llevar conmigo a *Pete* y *Susie*? Aquí están seguros y son felices. Si pudiera encontrar alguna manera de no meterlos en esto, lo haría. Así que asuma su parte. Van a viajar en primera clase, Kelby.

—Está bien. Está bien. —Miró a los delfines, que jugaban en el agua—. Pero lo mejor sería que tuvieran un gran sentido de orientación.

8

Cuando regresó aquella tarde a su dormitorio tenía siete mensajes en el teléfono móvil.

Los borró sin oírlos y volvió a conectar el teléfono. Bien, Archer, empieza. Estoy preparada para ti.

Ella se engañaba. Podía percibir la tensión de sus músculos cuando pensaba que tendría que responder otra llamada de aquel cabrón. Sobreponte a ello. Había tomado una decisión y tenía que mantenerla.

El teléfono sonó exactamente a medianoche.

—No me gustó que me eludiera —dijo Archer—. Pensé que amaba a esos delfines.

Ella se puso rígida.

—¿De qué coño me está hablando?

—Entiendo que no ha escuchado mis mensajes.

—¿Por qué debo escuchar toda esa porquería?

—Porque quiero que lo haga. Y porque si no lo hace, sus delfines van a tener un accidente. No tengo que invadir su pequeño paraíso. Quizá baste con inyectar veneno a un pez, ¿no es verdad? Encontraré una vía.

—Sólo son parte de un estudio. No sería una gran pérdida.

—Eso no fue lo que me dijo Lontana.

Melis se quedó en silencio un momento.

—¿Y qué demonios le dijo?

—Me habló de Marinth, de los delfines. Cuando fui a verlo para hacerle una oferta por los planos del cañón sónico intenté distraerme. Me lo contó todo sobre Marinth, sobre usted y sobre las tablillas. Intenté decirle que no tenía ningún interés en Marinth, pero él no parecía interesado en discutir sobre el cañón sónico.

—Ya lo habían engañado otras sabandijas como usted.

—Lo se. Pero si no quería jugar en primera división, debió quedarse en casa, en la isla. El potencial es demasiado grande para no tomarlo en consideración. Ahora mismo tengo tres compradores pujando por el derecho de hacer una primera oferta. Y hay señales de que puede haber otros tiburones dando vueltas. Quiero los papeles de la investigación de Lontana.

—No los tengo.

—En la isla, no. Lontana me contó que usted no los tenía ahí. Creo que intentaba protegerla. Pero se le escapó que usted sabía dónde se hallaban. Dígamelo.

—Está mintiendo. Él no me habría entregado así.

—En ese momento todavía pensaba que yo iba a invertir dinero en su ciudad perdida. Era bastante ingenuo, ¿no es verdad? Y muy, muy terco. Como Carolyn Mulan. Como usted.

—Tiene toda la razón. Soy terca. ¿Cree que le daré algo que pueda mantener oculto?

—Es que no puede mantenerlo oculto. Quizá sea capaz de resistirse durante un tiempo, pero he oído sus cintas. Sé cuán delicado es su equilibrio.

—Se equivoca.

—No lo creo. Vale la pena intentarlo. Lo vamos a hacer de esta manera: la voy a llamar dos veces al día y usted va a responder y a escuchar. Hablaremos sobre *Kafas* y el harén, y sobre todos los hechos encantadores de su infancia. Si no responde, mataré a los delfines.

—Puedo encerrarlos junto a la casa.

—Los delfines no soportan bien el encierro durante períodos prolongados. Con frecuencia enferman y mueren.

—¿Cómo lo sabe?

—He hecho mis deberes. Un buen hombre de negocios siempre investiga.

—¿Hombre de negocios? Un asesino.

—Sólo cuando me siento burlado. Habitualmente consigo lo que quiero y con los años me he vuelto consentido —añadió con suavidad—. Espero que se rinda antes de que la destroce del todo. Me siento como si la conociera muy bien. Por la noche me acuesto en la oscuridad imaginando que estoy con usted. Pero cuando era mucho más joven. ¿Sabe lo que hacemos?

Melis cerró los ojos. Calma la ira. No hagas caso al pánico. Respira lentamente. Respira profundo.

—No me ha respondido.

—Dijo que tenía que escuchar, no que hablar.

—¿Dije eso? Y usted está siendo muy obediente. Eso merece una recompensa. Buenas noches, Melis. —Y colgó.

Había terminado.

Pero mañana comenzaría de nuevo. Y sería peor, más feo, más obsceno. Fundiría el presente con el pasado en una pesadilla única.

Se levantó y echó a andar hacia el baño. Se daría una ducha y trataría de sentirse limpia de nuevo. Podía soportar aquel castigo. Sólo dos veces al día. Sólo tenía que bloquear aquellas palabras, impedir que llegaran a su mente. Piensa en lo que le hizo a Phil, a María, a Carolyn.

Y piensa en lo que le harás tú a él.

Tobago

—El *Trina* ha zarpado de Atenas —dijo Pennig cuando salió a la terraza—. Dice Jenkins que anoche abandonó el puerto.

—¿Destino? —preguntó Archer.

—No está seguro. Anda haciendo preguntas.

—Sería mejor que hiciera algo más. Es probable que estén a punto de dejar la isla, debemos mantenernos al tanto. Cerciórate de que conocemos sus movimientos minuto a minuto.

Pennig vaciló.

—Quizá deberíamos irnos de aquí. Estamos demasiado cerca de esa islita. Le conté que Cobb me había dicho que Lyons había abandonado la isla en varias ocasiones. Esta tarde lo vio navegar en dirección a Tobago.

—Lo pensaré, pero no puede saber dónde estamos. —Archer miró hacia la playa con expresión pensativa—. Parece que Kelby se está moviendo con celeridad. No creo que espere mucho antes de lanzar sus tentáculos. Es obvio que nuestra dulce Melis le está dando lo que él quiere.

—¿Por qué? Ella no quería ayudar a Lontana.

—Pero en aquella época yo no estaba implicado. Se siente amenazada.

Y esa sensación sería más fuerte, pensó Archer con un estremecimiento mientras anticipaba el momento. Melis Nemid resultaba ser muy excitante. La primera vez que oyó aquellas cintas y leyó la hoja clínica lo único que le interesaba era encontrar un arma. Pero ahora podía visualizar cada escena, imaginar cada una de las emociones que ella había sentido tantos años atrás. Era increíblemente excitante.

—Para salvarse le dará a Kelby todo lo que él quiera.

—¿Las tablillas y la investigación?

—Quizá. Me parece que tiene más interés en Marinth, pero por lo que he oído le gusta el control y quiere tenerlo todo. —Sonrió—. Pero no puede tenerlo. Yo soy quien va a hacerse con todos esos informes de investigación.

Y Kelby tampoco podría tener a Melis Nemid. Mientras más se ponía en contacto con la chica, más cuenta se daba de que sus relaciones con ella deberían continuar para obtener de ahí ese placer exquisito. Había muchas maneras de doblegarla y herirla.

Tenía que explorar cada una antes de acabar con ella.

Era medianoche cuando sonó el teléfono de Kelby.

—He hallado el puesto de observación —dijo Nicholas cuando Kelby respondió—. Un bote de motor blanco y negro. Está en una cala escondida, en una isla a tres kilómetros de aquí. Lo bastante cerca para vigilar a Melis pero no tanto como para que los vean. Mi bote está a unos ochocientos metros, escondido bajo unos árboles colgantes.

—¿Estás seguro de que es él?

—Haré caso omiso de ese insulto. Estoy echándole el aliento en la nuca. Te verá tan pronto abandones la isla. Tendrás que dirigirte hacia Tobago y después dar un rodeo. ¿Vienes?

Kelby bajó los pies del lecho.

—Ahora mismo. Dame los datos.

* * *

El hombre a bordo del bote de motor blanco y negro era alto y rubio con mechones grises, y utilizaba unos binoculares de gran aumento para vigilar Isla Lontana.

Kelby bajó sus binoculares infrarrojos y se volvió hacia Nicholas.

—¿Podemos esperar que alguien lo releve?

—Probablemente. Llevo aquí desde medianoche y sólo lo he visto a él. Pero permanecer en un bote en el medio del mar no es nada cómodo.

—Quizá esté cubriendo el turno de noche. —Kelby echó un vistazo a su reloj—. Faltan unas horas para el amanecer. Regresa a la isla, yo me quedo aquí.

—¿Vas a seguirlo cuando lo releven?

—Por supuesto. Si Archer estuvo aquí la otra noche quizá se encuentre aún en la zona. Es obvio que su mentalidad exige el control a corta distancia.

—Igual que tú —dijo Nicholas—. ¿Por qué no me dejas éste a mí?

Kelby negó con la cabeza.

—Quiero atrapar a ese cabrón. Regresa a la isla y vigila a Melis. Pero en caso de que esto no resulte, no le digas nada.

Nicholas se encogió de hombros.

—Lo que quieras. —Puso en marcha el motor de su bote—. Nos mantenemos en contacto.

Kelby se reclinó en su bote y volvió a llevarse los binoculares a la cara.

Apenas comenzaba a amanecer cuando Dave Cobb amarró su bote en un embarcadero en Tobago y echó a andar hacia su hotel en la zona del puerto.

El vestíbulo destartalado del Hotel Oceanic olía a solución desinfectante y a flores tropicales, colocadas en un jarrón en el centro de la recepción. El olor le resultaba tan desagradable como todo lo que tenía relación con aquella ciudad, pensó Cobb mientras tomaba el ascensor para subir a su habitación en el tercer piso. Hubiera deseado que Pennig lo alojara en el centro, pero el muy cabrón quería que estuviera disponible en el puerto.

Tan pronto entró en la habitación llamó a Pennig.

—Nada importante que informar —dijo Cobb cuando Pennig respondió al teléfono—. Como le dije, Lyons salió ayer por la noche en dirección a Tobago. Kelby abandonó la isla a las tres de la madrugada.

—¿En la misma dirección?

—Sí, hacia Tobago.

—Eso no es algo sin importancia, Cobb. Ayer le dije que los movimientos de Lyons eran muy importantes.

—Pero no me dejó que lo siguiera. Dansk les informará cuándo estén de regreso en la isla. Voy a darme una ducha caliente y a meterme en la cama. ¿Cuánto tiempo se supone que debemos permanecer allí vigilando esa maldita isla?

—Hasta que Archer diga que lo dejen. Para eso les pagamos.

—No lo suficiente —dijo Cobb con amargura—. Doce horas en ese bote húmedo y mohoso son demasiadas. Soy un chico de ciudad.

—¿Le gustaría decirle eso a Archer?

—Se lo digo a usted. —Mierda, había que dar marcha atrás. Archer era un sádico hijo de puta y Pennig no lo era menos. Había oído demasiadas historias y algunas debían ser verdad—. Estoy haciendo mi trabajo. Sólo le pido que me saque de ese bote lo más pronto que pueda.

—Cuando el trabajo esté terminado —dijo Pennig y colgó.

Que se joda. Cobb tiró con fuerza el teléfono y se encaminó a la ducha. Si le hubiera interesado el dinero no habría aceptado ese trabajito. Se había sentido halagado porque un jugador de primera como Archer lo hubiera seleccionado, pero le gustaba la acción y no permanecer allí sentado.

Abrió el grifo y dejó que el agua caliente corriera por su cuerpo. Eso era mejor. Había sentido algo de frío hacia el amanecer y tuvo la tentación de largarse de allí antes de la llegada de Dansk, de regresar a Tobago y mandar a Pennig a la mierda. Una noche más y quizá lo hiciera. La suma acordada no era tan grande y él... ¡Qué demonios!

La puerta de la ducha se abrió.

—¿Te han dicho alguna vez cuán vulnerable es un hombre en la ducha? —preguntó Kelby con voz suave—. Puedes resbalar con una pastilla de jabón, quemarte con agua hirviendo o...

Cobb gruñó y se lanzó contra él.

Kelby se apartó con un paso lateral y le aplicó un golpe de cárate con el canto de la mano en la arteria carótida.

—O alguien como yo podría dañar seriamente tu esqueleto y tu sistema nervioso. Hablemos de ello, ¿de acuerdo?

A la mañana siguiente, cuando Nicholas Lyons entró en la cocina, Melis estaba sentada a la mesa tomando café.

—¡Ah, eso es lo que necesito! ¿Puedo?

—Tú mismo.

—Cómo no. —Se sirvió una taza y tomó asiento frente a ella—. Kelby se ha marchado a Tobago con la intención de encontrar dos tanques adecuados para tus amigos parientes de *Flipper*. Me pidió que te lo dijera.

—Se mueve de prisa.

—Siempre. Tienes el pelo mojado. ¿Has estado nadando con *Pete* y *Susie*?

Melis asintió.

—Lo hago todas las mañanas. Son buena compañía.

—Algunas personas no entenderían ese concepto. Pero como soy un chamán, no tengo problemas con la interacción entre espíritus humanos y de animales. Quizá en otra vida fuiste un delfín.

Ella sonrió.

—Lo dudo. Me impaciento mucho cuando no entienden lo que les pido.

—Pero te dan lo que necesitas, ¿no es verdad? —Se llevó la taza a los labios—. Concitan tu interés, te divierten y evitan que te encuentres sola. Eso es importante para una persona solitaria como tú.

Ella se reclinó en su silla.

—¿Crees que soy una persona solitaria?

—Por supuesto. Tienes una muralla a tu alrededor de un kilómetro de espesor. Nadie puede entrar. Excepto, quizá, tu amiga Carolyn.

—Me consideras una persona muy fría.

Lyons negó con la cabeza.

—Eres bondadosa con los delfines; eres atenta con Cal. Por lo que me contó, Lontana no era una persona con la que resultaba fácil convivir. Cuando murió Carolyn Mulan quedaste destrozada. No eres fría, sólo cautelosa.

—No puedo expresarte cuán feliz me hace que hayas llegado a esa conclusión. No tenía idea de que me habías puesto bajo el microscopio desde que llegaste aquí.

—Soy un estudioso de la humanidad y tú eres muy interesante.

Los ojos de la chica se achinaron. De nuevo percibía claramente los tonos complicados del carácter de aquel hombre. ¿Qué había tras aquella sonrisa, en apariencia franca y abierta?

—Tú también. ¿Por qué vienes con nosotros? ¿Se trata de Marinth?

Lyons negó con la cabeza.

—Me gusta el dinero y me gusta Kelby. Y todo esto promete suficientes fuegos artificiales, por lo que creo que quizá sea como en los viejos tiempos. Como tú, soy un solitario y no dejo que se me acerque mucha gente.

—¿Fuegos artificiales? Estuviste en los SEAL con Kelby, ¿no es verdad?

El hombre asintió.

—Y después anduvimos unos años vagabundeando por el mundo. Más tarde nos separamos y cada uno siguió su camino.

—Teniendo en cuenta sus antecedentes, no es fácil imaginar a Kelby en los SEAL. —Echó un vistazo al café que le quedaba en la taza—. Todo lo que he leído sobre él lo pinta como un indisciplinado. ¿Era competente?

Lyons se mantuvo en silencio unos segundos.

—Es una pregunta complicada.

—¿De veras?

—Vamos a ver, déjame utilizar mis facultades de chamán para ver qué se oculta tras esa pregunta. Archer es un hombre muy peligroso. ¿Quieres saber si Kelby puede traerte la cabeza de ese canalla en una bandeja?

—Sí, se trata más o menos de eso —asintió ella.

—Me encantan las mujeres que no dan rodeos. —Lyons la miró, estudiándola—. ¿Qué opinión tienes de Kelby?

—Que es duro. ¿Lo suficiente?

—¿Cuán duro crees que fue el entrenamiento básico de los SEAL para Kelby? Se supone que debe ser igual para todos, pero él era un niño rico, los medios lo rondaban continuamente. Hay muchísimas maneras de que los reclutas le hagan la vida imposible a otro, y con Kelby las emplearon todas.

—¿Tú también?

—Por supuesto. Puedo ser tan sádico como cualquier otra persona. Quizá más. Siempre he creído en las pruebas. Probarse a sí mismo, probar a los demás. Es la única manera de salir adelante en la partida. Uno levanta la barrera y salta. Si fallas, te quitas del camino y dejas que otro lo intente. Y si uno sale golpeado, no se queja. Es la supervivencia del más apto.

—Es una filosofía demasiado brutal.

—Quizá sea mi legado de nativo americano. O podría ser la mentalidad de chico de los suburbios. Sea lo que sea, a mí me funciona.

—Te sientes orgulloso de tu legado indio, ¿no es verdad?

—Si uno no está orgulloso de lo que es, entonces tiene un problema. —Sonrió—. Yo hago bromas al respecto, pero puedo verme a mí mismo en los viejos tiempos, acechando, siguiendo una huella. La caza siempre me excita. Quizá ésa fue la razón por la que me convertí en un SEAL. —Se encogió de hombros—. De todos modos, en aquellos días del entrenamiento básico a Kelby le castigaron mucho y no dio un solo paso atrás. Era terco como el demonio. —Sonrió con picardía—. Y después nos la cobró a todos.

—Eso indica que tiene una gran capacidad de aguante.

—¿Aguante? —La sonrisa de Lyons desapareció—. Podrías llamarlo así. ¿Quieres oír hablar de capacidad de aguante? Estábamos dentro de Irak, en una misión durante la guerra del Golfo y el reconocimiento aéreo había localizado una pequeña instalación subterránea de guerra biológica, al norte del país. Enviaron en secreto a nuestro equipo a destruirla. No querían dar lugar a que la opinión pública desaprobara la guerra si se daba la noticia de que las tropas podrían tener que enfrentarse a un ataque bacteriológico. Todo funcionó mal desde el principio. Volamos la instalación pero tuvimos dos muertos. A Kelby y a mí nos capturaron unos tribeños locales antes de que pudiéramos llegar donde estaba el helicóptero.

»En aquella época aún mentían en lo referente a la producción de agentes biológicos, así que nos encerraron en una minúscula cárcel en el desierto y enviaron a Saddam el mensaje de que habían capturado a dos SEAL americanos. Saddam les respondió que quería que confesaran y que repudiaran el esfuerzo bélico de Estados Unidos. No sé por qué eligieron ablandar primero a Kelby y no a mí. Quizá descubrieron sus antecedentes y quisieron mostrar la debilidad de los magnates capitalistas.

—¿Lo torturaron?

—Salvajemente. Durante tres días. No le dieron alimentos ni agua y lo tuvieron la mayor parte del tiempo encerrado en una caja caliente. Cuando lo trajeron de vuelta a la celda tenía dos costillas rotas y estaba completamente cubierto de heridas. Pero no se doblegó. Como dije, es demasiado terco. No creí que pudiera sobrevivir a una fuga, pero lo hizo y mató a dos guardianes. Nos escondimos, atravesamos las montañas y pasamos la frontera. No pudimos llamar por radio a un helicóptero hasta cinco días después de la fuga. —Sonrió con un gesto torcido—. Sí, diría que tiene bastante capacidad de aguante. Y no quisiera estar en el pellejo de Archer, con Kelby siguiéndole la pista. ¿Eso es lo que querías saber?

Era mucho más de lo que ella hubiera querido saber. No le gustaba pensar en Kelby como en una víctima, ni siquiera una que había superado todos los obstáculos. La imagen mental de Kelby en aquella celda, lacerado y dolorido, era demasiado estremecedora.

—Sí, eso era lo que quería saber. —Se sirvió otra taza de café—. Gracias.

—De nada. —Empujó su silla, apartándose de la mesa—. ¿Qué vamos a hacer esta mañana?

—¿Nosotros?

—Kelby dice que no te pierda de vista hasta que haya regresado.

—No lo necesito. Estoy segura en la isla.

—Haré que estés doblemente segura. ¿Vamos a jugar en el agua con los delfines?

—¿A jugar? —Ella inclinó la cabeza, sopesando la idea—. No era ésa mi intención, pero ¿por qué no? Ponte el bañador. *Pete* y *Susie* estarán encantados de jugar contigo. —Sonrió con picardía—. Pregúntale a Cal.

—Archer estuvo en Tobago —dijo Kelby en tono cortante cuando Nicholas respondió el teléfono cuatro horas más tarde—. En la Torre Bramley. Ya se ha marchado.

—¿Ha abandonado a su gente?

—Pues sí, demonios. Cobb era el que vigilaba y me dijo que Pennig estaba nervioso porque tú habías salido de la isla en dirección a Tobago. Es obvio que la noticia inquietó a Archer y por eso se ha largado.

—¿Sabemos a dónde?

—A Cobb lo contrataron en Miami. Llamé al detective Halley a Nassau para ver si él podía ponerle seguimiento a Archer en Miami. Y le dije que viniera a recoger a Cobb y a Dansk, su compinche.

—¿Cobb no sabía dónde se podría localizar a Archer?

—Si Cobb lo hubiera sabido, me lo habría dicho, créeme.

—No tengo la menor duda —repuso Nicholas—. Sólo me sorprende que hayas decidido entregarle esos tipos a Halley.

—Cobb es un peón. Logré sacarle lo que quería de él. Ve, recoge a Dansk y entrégaselo a Halley en el aeropuerto.

—¿Por fin delegas algo? Me imagino que no podré divertirme como tú.

—Dansk tampoco sabe nada. Gastarías tu tiempo en vano. Sólo dáselo a Halley. Puedes salir ahora mismo, estoy de camino a la isla.

—Me encanta oír eso. Tu Melis tiene un sentido del humor muy malicioso. Me dejó metido en un jueguito acuático con los delfines que ultrajó mi dignidad.

—No es mi Melis, y todo el que pueda jugarte una broma, humano o animal, cuenta con mis simpatías. Llámame si tienes algún problema con Dansk.

9

—¿Ha ido todo bien hoy? —le preguntó Melis a Kelby—. Parece tenso.

—No estoy tenso.

—¿Ha podido conseguir los tanques?

—¿Los tanques? Ah, sí, ya me he ocupado de eso. —Se volvió para mirarla—. ¿Quiere café?

—Ahora mismo no. El sol se va a poner. Los chicos vendrán a darme las buenas noches.

—Creo que me prepararé una taza.

Ella lo contempló mientras caminaba hacia la casa. Si Kelby no estaba tenso, sin duda tenía los nervios a flor de piel. Había regresado después de la comida cargado de energía. Pero ella no lo conocía bien. Quizá cuando estaba en acción, ése era su estado natural.

Pero ella se dio cuenta de que aquello no la hacía sentirse incómoda. Se estaba habituando a él e incluso había surgido algo parecido a la confianza.

El teléfono que reposaba sobre la mesa comenzó a sonar.

Melis se puso tensa y respondió sin prisa.

—¿Por qué no me llamaste para decirme que habían matado a Lontana?

—¿Kemal? —La inundó una sensación de alivio—. Me encanta oír tu voz.

—Lo único que tienes que hacer es levantar el teléfono. Tú eres la que te has alejado. Yo siempre estoy aquí, a tu disposición.

—Lo sé. —Melis cerró los ojos y casi logró visualizar los ojos pícaros de su amigo y aquella sonrisa franca que había dado calor a su corazón cuando ella pensaba que estaría gélido y árido para siempre—. ¿Cómo está Marissa?

—Estupendamente. —Vaciló un instante—. Quiere tener un niño.

—Serás un padre de primera.

—Es verdad. Pero eso sólo le haría la vida más difícil. Y no quiero. Esperaremos. Aunque no te llamo por eso. Apenas hoy me he enterado de lo de Lontana. ¿Cómo estás? ¿Necesitas que vaya?

—No.

—Sabía que ésa sería tu respuesta. Melis, déjame ayudarte.

—No necesito ayuda. ¿Cómo te enteraste de lo de Phil?

—¿Pensaste que no me mantendría al tanto de vosotros? Yo no soy así por naturaleza.

No, por naturaleza él protegía a todos los que quería, los rodeaba de calor y cariño. Gracias a Dios que no se había enterado de lo de Carolyn.

—Al principio fue duro pero lo he aceptado. Sería una tontería que vinieras a rescatarme cuando no lo necesito. Pero gracias por llamar.

—Entre nosotros no tenemos que darnos las gracias. Somos de la misma camada. —Hizo una pausa—. Ven a San Francisco.

—Estoy bien aquí.

—¿Necesitas dinero?

—No.

Kemal suspiró.

—No me apartes, Melis. Eso me hiere.

Y ella no iba a herirlo de ninguna manera.

—De veras que no necesito nada, Kemal. Cuida a Marissa. Estoy acostumbrada a estar sola. Eso no me molesta.

—Claro que te molesta. No me mientas. Hace demasiado tiempo que nos conocemos. Nunca has aprendido a abrirte y dejar que la gente se te acerque.

—Salvo tú.

—Yo no cuento. Pero tu amiga Carolyn, sí. ¿Cómo está?

—Hace tiempo que no la veo —dijo Melis, precavida.

—Bien, al menos intenta mantenerte en contacto con ella. —El tono de Kemal se hizo más ligero—. O ven aquí y déjame seguir trabajando contigo. Siempre has sido una de mis obras maestras inconclusas.

—Y eso me hace más exclusiva todavía. No te preocupes por mí.

—Eso es imposible.

—Iré si te necesito. Adiós, Kemal. Dale un beso a Marissa de mi parte.

Al otro lado del teléfono hubo un momento de silencio.

—Siempre pienso en ti con amor. Acuérdate de eso, Melis.

—Yo también te quiero, Kemal —susurró ella y colgó.

Los ojos le ardían al mirar el teléfono. La voz del hombre había traído a su mente muchos recuerdos amargos, pero por nada del mundo se hubiera perdido aquella llamada.

—Melis.

Levantó la vista para encontrar a Kelby de pie en el umbral con una bandeja en la que había una jarra de café y dos tazas. Tragó en seco para aliviar la tensión que le oprimía la garganta.

—Qué rápido. Creo que ahora me vendría bien una taza de café.

—No he sido rápido. Llevo aquí parado cinco minutos. —Se le acercó y colocó la bandeja sobre la mesa con un sonido retumbante—. ¿Archer?

Ella negó con la cabeza.

—No me mienta —dijo bruscamente—. La ha destrozado.

—No estoy mintiendo. —Melis calló unos segundos—. Se trataba de Kemal, un viejo amigo.

—¿Y por eso parece que va a...? ¿Quién demonios es él?

—Ya le dije que es mi amigo. No, es más que eso. Es mi salvador. Me sacó de *Kafas*. ¿Sabe lo que significa eso para mí?

—No, y no estoy seguro de que quiera saberlo.

—¿Por qué no? —Melis puso una sonrisa torcida—. ¿No siente curiosidad?

—Claro que sí. —Kelby se quedó un momento en silencio—. He pensado en ello. Pero no quiero saber tanto como para que me acusen de manchar el alma de nadie. Eso es algo muy serio.

—Dios mío, ¿he dicho semejante cosa? Qué melodramático. —Inspiró profundamente—. Esto es diferente. No va a robarme nada. No me importa que sepa lo de *Kafas*. Carolyn me dijo una vez que sólo los culpables debían sentir vergüenza. Me niego a sentirme avergonzada. De todos modos, en cualquier momento Archer lo llamará y dejará caer un poco de veneno en su oído.

—Para usted no es suficiente que no le importe. ¿Quiere contármelo?

Melis se dio cuenta de que quería contárselo a alguien. La conversación con Kemal había hecho aflorar a primer plano demasiados recuerdos. Se asfixiaba con ellos y ya no tenía a Carolyn para ayudarla a liberarse.

—Sí... creo que sí.

Kelby apartó la vista.

—Bien. Cuénteme sobre *Kafas*.

—Quiere decir *jaula dorada*. Era algo así como un club especial en Estambul. —Melis se puso de pie y caminó hasta el borde de la galería—. Y allí había un sitio aún más especial: el harén. Sofás de terciopelo. Paneles calados como encajes, de color dorado. Era muy lujoso porque los clientes eran gente importante o muy rica. Se trataba de un burdel que satisfacía todo tipo de apetitos sexuales. Estuve recluida allí durante dieciséis meses.

—¿Qué?

—Me parecieron dieciséis años. Los niños viven tanto en el presente que no pueden imaginar que la vida cambia. Por eso, si viven en el infierno, creen que eso será para siempre.

—¿Niños? —repitió Kelby lentamente.

—Cuando me vendieron al harén yo tenía diez años. Cuando escapé, tenía once.

—Por dios. ¿La vendieron? ¿Cómo?

—El negocio habitual en la trata de blancas. Mis padres murieron en un accidente de tráfico cuando yo apenas gateaba. No tenía otros parientes, por lo que me llevaron a un orfanato en Londres. Era un lugar bastante bueno, pero por desgracia el administrador necesitaba dinero para pagar sus deudas de juego. Y periódicamente declaraba fugitivo a alguno de los niños. Terminaban en Estambul. —No pienses. Limítate a pronunciar las palabras. Cuéntalo hasta el final—. Por supuesto, para conseguir el dinero que necesitaba los niños tenían que ser de un tipo especial. Ellos pensaron que yo era perfecta. Rubia, con la piel fresca de los niños, yo tenía además una cualidad que apreciaban mucho. Yo parecía... rompible. Eso era importante. A los pedófilos les encanta devorar niños frágiles. Los hace sentirse más poderosos. El propietario del burdel pensó que cuando tuviera más edad sería un buen plato para los clientes habituales. Y me convertí en un buen premio.

—¿Cómo se llamaba el propietario?

—No tiene importancia.

—Claro que sí. Voy a librar al mundo de semejante hijo de puta. ¿Cómo se llamaba?

—Irmak. Pero ya está muerto. Fue asesinado antes de que Kemal me sacara del harén a mí y a los demás niños.

—Muy bien. ¿El Kemal que la llamó?

—Kemal Nemid. —Ahora le resultaba más fácil hablar. Kemal formaba parte tanto de las pesadillas como de los buenos tiempos—. Es el hombre que me llevó de Turquía a Chile. Para mí era más que un hermano. Viví con él casi cinco años.

—Pensé que vivía con Luis Delgado.

—¿Cómo sabe que yo...? —Los labios de Melis se torcieron—. Claro, usted ha tratado de encontrar algo a lo que poder agarrarse. ¿Le estoy contando algo que no sepa?

—Wilson no descubrió ese *Kafas* —se limitó a decir Kelby—. Sólo supo de su vida en Chile con Luis Delgado.

—Delgado era Kemal. Sus antecedentes eran algo nebulosos y creyó que lo mejor sería que compráramos nuevas identidades. Me llamaba Melisande...

—¿Y después la dejó tirada y usted tuvo que irse a vivir con Lontana? Qué buen hombre.

Ella se volvió súbitamente hacia Kelby.

—Es un gran hombre —dijo con fiereza—. Usted no sabe nada. Nunca me habría abandonado. Fui yo la que huí de él. Kemal se iba a los Estados Unidos y quería que yo lo acompañara. Iba a iniciar una nueva vida.

—Entonces, ¿por qué cortó con él y huyó?

—Yo habría sido un obstáculo. Kemal llevaba cinco años atado a mí. Lo había hecho todo por ayudarme. Cuando dejé *Kafas* estaba al borde de la locura. Él me consiguió un médico, me mandó a la escuela y cada vez que lo necesitaba estaba allí. Era el momento de liberarlo.

—Por Dios, usted tenía dieciséis años. Yo no la habría dejado partir con Lontana.

—Usted no lo entiende. Mi edad no tenía importancia. Hacía mucho tiempo que no era una niña. Yo era como la pequeña de *Entrevista con el vampiro*, una adulta encerrada en el cuerpo de una niña. Kemal siempre supo que yo era así. —Melis se encogió de hombros—. Phil había terminado la investigación de las fumarolas marinas frente a las costas de Chile e iba a emprender un viaje de exploración a las Azores. Fui a verlo al *Último hogar* y le pedí que me llevara consigo. Yo lo conocía desde hacía años. Kemal y él se llevaban muy bien después de que Phil comenzó a alquilarle el *Último hogar* a la fundación Salvar a los delfines para sus viajes de observación. Phil y yo nos llevábamos bien y él necesitaba que alguien se encargara de su contabilidad, tratara con sus acreedores y lo ayudara a mantener los pies en el suelo.

—¿Y Kemal no fue a buscarla?

—Lo llamé y hablamos. Me hizo jurarle que lo llamaría si alguna vez me metía en problemas.

—Lo que, con toda probabilidad, nunca ha hecho.

—¿Qué sentido tiene liberar a una persona si después la obliga a regresar a cada rato? También me convenció de que le permitiera pagar mi educación, así como la consulta de un psicoanalista. En realidad, yo no quería seguir aquellas sesiones. No creía que me estuvieran ayudando mucho, aún tenía las pesadillas.

—Pero entonces conoció a Carolyn Mulan.

—Entonces conocí a Carolyn. Sin trucos de magia, sin piedad. Me dejó hablar. Al final me dijo que sí, que era horrible. Sí, me dijo, puedo entender que te despiertes gritando. Pero ya terminó y tú aún estás de pie. No puedes dejar que te aplaste. Tienes que afrontarlo. Era su frase favorita. Basta con que lo afrontes.

—Fue muy afortunada por tenerla a su lado.

—Sí, pero ella no lo fue tanto. Si no me hubiera conocido, aún viviría. —Negó con la cabeza—. Ella odiaba que yo me sintiera culpable. Ése era uno de mis problemas. Enseñar a los niños a que se sientan culpables es fácil. Si yo no era mala, ¿por qué me castigaban? Algo dentro de mí me decía que yo era la culpable de haber terminado en *Kafas*.

—Entonces, estaría totalmente loca. Es como decir que una persona atada a los rieles del ferrocarril tiene la culpa de que el tren le pase por encima.

—Carolyn estaba de acuerdo con usted. Nos llevó mucho tiempo que lograra sobrepasar ese obstáculo. Ella decía que la culpa no era saludable, que debía afrontarlo. Y lo afronté. —Ella le miró a los ojos—. Pero también me enfrentaré a Archer. No merece vivir. Es peor que los hombres que acudían allí a follarse a una niña pequeña con un vestidito de organdí blanco. Me recuerda a Irmak. Se lucra tanto de la muerte como del sexo.

—Y usted está dispuesta a encargarse sola de él. Va a dejar que ese pervertido le susurre al oído y entonces le pondrá la mano encima. ¿No es algo encantador?

Kelby había hablado con tanta calma que ella no se dio cuenta de la furia que hervía en su interior. Pero en ese momento la percibió. Cada músculo del cuerpo del hombre estaba tenso.

—No tendré que hacerlo sola. Usted me va a ayudar.

—Qué gentil, me permite tener un pequeño papel. —Se le acercó un paso—. ¿Tiene la menor idea de lo que siento en este momento? Me cuenta una historia que me impulsa a salir corriendo para cortarle el gaznate a todo el que se folló a esa niña en el harén. A continuación me dice que tengo que echarme a un lado y contemplar cómo Archer vuelve a hacerle daño.

Estaba molesto. Ella podía percibir la ira que lo hacía vibrar.

—Yo también odio estar indefensa. Pero esa niña ya no existe.

—Yo creo que sí. ¿Y qué quiere decir cuando se ofrece a acostarse conmigo? ¿Y cómo demonios cree que me sentiría cuando descubriera que me he follado a una víctima de ese maldito lugar?

—No soy una víctima. Desde aquella época he practicado el sexo. Dos veces. Carolyn pensó que sería bueno para mí.

—¿Y lo fue?

—No fue desagradable. —Melis apartó la vista—. ¿Por qué estamos hablando de esto? De todos modos, me ha rechazado.

—Porque en mi cabeza no existe la menor duda de que habría ocurrido. Yo soy como todos esos hijos de puta que querían follársela. Mierda, todavía quiero hacerlo. —Se volvió abruptamente y echó a andar hacia la puerta de cristal—. Lo que, considerando lo que me ha contado, me hace sentirme bien conmigo mismo. Como le diría su amiga Carolyn, lo afrontaré.

—¿De qué habla? Usted no es como aquellos hombres de *Kafas*.

—¿No? Al menos tenemos una cosa en común, y seguro que no es nuestra autocontención.

Ella contempló cómo la puerta se cerraba con fuerza detrás de él. Otra vez Kelby la había sorprendido. Melis no estaba segura de cuál era la reacción que esperaba, pero sólo sabía que no era ésa, compuesta de simpatía, rabia y frustración sexual. Aquello la había arrancado del pasado y la había traído de vuelta a un presente turbulento.

Pero también se dio cuenta de que se sentía aliviada. Nunca le había contado su pasado a otra persona que no fuera Carolyn, y hablarle a Kelby de *Kafas* había sido extrañamente catártico. Se sentía más fuerte. Quizá era porque Kelby no tenía preparación médica y era sólo una persona común y corriente. Quizá se había librado totalmente de aquel resto de culpa que Carolyn se había esforzado tanto por erradicar. Kelby no la había culpado de nada. Toda la culpa se la había echado a los hombres que habían abusado de ella. Había sido protector, había mostrado su ira... y su lujuria. De una forma tal que la lujuria había sido bienvenida. El tiempo que había pasado en *Kafas* no había disminuido en absoluto el deseo del hombre hacia ella. No lo había retorcido ni destruido. Él aceptaba que aquel período era parte de la vida de ella. Hasta su ira le había resultado reconfortante porque era una demostración de que él pensaba que ella sería capaz de sobreponerse. ¿Quién hubiera podido decir que la llamada de Kemal le traería esa sensación de paz y fortaleza?

¿Kemal o Kelby? Kemal le había dado ternura, y Kelby rabia, y ella no podía asegurar cuál de las dos era más valiosa.

Solo sabía que cuando sonara el teléfono y oyera la voz de Archer, estaría más preparada para enfrentarse a él.

—Halley ha recogido a Dansk y Cobb hace pocos minutos —dijo Nicholas cuando Kelby contestó el teléfono—. ¿Quieres que haga algo en la ciudad o que regrese?

—Ven aquí. Tengo que salir.

—Pareces nervioso. ¿Algo anda mal?

—¿Por qué no? El mundo es brillante, hermoso, lleno de personas amables y bondadosas. Eso basta para que cualquier persona se eche a llorar de alegría.

Nicholas soltó un silbido quedo.

—Estaré de regreso en una hora. ¿Es suficiente?

—Tendrá que serlo.

Kelby colgó, salió de la casa y echó a andar hacia el embarcadero. Para él, Nicholas llegaría demasiado tarde. Rebosaba de lástima, rabia y frustración, y estaba a punto de estallar. Necesitaba salir a navegar, atravesar las olas y dejar que el viento se llevara bien lejos una parte de esas emociones.

Si no podía controlarlas, tenía que deshacerse de ellas.

Nadar hacia la arcada...

No, eso no funcionaría. No debía identificar a Melis con Marinth. Ella era la clave, no el objetivo.

Así que siéntate en el embarcadero y espera a Nicholas.

E intenta no pensar en una niña pequeña de cabello dorado con un vestido de organdí blanco.

—Sé que no me entendéis —susurró Melis, mirando a *Pete* y *Susie* metidos en los corrales. Sin duda se sentían infelices. Los delfines odiaban los espacios cerrados que Cal había contribuido a erigir días antes junto a la galería—. Me gustaría poder explicároslo.

—¿Y no puede? —dijo Kelby a sus espaldas.

Ella levantó la vista y lo vio acercarse. Había estado fuera todo el día pero era evidente que acababa de darse una ducha porque aún tenía el cabello mojado. Iba descalzo, sin camisa, y tenía un leve aspecto libertino.

—¿Qué quiere decir?

—Comenzaba a creer que usted podía conversar con ellos. No hay dudas de que existe un vínculo.

Ella negó con la cabeza.

—Aunque a veces siento como si pudieran leerme la mente. Quizá sean capaces de hacerlo. Los delfines son criaturas extrañas. Mientras más sé sobre ellos, más claro tengo que no entiendo nada. —Lo miró con atención—. ¿Consiguió la máquina para hacer hielo?

—En este momento la están instalando en el avión. —Sonrió—. El piloto no entendía bien para qué la necesitábamos. Tuve que convencerlo de que no estábamos preparando una fiesta gigante con bebidas alcohólicas.

—Tenemos que mantenerlos frescos en el tanque. Es totalmente necesario. Frescos, mojados y con apoyo.

—¿Con apoyo? ¿Es por eso que va a mantener a los delfines en esos cabestrillos cubiertos de poliespuma?

Melis asintió.

—Los cuerpos de los delfines están hechos para flotar en el agua. Cuando uno los saca de ahí, su propio peso corporal ejerce presión sobre órganos vitales y los daña. En esos tanques no habrá agua suficiente para que se apoyen.

—Deje de quejarse. He hecho todo lo que me ha dicho para que tengan un viaje seguro. Cuando mañana metamos a esos delfines a bordo van a estar más cómodos que nosotros. Van a estar muy bien, Melis. Se lo prometo.

—Es que... están indefensos. Confían en mí.

—Y deben. Usted es una mujer en la que se puede confiar.

Ella lo miró, sorprendida.

—Si uno es un delfín —añadió él con una media sonrisa.

—Nunca pensé que haría una declaración como esa sin añadir algo.

—Claro que no. —Kelby se sentó a su lado y metió los pies en el agua—. Porque usted pensaría que me he ablandado.

—Imposible. —En los últimos días ella había descubierto que él era dinámico y convincente, pero no inflexible si se le demostraba que estaba equivocado—. Usted es demasiado terco para cambiar.

—Dijo la sartén al cazo... —El hombre sacó un pez del cubo que reposaba en la galería y se lo lanzó a *Susie*. —No ha perdido el apetito. —Kelby le lanzó otro pez a *Pete*, pero el macho agitó la cola y lo desdeñó—. Podemos tener problemas con él.

—No hay manera de sobornarlo.

La mirada de Melis examinaba las manos de él que ahora reposaban sobre sus rodillas. Unas manos hermosas, bronceadas, fuertes, con dedos largos y hábiles. Siempre había sentido fascinación por las manos. Las de Kelby eran excepcionales. Melis podía imaginárselas haciendo un duro trabajo físico o tocando el piano. Él era muy táctil. Ella había visto cómo la punta de sus dedos acariciaban el borde de un vaso o palpaban la tela de yute en el brazo de la silla de extensión. Era obvio que le gustaba tocar, acariciar, explorar...

—¿Él está bien?

Ella lo miró rápidamente a la cara. ¿Qué había preguntado? Algo sobre *Pete*.

—Es un macho y habitualmente son más agresivos. Pero *Pete* siempre ha sido más suave de lo habitual. Probablemente se debe a que no ha tenido la oportunidad de viajar con un grupo de machos como hace la mayoría de los delfines.

—¿No andan juntos?

—No, por lo general las hembras se van con las hembras y los machos van a unirse a un banco de machos. Los machos se vinculan a otros machos como compañeros y esas relaciones generalmente duran toda la vida. Ésa es la razón por la que la relación entre *Pete* y *Susie* es totalmente única. Como dije, *Pete* es diferente.

—Y usted lo ha convertido en una mascota.

—Yo no lo he convertido en una mascota. Me he cerciorado de que los dos puedan sobrevivir por sí solos. Pero espero haberlos hecho mis amigos.

—¿Algo así como *Flipper*?

—No, es un error pensar que los delfines son como nosotros. No son como los humanos. Viven en un mundo extraño en el que no podríamos sobrevivir. Sus sentidos son diferentes. Su cerebro es diferente. Debemos aceptarlos como son.

—¿Pero pueden ser amigos de los humanos?

—Desde hace miles de años hay historias sobre interacciones entre delfines y humanos. Delfines que salvan vidas humanas. Delfines que ayudan a los pescadores en su trabajo. Sí, creo que puede haber amistad. Sólo tenemos que aceptarlos de la forma que son, no intentar verlos a nuestra imagen y semejanza.

—Qué interesante. —Kelby le lanzó otro pez a *Susie*—. ¿Son hermanos? ¿O podemos esperar en un futuro que haya delfincitos?

—No son hermanos. Cuando los traje a la isla hice que les tomaran muestras de ADN. Y aún no han llegado a la madurez sexual.

—¿Con más de ocho años?

—Los delfines viven mucho. Cuarenta, cincuenta años. A veces no maduran sexualmente hasta los doce años, incluso los trece. Pero tampoco es raro que lo hagan a los ocho o nueve. Por lo tanto, a *Pete* y *Susie* no les falta mucho.

—¿Cómo se siente al respecto?

—¿Qué quiere decir?

—Ahora parecen estar inmersos en una infancia jubilosa. Las cosas van a cambiar.

—¿Y cree que eso va a importarme? —Los labios de Melis se pusieron tensos—. No soy una inválida. He tratado con delfines y sus impulsos sexuales durante años. Los delfines son una especie con fuertes impulsos sexuales. Por la forma en que *Pete* actúa con sus juguetes colijo que va a ser un individuo particularmente sexual. El sexo en la naturaleza no tiene nada de obsceno. Me encantará ver sexualmente satisfechos a estos delfines.

—No creo que usted sea una inválida —replicó Kelby con serenidad—. Es más fuerte que cualquier mujer que haya conocido. Ha sobrevivido a algo que habría quebrado a la mayoría de las personas. Demonios, hasta ha mantenido ocultas sus cicatrices la mayor parte del tiempo.

—Porque nadie quiere pensar en que a los niños puedan ocurrirles cosas malas. Eso hace que la gente se sienta incómoda. —Melis levantó la vista hasta el rostro del hombre—. ¿Acaso no lo alteró a usted?

—Pero no me puso incómodo. —Kelby sonrió—. Me volvió loco de ira. Por usted y con usted. Yo estaba listo para un magnífico revolcón y usted me puso el freno.

Melis se humedeció los labios.

—No quería atormentarlo. Estaba alterada y fue por puro instinto. Un retorno a *Kafas*. Sabía que era algo que un hombre podría valorar.

—Puede asegurarlo. *Pete* no es el único muy sexual que hay por aquí. —Se incorporó—. Pero sólo quería decirle que no tiene que preocuparse. No puedo prometerle que siempre esté tranquilo, pero habitualmente lo estoy.

—¿De veras? Y entonces, ¿de qué estamos hablando?

—Vamos a pasar mucho tiempo juntos. No quiero que esté tensa.

—No estoy tensa. —Mientras él la miraba con escepticismo, ella añadió—: No estoy nerviosa ni le tengo miedo. Es solo que a veces me inquieta.

—¿La inquieto? —Los ojos del hombre se centraron en el rostro de ella—. ¿Cómo?

—No lo sé. —Eso no era verdad, ella lo sabía demasiado bien. Estaba demasiado pendiente de él, que dominaba cada recinto en donde entraba. Melis se puso en pie de un salto—. Tengo que ir a comprobar el grueso del recubrimiento de los cabestrillos. Lo veré a la hora de cenar.

—Muy bien. —Kelby se irguió—. Hoy cocina Nicholas, así que no espere gran cosa. Dice que eso no forma parte del contenido de trabajo de un chamán.

—Estaré demasiado ocupada para...

El teléfono comenzó a sonar y ella se puso rígida. Ahora no. Tenía demasiadas cosas pendientes y después de hablar con Archer por teléfono los nervios de Melis eran un trapo.

—No responda, maldita sea. —Kelby estaba tan tenso como ella misma—. Me dijo que si no hablaba con él, le haría daño a los delfines. Pero ellos están a salvo en el corral.

—No van a estar siempre en el corral. Además, ese hombre tiene que creer que estoy sintiendo miedo, que estoy cediendo. —Apenas lo oyó mascullar una maldición mientras ella pulsaba el botón—. Llama muy temprano, Archer.

—Es porque voy a tomar un avión dentro de pocas horas y no podía hacerlo sin hablar con usted. Disfruto tanto de nuestras conversaciones.

—¿Adónde va?

—A donde ustedes. A Las Palmas. Tengo entendido que el *Trina* llegó allí anoche.

—¿Y qué tiene que ver eso conmigo?

—¿Cree que no la he tenido estrechamente vigilada? Kelby puede haber pescado a Cobb y a Dansk, pero no me resultó difícil contratar a más hombres. Y él no ha intentado hacer un secreto del alquiler de ese avión Delta de carga. Llevar a esos delfines debe de haberle causado todo tipo de problemas. Para aceptar eso Kelby debe estar totalmente fascinado con usted. ¿Qué ha tenido que hacer para convencerlo?

—Nada.

—Cuéntemelo.

—¡Que lo jodan! —Calló un momento—. ¿Cobb y Dansk?

—¿Me va a decir que no sabe que él atrapó a dos de mis hombres que vigilaban la isla? Por supuesto, eran unos aficionados o él no hubiera podido...

—Es probable que no lo considerara suficientemente importante para contármelo.

—O quizá sabe lo débil que es usted. Que sólo sirve para una cosa.

—Él no piensa eso de mí.

—Le tiembla la voz. Puedo decirle que ayer, antes de que yo colgara, usted lloraba. ¿Por qué no me da los planos y me deja seguir mi camino?

Melis permaneció un momento en silencio. Déjalo que piense que intentas recuperar tu compostura.

—No lloraba. Se lo imaginó. Yo no lloro.

—Pero estuvo a punto. En los últimos días ha estado varias veces a punto de llegar al límite de sus fuerzas. Usted sabe que esto no va a terminar. La estaré esperando en Las Palmas.

—Muy bien. —Ella no intentó disimular el temblor de su voz. Que piense que es por miedo y no por rabia—. Le diré a la policía que va para allá. Quizá lo arresten y lo pongan a buen resguardo por lo que le queda de vida.

—Tengo demasiadas relaciones para permitir que ocurra semejante cosa. No está hablando con un aficionado. Y hay un líder muy influyente en Oriente Medio que puede hacer que yo consiga todo lo que necesito. Le encanta la idea de un cañón sónico.

—Pero no va a conseguirlo.

—Claro que sí. Usted se está comportando muy bien. Ahora voy a poner la cinta número dos y usted va a escucharla. Podía ser la que más me gusta de todas. Cuando termine le haré unas preguntas, así que no intente apartar el oído.

A continuación ella escuchó su propia voz, proveniente de la cinta.

Podía sentir la mirada de Kelby sobre el rostro y percibir la furia que estaba electrizando cada músculo de su cuerpo. Se volvió de espaldas a él y caminó hasta el borde de la galería.

Apenas se dio cuenta de que Kelby se marchaba. Podía entender por qué esa cinta era la preferida de Archer. Estaba llena de dolor, de tormentos, de detalles gráficos destinados a revivir recuerdos odiosos.

Aguanta. Ella ya no era aquella niña. No lo dejes que te venza.

Kelby estaba en la cocina, troceando con furia unas zanahorias sobre la tabla de cortar la carne cuando ella entró. No levantó la vista.

—¿Acabó?

—Sí, él sabe que nos vamos a Las Palmas. Ha puesto vigilancia al *Trina*. También lo vigila a usted. Sabe que nos llevamos a los delfines.

—No traté de ocultarlo. —El cuchillo de carnicero que Kelby tenía en la mano se clavó profundamente en la madera—. Tenía la esperanza de que apareciera para poder ponerle la mano encima.

—No debe utilizar un cuchillo de carnicero para trocear zanahorias. Se va a arrancar un dedo.

—No, de eso nada. Archer no es el único que sabe cómo utilizar un cuchillo.

—Creí que quien iba a cocinar hoy era Nicholas.

—Necesitaba ayuda y a mí me venía bien la terapia. Quería tener un arma en mis manos. —Kelby no había dejado de mirarla—. ¿Una buena llamada?

—No fue de las peores.

—No me mienta. Vi su cara.

—Está bien, no fue mi mejor momento. ¿Por qué no me contó lo de Cobb y Dansk?

—¿Para qué? No logré pescar a Archer.

—Pues porque quiero estar al tanto. Además, Archer lo usó contra mí.

—Bien, la próxima vez que elimine a uno de esos hijos de puta se lo diré. ¿De qué otra cosa conversaron?

—Puso una de las cintas de Carolyn.

—Ella debió quemarlas.

—¿Y cómo iba a saberlo?

—Ahora nosotros lo sabemos. Las quemaré. Y cuando agarre a Archer quizá lo queme también a él. A fuego lento, muy lento, como el cerdo que ha demostrado ser. En este momento creo que el cuchillo sería demasiado limpio para él.

Ella intentó sonreír.

—¿Me deja meterle una manzana en la boca?

Kelby levantó la vista y ella retrocedió ante la carga de ferocidad que había en su expresión.

—No estoy bromeando, Melis. Quizá usted sea capaz de resistir toda la mierda sádica de Archer, pero yo no estoy dispuesto a seguir con esta basura. No resisto ver cómo sufre.

—Ha sido decisión mía.

—Hasta que le eche el lazo a Archer. Entonces todo habrá terminado. Usted quería que la ayudara a acabar con él. Lo tendrá.

—Escúcheme, Kelby. Quiero ayuda, no protección. No me va a dejar fuera de esto. Yo soy la que... Oh, mierda. —El pulgar de Kelby estaba sangrando—. Le dije que cogiera otro cuchillo. —Arrancó varias hojas de papel de cocina, le envolvió el pulgar con ellas, presionó un poco y le levantó la mano por encima del corazón para detener la hemorragia—. Claro, usted sabe mucho de cuchillos. Me sorprende que no se haya cortado hasta el hueso.

—No fue por el cuchillo. —El tono de Kelby era hosco—. Me distraje.

—Por andar amenazando. Lo tiene bien merecido. —Cuando la hemorragia se contuvo, Melis le lavó la mano y se la secó,

aplicó un poco de Neosporin en el corte y le puso una tirita—.
Ahora dígale a Nicholas que termine de preparar la cena.
Tendrá que hacerlo mejor que usted.

—A la orden.

Ella levantó la vista al detectar una nota extraña en la
voz del hombre. Él la miraba y eso la hizo estremecerse. De
repente percibió su cercanía física, el calor de su cuerpo, la dureza de la mano que aún sostenía. Dio un paso atrás y le soltó la mano.

—Eso está bien, Melis. —Kelby volvió a la tabla de cortar la carne—. Es mejor no tocarme.

Ella permaneció allí un instante sin saber qué hacer y
después se volvió para marcharse.

—O quizá me equivoco. —Su voz suave la persiguió—.
Al menos, ya no está pensando en esa maldita cinta. ¿no es
verdad?

10

—Tened cuidado. —Melis miraba desesperada cómo los delfines, en sus cabestrillos acolchados, eran bajados a los tanques en el avión—. Por Dios, no los dejéis caer.

—Todo va bien, Melis —dijo Kelby—. Ya están en su sitio.

—Entonces, vámonos de aquí. —La chica se secó el sudor de la frente—. No llegaremos a Las Palmas hasta dentro de siete horas y ya están estresados.

—Los delfines no son los únicos que están estresados —dijo Kelby—. Dile al piloto que despegue, Nicholas.

—Ahora mismo. —Lyons se volvió hacia la cabina—. Todo estará bien, Melis. Ya están cubiertos.

—De bien, nada. —Melis subió los tres escalones del tanque de *Pete* y acarició delicadamente su nariz—. Lo siento, tío. Sé que esto no es justo. Haré que termine lo más rápido que pueda.

—Parece que *Susie* se lo está tomando bien —dijo Kelby cuando terminó de inspeccionar a la hembra en el tanque vecino—. Ahora tiene los ojos abiertos. Mientras la transportábamos todo el tiempo los mantuvo cerrados.

—Tenía miedo. —Ella no había notado que Kelby se había dado cuenta. Los últimos cuarenta y cinco minutos él había estado corriendo todo el tiempo de un lado para otro, hablando con el piloto y supervisando el traslado de los delfines—. *Pete* está enloquecido.

—¿Cómo lo sabe?

—Lo conozco. Tienen reacciones diferentes ante casi todo.

—Siéntese y ajústese el cinturón. Tenemos que despegar.

Melis bajó, ocupó su asiento y se ajustó el cinturón.

—¿Cuánto tiempo hará falta para llevar a los chicos al tanque en el muelle de Las Palmas?

—Un máximo de veinte minutos. —Kelby se ajustó su cinturón—. He conseguido a varios estudiantes de biología marina para que nos ayuden a llevarlos a los tanques. Están dispuestos a ayudarnos y les encantará vigilarlos. El tanque tiene veinticinco metros de largo y creo que será adecuado para el escaso tiempo que pasarán allí antes de que los soltemos.

—¿Se cercioró de que las paredes de los tanques tengan abolladuras y salientes?

—Seguimos todas sus instrucciones. ¿Puede decirme por qué todo eso?

—Hay que desviar el sonido. Tienen el sistema auditivo tan desarrollado que si sus cloqueos y silbidos rebotan en superficies lisas, eso les resultaría muy perturbador.

Gracias al cielo, el avión estaba despegando. El ascenso fue suave y gradual como ella había pedido, pero de todos modos Melis podía oír el cloqueo preocupado de *Susie*. Tan pronto alcanzaron la altura de crucero se quitó el cinturón de seguridad.

—Voy a controlar a *Pete* —dijo Kelby mientras subía los escalones—. Vaya a ver si puede tranquilizar a *Susie*.

—Tenga cuidado, podría darle un mordisco.

—Sí, ya me lo dijo. Está enajenado. —Miró a *Pete*—. Tiene buen aspecto. ¿Qué más podemos hacer?

—Únicamente controlarlo con frecuencia para asegurarnos de que esté mojado y tratar de mantenerlo en calma. Dios, espero que sea un vuelo sin sobresaltos.

—El piloto me dijo que el pronóstico era de buen tiempo. No se esperan turbulencias.

—Gracias a Dios. —Acarició la nariz en forma de botella del delfín hembra—. Quédate ahí, pequeña. No va a ser tan terrible. Vas a regresar al útero materno.

Susie emitió un sonido con tristeza.

—Lo sé. No me crees. Pero te prometo que no te va a pasar nada malo. —Echó una mirada a Kelby—. Y me gustaría estarte diciendo la verdad.

—Le prometí que no ocurriría nada.

Melis negó con la cabeza, con gesto cansino.

—Y si ocurre, no tengo derecho a echarle la culpa. Yo soy la responsable de los delfines. —Le hizo una caricia final a *Susie* y bajó del tanque—. Y yo soy la que acudí a usted para ofrecerle un trato. —Volvió a su asiento. Qué cansada estaba. La noche anterior, preocupada por los delfines, no había sido capaz de dormir—. Y ha resuelto los problemas del transporte de una manera estupenda.

—Puede asegurarlo. —Kelby se sentó frente a ella—. Pero creo que no voy a convertirlo en un hábito. Demasiado traumático. Después de llevar de vuelta a los delfines a su isla pondré punto final. —Calló un instante—. Si los quiere de vuelta. Porque podría decidir dejarlos libres.

—No lo creo. Si se tratara de un mundo prístino, no contaminado por el hombre, habría una posibilidad. Pero hemos creado demasiados peligros para ellos. Polución, artes de pesca que los arrastran y los matan. Hasta los turistas en sus botes se acercan demasiado a las bandadas de delfines.

—De eso me declaro culpable. —Kelby sonrió—. Recuerdo el yate de mi tío cuando yo era un niño. Cada vez que veíamos una gran bandada, le pedía que me dejara acercarme para tocarlos.

—¿Y le dejaba?

—Claro, me dejaba hacer todo lo que se me ocurría. Mi fideicomiso le pagaba el yate. Quería mantener vigente mi lado bueno.

—Quizá sólo tenía la intención de ser bondadoso.

—Es posible. Pero después de que llegué a la mayoría de edad, seguí recibiendo las facturas de su yate.

—¿Y las pagó?

Kelby miró por la ventanilla.

—Sí, las pagué. ¿Por qué no?

—¿Porque le caía bien?

—Porque esos viajes en el yate eran mi salvación. Y la salvación no es gratis. Nada es gratis.

—Creo que le caía bien. ¿Fue entonces cuando llegó a la conclusión de que quería tener un yate como el suyo?

Kelby asintió.

—Pero mejor y más grande.

—Y lo consiguió, sin la menor duda. ¿Por qué le puso el nombre de *Trina*?

—Por mi madre.

Melis lo miró, sorprendida.

—Pero yo pensé que...

—¿Que no le tenía mucho cariño a mi madre? Gracias a los medios. Creo que todo el mundo sabía que no nos hablábamos desde que yo era un mocoso.

—Entonces, ¿por qué le puso su nombre al yate?

—Mi madre era una gran manipuladora, una mujer muy ambiciosa. Se casó con mi padre porque quería ser la anfitriona de sociedad más importante de dos continentes. Me tuvo porque era la única manera para mantener controlado a mi padre. Él era algo voluble y ya se había divorciado en una ocasión.

—¿Cómo lo sabe?

—Yo estuve presente en uno de los altercados a gritos que tuvo con mi abuela. Ninguna de ellas prestaba gran atención a mis tiernos sentimientos. —Se encogió de hombros—. De hecho, me alegré de haber estado en la habitación. Antes de ese día me tenía engañado. Después de que mi padre falleció en un accidente comenzaron los juicios por la custodia. Él me lo dejó todo y ella estaba furiosa. Pero quien me controlara, controlaba el dinero, y ella se lanzó enseguida a la batalla. Todo niño quiere pensar bien de su madre y ella tenía mucho talento para hacerse la víctima débil e indefensa. Era una verdadera belleza sureña. Toda lágrimas y reproches contra mi abuela. Creo que estaba practicando para comparecer como testigo e intentando influir sobre mí para que testificara en su favor.

—¿Y su abuela?

—Quería a mi padre y quería el dinero. Odiaba a Trina y yo era un impedimento y un arma en las manos de Trina.

—Qué encanto.

—Pero sobreviví. No estaba como usted en *Kafas*. La mayor parte del tiempo estaba en internados o en el yate de mi tío Ralph. Los únicos episodios verdaderamente inmundos ocurrían cuando me arrastraban a los tribunales o me obligaban a ir a casa para que Trina me adulara delante de la prensa. Para que eso no ocurriera con mucha frecuencia, yo me comportaba como un salvaje cabrón cada vez que estaba cerca de ella.

—Pero de todos modos, le puso a su yate el nombre de ella.

—Una pequeña broma privada a costa de mi dulce madre. El yate cuesta una fortuna y mamá vive en estos momentos de acuerdo a un presupuesto. Es un presupuesto generoso, pero no lo que a ella le gustaría. —Kelby sonrió—. Y yo controlo totalmente el *Trina*. Ahí tengo la última palabra, lo mismo que con su presupuesto.

—Debe de odiarla.

—La odié durante un tiempo. Con los años la odio menos. Lo de hacerse pasar por débil y frágil funcionó conmigo. Yo era un niño idealista y quería salir a pelear contra molinos de viento para protegerla. Hasta el día en que descubrí que tenía que protegerme de ella. Fue una experiencia esclarecedora. —Se puso de pie—. Voy atrás, a coger más hielo para los tanques. Me dijo que había que mantenerlos frescos y *Pete* ha estado moviendo bastante la cola.

Melis asintió.

—Voy a controlar a *Susie*. —Se incorporó y echó a andar hacia el tanque. De repente le vino una idea a la cabeza—. Kelby.

Él la miró por encima del hombro.

—Yo parezco... La mayor parte de los hombres cree que parezco... rompible. ¿Le recuerdo a su madre?

—A primera vista, su aspecto despertó en mí un cierto resentimiento. —Los labios del hombre se torcieron—. Pero le garantizo que nunca me ha recordado a mi madre.

Las Palmas

—Son tan hermosos. —Rosa Valdés contempló admirada a *Pete* y a *Susie* en el tanque de veinticinco metros—. Y son una especie magnífica, ¿no es verdad, Melis?

—Son fascinantes —dijo Melis, sin prestarle mucha atención.

Susie fue liberada del cabestrillo antes de bajarla al tanque, pero se limitaba a yacer sobre el fondo del depósito. Cuando llegaron al muelle parecía estar en buena forma. ¿Por qué no se movía? *Pete* también se lo preguntaba. Nadaba en torno a ella con preocupación.

—Para nosotros es un verdadero honor que nos permita ayudarla con los delfines —dijo Rosa con solemnidad—. Los estudiantes colaboramos en el acuario, pero esto es diferente. Esto va mucho más allá.

—Agradezco la ayuda.

Si *Susie* no comenzaba a moverse ella tendría que saltar al agua a ver...

Pete empujaba suavemente a *Susie*.

La cola de *Susie* comenzó a moverse alegremente de un lado a otro.

Pete le dio un empujón nada gentil con el hocico.

Susie lo golpeó con la cola, después nadó hasta la superficie y comenzó a cloquearle a *Pete* con indignación.

Melis suspiró aliviada. No había ocurrido nada. *Susie* estaba siendo la reina del drama.

—Gracias —dijo, volviéndose hacia Rosa—. No habría podido acomodarlos sin ti y sin Manuel.

—Ha sido un honor —dijo Rosa—. Mi profesor estaba muy entusiasmado porque nos iban a permitir cuidar de los delfines hasta que usted los liberara. Para ganar más créditos llevaremos un registro.

Melis pensó divertida que la chica era muy seria. Seria, diligente y joven. ¿A qué sabía sentirse tan joven?

—Dijiste que mañana vendrían otros estudiantes a ayudar?

—Marco Benítez y Jennifer Montero. Ambos tenían deseos de estar hoy aquí pero no queríamos abrumarla.

—Creo que podría haberlo soportado. —Melis se volvió hacia el depósito con hielo junto a los tanques—. Hay que darles de comer. Con toda intención no los alimenté antes o durante el viaje porque no quería que se marearan o tropezarme con materia fecal en esos pequeños depósitos. ¿Querrías ocuparte de eso junto con Manuel?

—¿De veras? —Rosa abrió el depósito de hielo antes de que Melis pudiera hacerlo—. ¿Cuánto? ¿Les damos de comer de la mano o simplemente lo tiramos en el tanque?

—Ahora te muestro cómo. —Melis vaciló un instante. También podía enseñarles a proteger los delfines mientras ayudaban—. Pero debes cerciorarte de no darle a los delfines nada que no esté en el depósito de hielo. A veces la gente intenta tirarles a los delfines alimentos para humanos, pero eso no debe ocurrir. ¿Lo entiendes?

Rosa asintió con la cabeza.

—Por supuesto.

—Y como se trata de un ambiente nuevo, hay que controlar a *Pete* y *Susie* las veinticuatro horas del día. Cada minuto tiene que haber alguien aquí acompañándolos.

—Lo íbamos a hacer de todos modos. Ya hemos organizado turnos de dos personas para poder completar nuestro registro diario.

—Muy bien. —Melis se inclinó sobre el depósito—. Les gustan peces enteros. Solo se los doy en trozos cuando no queda más remedio. Puedes tirarles los peces. Más tarde te enseñaré cómo darles de comer con la mano. Es una experiencia impresionante...

· · ·

—¿Satisfecha? —Cuando se apartó del tanque una hora después, Kelby estaba de pie al final del embarcadero—. De todos modos, los chavales son muy listos.

—Más que eso. Tendrán los ojos clavados en los delfines cada minuto del día.

—Y eso es magnífico —dijo Kelby—. No tendrá que preocuparse porque alguien vaya a meterse con ellos mientras trabajamos. He comprobado con la universidad a cada estudiante que aparece en la plantilla para asegurarme que no hay ningún problema, pero también Cal hará de centinela.

Quería decir que Archer no se metería con ellos. ¿Quién otro podía ser? Ese nombre parecía dominar todos los pensamientos en esos días.

—¿Algún indicio de Archer?

—No. He mandado a Nicholas a que revise las tabernas y hoteles en torno al puerto a ver si puede conseguir alguna información. Pero Archer puede estar en su barco, el *Jolie Fille*.

—Querrá saber qué estamos haciendo en la ciudad. Desde el mar no puede averiguar nada. —Melis miró hacia el horizonte, bañado por la luz crepuscular. ¿Estaba esperándola allí? Habían llegado a Las Palmas hacía cuatro horas y él aún no le había telefoneado—. ¿Cuánto tiempo tendremos que permanecer aquí?

—Probablemente otros dos días. Las nuevas instalaciones del *Trina* todavía no están listas. Wilson tuvo que ocuparse de arrendar un captador submarino de imágenes de la marina de guerra, pero no llegará hasta mañana.

—Oh, todo de primera.

—Tengo grandes esperanzas. La tecnología no funcionó muy bien cuando los científicos la emplearon para hallar la ciudad perdida de Helike, en Grecia, pero este captador de imágenes está a años luz del que utilizaron allí.

—*Pete* y *Susie* son una apuesta más segura.

—Quizá. Si sus madres deciden responder a sus silbidos. ¿Qué tal es la memoria de los delfines?

—Excelente.

—Eso es bueno. ¿Por qué escogió Lontana las aguas en torno a las Islas Canarias para buscar Marinth? Yo habría pensado que estaba más cerca de Egipto.

—Un presentimiento. Se supone que los marinthianos eran excelentes marineros, por lo que las Canarias no les quedarían muy lejos y la topografía de varias de las islas pasó a la leyenda.

—¿De qué manera?

—Son volcánicas y eso habla de posibilidad de terremotos. Algunos científicos creen que serán azotadas por sunamis.

—Eso coincidiría con la parte de la leyenda que dice que el mar tomó de vuelta Marinth.

Melis asintió.

—Phil estudiaba las fumarolas en esta zona cuando se le ocurrió que este podría ser el lugar definitivo. ¿Ha hecho reservas en algún hotel?

—Los hoteles son un riesgo. Nos quedaremos en el *Trina*. Está atracado a diez minutos de aquí y mientras estemos a bordo puedo controlar la seguridad.

—No me importa dónde paremos. Sólo quiero una cama.

—Correcto. —La expresión de Kelby era sombría—. Ese degenerado no la ha dejado dormir mucho últimamente.

—Hoy tampoco puedo dormir mucho. Lo más, seis horas, y después tengo que volver con los delfines. ¿Podría mandar un mensajero a los chavales para que sepan dónde voy a estar?

—Tan pronto lleguemos al barco. —La tomó del brazo—. Vamos. Le diré a Billy que nos prepare algo de comer y después podrá echarse a dormir.

¿Billy? Oh, sí, el cocinero. Desde aquel día en el *Trina* le parecía que había pasado un siglo.

-¿Está toda la tripulación a bordo?

—No, sólo Billy. Y dos centinelas que vigilan el tanque. Les di el día libre a los demás. No sé cuánto tiempo estaremos navegando. Quizá no tenga tanta fe en *Pete* y *Susie* como usted.

—Yo nunca dije que estuviera segura. Solo creo que hay muchas posibilidades. —Lo miró de reojo—. Ha mantenido su palabra. Ha hecho todo lo que le he pedido. Sé cuánto ansía todo esto. No lo decepcionaré.

—No me sentiré decepcionado. Si atrapamos a Archer consideraré que hemos ganado. A veces creo que quiero pescar a ese tipo casi tanto como quiero encontrar Marinth.

—La palabra clave es *casi*. —El *Trina* apareció delante de ellos, era tan bello como ella lo recordaba—. Nada es tan importante como Marinth. Lo comprendo. Es como una fiebre.

—Hay fiebres y fiebres. —La ayudó a subir por la plancha—. No creo que valga la pena discutir la fiebre en este momento.

—¿Por qué no? El sueño de Phil fue siempre... —Melis olvidó lo que iba a decir. Qué calor. Apartó la vista y respiró profundo—. Bien, no hablemos de fiebre.

—Cobarde —Kelby la zahirió levemente—. Pensé que aceptaría el reto.

—Entonces, diga lo que tiene en mente. —Melis se obligó a mirarlo de nuevo—. No juegue con las palabras. No soy buena en eso.

La sonrisa del hombre desapareció.

—Yo tampoco. Me ha pescado desprevenido. No esperaba que usted se sintiera de la misma manera.

Ella tampoco lo había esperado. Había sido como si la golpeara un rayo: caliente, punzante, intensamente sexual. Aún sentía la sacudida.

—Está bien —dijo él en voz baja—. No voy a aprovecharme de un momento de debilidad. —Señaló con la cabeza la escalera que llevaba a los camarotes—. Le dije a Cal que dejara su maleta en el primer camarote a la derecha. Creo que ahí tendrá todo lo que necesita.

Asombrada, Melis se dio cuenta de que no quería apartarse de él.

—Gracias.

Avanzó lentamente hacia la escalera. Dios, ¿qué le ocurría?

Ella no era estúpida ni inocente. Sabía lo que le ocurría. Sólo que no le había ocurrido nunca antes.

Cuando llegó al primer escalón miró atrás por encima del hombro. Él estaba allí, observándola. Fuerte, vital y sensualmente masculino.

Qué calor.

Se apresuró a bajar.

Melis respiró profundamente y abrió la puerta del camarote de Kelby.

—Mire, siento entrar así, pero...

Él no estaba allí. Aunque habían transcurrido más de dos horas desde que ella lo había dejado en la cubierta.

Echó a andar por el pasillo y subió lentamente la escalera hasta la cubierta superior. Él estaba de pie junto al pasamanos, mirando al mar.

—Kelby.

Se volvió y la miró.

—¿Algún problema?

—Sí. —La voz de Melis temblaba—. Y no sé qué hacer al respecto. No puedo dormir y me siento... —Avanzó hasta detenerse frente a él—. Pero no creo que se me vaya a pasar, así que tengo que afrontarlo. —Puso las manos sobre el pecho del hombre. Sintió el latido de su corazón y cómo los músculos se le ponían tensos bajo sus dedos—. Carolyn diría que es un buen avance.

—Y usted respeta su opinión. No me importa por qué o cómo, lo que importa es que ocurra. —Kelby le puso la mano en la garganta—. Eres tan delicada. Yo no soy el hombre más gentil del mundo. Me dejaré llevar y lo haré demasiado rápido, temo hacerte daño.

—A la mierda. No soy delicada. Soy fuerte, y no se te ocurra olvidarlo.

Él rió para sus adentros.

—Prometo no olvidarlo.

La mano del hombre bajó hasta los pechos de la chica.

Ella inspiró con brusquedad.

—¿No? —Kelby la miró a los ojos.

—Demonios Kelby, no te estoy rechazando. Si sigues tratándome como a una inválida no vamos a llegar a ninguna parte. Es que me sentí... muy excitada. Todo está conectado, ¿no es así? Me tocas ahí y yo lo siento... por todo el cuerpo.

—Así funciona. —La voz del hombre era ahora ronca—. Y a veces funciona muy de prisa. Así que creo que lo mejor es que bajemos a mi camarote.

Kelby intentó recuperar el aliento.

—¿Te he hecho daño?

—No me acuerdo. —Él había sido apasionado hasta el extremo y quizá llegara hasta la rudeza. Ella no tenía derecho a quejarse. Tras los primeros minutos se habían comportado casi como animales. Melis tenía un vago recuerdo de sus uñas clavándose en los hombros de él—. ¿Te he hecho daño?

—No, pero me sorprendiste muchísimo.

—Yo también me sorprendí. No fue como con los hombres que Carolyn me eligió. Ella hizo todo lo que pudo, pero fue algo... clínico.

—Apuesto a que quedó decepcionada.

—Sí, me dijo que lo intentaríamos de nuevo más tarde. Lo evité constantemente, pero si hubiera sabido que era tan delicioso le habría hecho caso.

—Creo que debes quedarte conmigo. Soy un producto probado. —La hizo pegarse a él—. ¿Has sentido alguna mala vibración?

—Al principio, algo hubo. Pero después desaparecieron. Creo que fue porque éramos como dos osos tratando de despedazarse. Parecía algo muy... natural. Si hubo una víctima en esta cama, ese fuiste tú, Kelby.

—Y con gusto volveré a sacrificar mi cuerpo. Me alegra haberte dado placer.

Ella permaneció callada un instante.

—Fue interesante.

Kelby rió para sus adentros.

—No es el comentario más entusiasta que haya oído sobre mi desempeño sexual. —Le frotó la sien con los labios—. Y creo que para ti fue algo más que interesante. Estabas muy cachonda.

—Y eso también resultó interesante. —Melis se pegó al cuerpo del hombre—. Cómo duró. Creo que debes ser como *Pete*.

—¿Qué?

—Dijiste que eras muy sexual, como *Pete*. Creo que tienes razón.

—¿Me estás insinuando algo? Estoy listo.

Oh, sí, estaba listo. Y ella también. Era increíble que pudiera desearlo de nuevo tan pronto. Los años y Carolyn la habían curado. A ella le habría encantado...

Kelby se levantó, apoyándose en un codo.

—¿A dónde demonios vas?

—Voy a mi camarote, para tomar una ducha y vestirme. —Melis vaciló—. Quiero que sepas que me doy perfecta cuenta de que esto no significa nada para ti. Te lo iba a decir antes pero me distraje.

—Yo también me distraje un poco, pero para mí sí significó algo.

Ella sonrió.

—Un rato más que bueno. Pero sé que no tienes ninguna razón para confiar en las mujeres y hasta esta noche no me había dado cuenta de que un hombre también puede ser vulnerable. Sólo quería decirte que no voy a demandarte ni a verter cubos de lágrimas cuando leves anclas y te largues. Sin compromisos. Eso es lo mejor de lo que ha ocurrido aquí esta noche.

—¿De veras? —Kelby quedó en silencio un instante—. Entonces, ¿por qué no regresas y nos regalamos un poco más de sexo sin compromisos?

Ella negó con la cabeza.

—Tengo que controlar a *Pete* y *Susie*.

Kelby retiró las sábanas.

—Voy contigo.

—¿Por qué? Seguro que tienes muchas cosas que hacer aquí. —Le hizo una mueca—. Como dormir. No hemos dormido mucho.

—Nicholas está aún en la ciudad y no quiero que vayas sola a ninguna parte.

Archer. ¿Cómo había podido olvidarse de él?

—Aún no me ha llamado.

—Gracias a Dios. No creo que pueda ocuparme de eso en este momento.

—No puedes tener a alguien que me vigile todo el tiempo. —Melis se humedeció los labios—. Consígueme un arma, Kelby.

—Está bien, pero un arma no soluciona todos los problemas. Necesitas un guardaespaldas y lo tendrás. Seré yo o alguien en quien confíe. —Caminó hacia la ducha—. A Archer le encantaría ponerte las manos encima y aquí no estás tan protegida como en la isla. No voy a correr el riesgo de tener que ir a la morgue a identificar tu cadáver sólo porque seas terca.

La puerta de la ducha se cerró a sus espaldas.

Carolyn, muerta y torturada, yaciendo sobre la fría mesa de metal.

Melis se estremeció al abrir la puerta del pasillo. Aquel recuerdo era como zambullirse en profundas aguas heladas. Llevaría guardaespaldas. Esas últimas horas le habían reafirmado cuánto le debía a Carolyn. No estaba curada del todo pero iba por buen camino. Había que pagar las deudas.

Y para pagarlas, tenía que mantenerse con vida.

Archer no la llamó hasta una hora después de que ella llegó al tanque.

—Ha pasado mucho tiempo, Melis. ¿Me añora?

—Tenía la esperanza de que alguien le hubiera dado un pisotón y lo hubiera matado como la cucaracha que es.

—¿Sabe que se da por seguro que las cucarachas heredarán el planeta entero? ¿Qué tal toleraron el viaje los delfines?

—Están bien. Y muy bien custodiados.

—Lo sé. He controlado la situación. Pero eso no quiere decir que, en caso de que quiera acercarme a ellos, no pueda hacerlo.

—¿Está aquí en Las Palmas?

—Estoy donde quiera que usted se encuentre. ¿Es que aún no se ha dado cuenta? —Hizo una pausa—. Hasta que me dé lo que quiero. No debe ser difícil para usted. Tiene mucha experiencia en eso de darle a los hombres lo que desean. Dicen que los niños absorben los conocimientos más de prisa y de manera más permanente que los adultos. ¿No es maravilloso tener para siempre ese talento y esos recuerdos? Envidio a Kelby. Seguro que le está proporcionando muy buenos ratos. Pero quizá no me limite sólo a envidiarlo. Quizá decida probarlo por mí mismo. Le pondré un vestido blanco cortito y...

—¡Cállese!

Hubo silencio por un instante.

—¿Otra grieta en la armadura? Se está desmoronando poco a poco, ¿no es verdad? Entrégueme las investigaciones de Lontana, Melis.

—Maldito sea.

—Si no lo hace, estaré por el resto de su vida. Eso no es un problema para mí. Lo estoy disfrutando mucho. —La voz del hombre se suavizó—. Pero las mujeres no duran demasiado tiempo en lugares como *Kafas* y si me vuelvo impaciente encontraré la manera de enviarla a un sitio así. Creo que si lo hago tardará muy poco en decirme lo que quiero saber.

No hables. No le repliques. Haz que crea que estás tan aterrorizada que por eso guardas silencio.

—Pobre Melis. Está peleando duro. No vale la pena.

—No puedo decir... Usted mató...

—¿Y qué importancia tiene eso? Están muertas. No querrían que usted sufriera de esta manera. Démelo.

—No.

—Pero ese no cada vez suena más a sí. Percibo una nota de desesperación.

—No soy responsable de lo que pueda oír. —Deliberadamente, Melis dejó que se le quebrara la voz—. No puedo... evitarlo. Lárguese.

—Oh, me largaré. Porque usted necesita pensar en lo que acabo de decirle. La llamaré otra vez esta tarde. Creo que estudiaremos la cinta número uno. Fue el primer día que la metieron en el harén. Estaba muy asustada. No entendía lo que le ocurría. Todo era reciente, muy doloroso. ¿Lo recuerda? —Y colgó.

Melis recordaba todo el dolor. Pero por alguna razón estaba menos impresionada que tras las primeras llamadas de Archer. Había asumido que ya no era aquella niña pequeña pero quizá no lo creyera realmente. Quizá al ahogarla en aquel horror de tanto tiempo atrás Archer había embotado el filo de aquellos recuerdos. Cuán frustrado se sentiría en caso de que eso fuera verdad.

—Están muy bien. —Rosa Valdés se detuvo junto a ella—. La hembra me permitió que la acariciara esta mañana.

—Es muy amistosa. —Melis intentó espantar cualquier pensamiento sobre Archer mientras guardaba el teléfono en el bolsillo de su chaqueta. No podía dejar que aquel miserable la perturbara más de lo necesario, tenía trabajo que hacer—. ¿Alguien se ha acercado al tanque desde que metimos a los delfines?

—Sólo los otros estudiantes del equipo. —Rosa frunció el ceño—. Les dije a todos que las instrucciones eran ésas. ¿Algo va mal?

—No, era solamente una pregunta. —Se volvió y echó a andar directamente hacia el tanque—. ¿Les diste sus juguetes?

—Sí. Al parecer, después de eso se sintieron mejor. ¿Siempre lleva *Susie* esa boa plástica en torno al cuerpo? Parece muy coqueta.

—Es muy femenina. La vi hacer lo mismo con una tira de algas y pensé que necesitaba algo más duradero. —Pero era evidente que *Pete* no había jugado con su boya plástica de la manera habitual, o Rosa se lo habría contado sin lugar a dudas—. Pensé que los juguetes podrían ayudar. No tienen suficiente espacio en el tanque para jugar y combatir el aburrimiento. Es una ten...

—¡Madre de Dios! —Rosa abrió desmesuradamente los ojos mientras observaba a *Pete*—. ¿Qué hace?

—Lo que crees que está haciendo. Le encanta dar vueltas nadando con la boya.

—Pero la lleva en el pene.

—Sí, a veces lo hace durante horas. —Los labios de Melis se curvaron mientras hablaba—. Debe pensar que es una sensación muy agradable.

—Me imagino que sí —dijo Rosa en voz baja, sin apartar la vista de *Pete*—. Estoy impaciente por documentar esto en el registro.

* * *

—Es un barco muy rápido con una tripulación de seis hombres y armas bastante pesadas —dijo Pennig—. Por esa razón puede ser algo difícil de abordar cuando estén en alta mar.

—Difícil no significa que vaya a ser imposible. ¿Cuánto les falta exactamente para tener listo el *Trina*? —preguntó Archer.

—Uno o dos días. Esperan un aparato o algo así.

—Uno o dos días —repitió Archer.

Eso no le daría mucho tiempo para trabajar a Melis. Pero podría ser suficiente. La última vez que había hablado con ella, la chica había dado señales de que se desmoronaba. No le gustaba la idea de tener que llamarla cuando estuviera con Kelby en alta mar. La chica se sentiría más libre, más segura, aislada con él en el barco.

¿Debía incrementar el número de llamadas para presionarla más?

Quizá.

Pero le molestaba cambiar el ritmo. Podía imaginársela esperando, temiendo el momento en que sonara el teléfono.

—Al Hakim lo llamó anoche, ¿no? —La voz de Pennig era indecisa—. ¿Se está impacientando?

—¿Tienes la audacia de sugerir que no estoy manejando esto de forma adecuada?

—No, por supuesto que no —respondió Pennig con presteza—. Sólo preguntaba.

Al Hakim estaba impacientándose. Y lo último que Archer quería que hiciera era enviar a alguno de sus amigos terroristas para evaluar la situación y correr el riesgo de que asumieran el mando.

—Entonces pregúntatelo en silencio, Pennig. Yo sé lo que hago.

Trabajar a Melis con lentitud y paciencia era un placer exquisito. Pero la paciencia podía convertirse en algo peligroso.

Tendría que considerar seriamente la posibilidad de subir la apuesta.

11

—¿Qué tal les va? —preguntó Kelby mientras avanzaba hacia ella por el embarcadero—. ¿*Pete* sigue enloquecido?

—Ya no tanto. —Melis le entregó el cubo con peces a Manuel y se volvió hacia Kelby—. Desde que le dimos sus juguetes se ha tranquilizado.

—Sí, cuando pasé por aquí esta mañana lo vi jugando con uno de esos juguetes. Muy interesante.

—No sabía que habías estado aquí.

—Habías ido al mercado, a comprar pescado para *Pete* y *Susie*.

—Y Nicholas estaba a mi lado. No le gustó mucho tener que cargar de vuelta al tanque varios kilos de peces apestosos. Dijo que no le importaba hacer de guardaespaldas pero que hacer de bestia de carga para *Pete* y *Susie* ofendía su dignidad.

—Eso es bueno para él. —Le entregó la bolsita de lona que llevaba—. Un revólver del treinta y ocho, lo que me pediste. ¿Sabes cómo usarlo?

Ella asintió.

—Kemal me enseñó. Decía que la mejor terapia que podía ofrecerme era enseñarme cómo defenderme a mí misma.

—Empiezo a pensar mejor de Kemal.

—Deberías. Es un hombre maravilloso.

—Bueno, quizá no lo estimo tanto como parece. Estoy empezando a sentir leves pinchazos de celos. —Ella lo miró con incredulidad—. Lo sé. A mí también me sorprende. —Bajó la vista para mirar a *Pete* en el tanque—. Necesito que me reconforten. ¿Quieres venir conmigo al barco y reconfortarme?

Sus cuerpos entrelazados, formando un arco, moviéndose.

El recuerdo hizo que la recorriera una ola de calor.

—Tú no necesitas que te nadie te reconforte. Desde la primera vez que te vi pensé que tenías más confianza en ti mismo que cualquier otra persona que haya conocido en toda mi vida.

—Tienes razón. —Kelby sonrió—. Sólo pensé que me aprovecharía de tu simpatía y trataría de meterte en mi cama como el tipo poco escrupuloso que soy.

—Entonces, lo has conseguido. No siento ninguna lástima de ti y tengo que quedarme con los delfines. Esta misma tarde vienen dos estudiantes nuevos y quiero hablar con ellos.

—Está bien —Kelby esbozó una sonrisa—. Dios me perdone por querer competir con *Pete* y *Susie.* —Se volvió y echó a andar por el embarcadero—. Si cambias de opinión, estaré en el *Trina.*

Ella lo contempló mientras se alejaba. Qué guapo era. Tan hermoso como los delfines. Y cuánto le molestaría oírla decir eso. Era esbelto, de músculos compactos, tan enraizado en la tierra como los delfines en el mar. Los vaqueros desteñidos marcaban sus muslos musculosos, sus pantorrillas y su trasero duro como la roca. Otra ola de calor más fuerte, más intensa, la recorrió de pies a cabeza.

Oh, mierda.

Que se joda la reunión con los estudiantes. Ella regresaría más tarde. Echó a andar por el embarcadero en pos de Kelby.

Volvería después.

—Te limitas a pegarme un polvo, después te levantas y sales por esa puerta —Kelby, con expresión de holgazanería, la contemplaba vestirse desde la cama—. Me siento usado.

—Y lo has sido. —Ella sonrió—. Varias veces. Lo pediste y lo conseguiste.

—Y no podría agradecerlo más. A no ser que vuelvas a la cama y lo hagas de nuevo.

Ella miró por la escotilla. El sol aún no se había puesto, pero faltaba poco.

—Tengo que volver con los delfines. ¿No tienes nada importante que hacer?

—Acabo de hacerlo. —La sonrisa del hombre desapareció—. Sabes que eres como un milagro, ¿verdad?

—Por supuesto. Soy lista, saludable y a veces sé cómo hablar delfinés.

—Y eres más entregada que cualquier otra mujer que haya conocido, y eso ya es un milagro.

—Debido a mis antecedentes —Melis terminó de abotonarse la camisa—, yo también lo considero milagroso. Nunca creí ser tan lujuriosa. Nunca esperé nada de esto.

—¿No crees que podría tener relación con el hecho de que sea el mejor amante de este hemisferio?

—No, definitivamente no tiene nada que ver con eso.

—Estoy abatido. —Hizo una pausa—. Entonces, ¿por qué?

—No lo sé. Quizá sea porque todo lo que me enseñó Carolyn cayó de repente en su sitio. Quizá sea porque me he acostumbrado tanto a ver el sexo en la naturaleza que me doy cuenta de que no hay nada sucio en el acto, sino en la intención. —Inclinó la cabeza para mirarlo como si lo estuviera evaluando—. Y quizá sea porque no eres el peor amante de este hemisferio. —Abrió la puerta—. Te veré más tarde, Kelby.

Él asintió mientras estiraba la mano para coger el teléfono.

—Estoy llamando a Gary St. George. Se reunirá contigo en la plancha. Iría contigo, pero estoy esperando a que me entreguen el captador de imagen.

—Bien. Eso quiere decir que mañana podré sacar a los delfines de ese tanque.

—O pasado mañana. Tengo que asegurarme de que el captador funcione perfectamente. —Levantó una ceja—. Pero ya conoces los trámites. El equipo tardará una o dos horas en pasar todos los controles. ¿Por qué no vuelves a la cama e impides que me aburra?

Dios, se sentía tentada a hacerlo.

Los delfines.

Negó con la cabeza.

—No quiero acabar contigo, Kelby. Quizá pueda usarte más tarde.

—Tienes muy buen aspecto, Melis —dijo Gary mientras bajaba por la plancha—. Más relajada.

Ella sintió cómo le afluía el calor al rostro. ¿Sabrían él y los demás miembros de la tripulación cómo se había vuelto tan relajada? Tenía la loca sensación de que todo el mundo debía saberlo, de que aún llevaba la impronta del cuerpo de Kelby.

—Cuando te llevé a aquel avión en Atenas me sentí muy preocupado por ti. Nunca te había visto tan tensa.

Estaba llegando a conclusiones prematuras. Gary no la había visto desde aquel día terrible en Atenas. Era natural que hiciera el comentario.

—Estoy mejor. ¿Cómo has estado, Gary?

—Bien —sonrió—. Es una tripulación excelente. Kelby contrató a Terry y Charlie Collins, el primer oficial, es de primera. Karl Brecht no habla mucho, pero eso no es malo. Prefiero el silencio a una máquina parlante. Y trabajar para Kelby me va a gustar. Todo el mundo dice que se mete en muchos líos pero que es muy honesto.

—Estoy segura de las dos cosas.

—Me alegra mucho que hayas aceptado seguir la búsqueda. —Echó a andar por el embarcadero junto a ella—. Nunca entendí por qué estuviste en contra. Phil tenía muchos deseos de hallar Marinth.

—Nunca me interpuse en su camino. Solo me negué a ayudarlo.

—Eso lo puso como loco. Sobre todo en los meses anteriores a su muerte.

—No vas a lograr que me sienta culpable, Gary. Hice lo que creí correcto para mí y para los delfines.

—No quise decir que hayas actuado mal, Melis. Tenías que hacer lo que considerabas correcto. Solamente digo que me alegra que hayas decidido seguir. Si la encontramos, significa una gran bonificación para los tripulantes. Kelby es generoso.

—No tengas demasiadas esperanzas. Hay muchísimas variables.

—Phil pensaba que si lo intentabas podías encontrar la ciudad. Todo el tiempo hablaba de eso. Los últimos días sólo podía pensar en eso.

—Lo sé, Gary. —De repente, una idea súbita la asaltó—: Phil intentaba conseguir financiamiento para la expedición. ¿Conociste al hombre con el que estaba negociando?

Gary negó con la cabeza.

—Sabía que había alguien. Fue a tierra cinco o seis noches seguidas para reunirse con él. Las primeras veces volvió muy alegre. Pero después me di cuenta de que se había desinflado. La última noche regresó muy pronto, levó anclas y zarpamos de allí enseguida.

—Y él comenzó a deshacerse de la tripulación. —Ése debió de ser el momento en el que Archer comenzó a perseguirla. Cuando todo falló con Phil, eliminó a la única persona que sabía algo de Marinth y de ese maldito aparato sónico. La muerte de Phil debió reportarle un beneficio doble porque la hizo acudir a Atenas y la puso en situación vulnerable. —¿Por qué no pudo olvidarse de esa maldita ciudad?

—En realidad, nunca tuvo un gran golpe de suerte. —Las cejas de Gary, pensativo, se fruncieron mientras echaba una mirada al tanque que tenía al frente—. Solo aquel galeón. Hubiera sido rico y famoso. Quizá era algo que nadie más había logrado. Nadie habría podido quitarle... —Se puso tenso junto a Melis—. ¿Dónde está Cal? Era su turno como centinela junto al tanque.

Melis se detuvo.

—¿Qué?

—Se quejaba porque siempre le tocaba vigilar a los delfines. Era su turno de...

Las rodillas se le doblaron y comenzó a caer al suelo.

—¡Gary!

Un agujero redondo apareció en el centro de su frente. Sangre...

Un sedán negro se aproximaba por el muelle a gran velocidad, dirigiéndose hacia ella. La puerta trasera se abrió de repente al acercarse al sitio donde ella estaba de pie, paralizada.

—¡No! —Melis comenzó a correr mientras su mano buscaba dentro de la bolsa. El revólver. Coge el revólver.

El sedán estaba casi a su altura. Alguien se asomaba por la puerta trasera.

Oh, Dios mío. Cox.

Melis levantó el revólver. Oyó una maldición y la puerta trasera se cerró de un tirón cuando ella disparó. La bala rebotó en el metal de la puerta.

El chófer. Intentó apuntar, pero mientras corría era imposible. De todos modos disparó.

El vidrio estalló y de repente el coche viró bruscamente hacia un almacén a su derecha. Enseguida recuperó el rumbo anterior y fue directamente hacia ella.

No había tiempo de escapar. No había tiempo de pensar.

Saltó del embarcadero y se zambulló en el agua.

Kelby estaba cabreado. Cada músculo de su cuerpo respiraba furia mientras avanzaba por el almacén hacia ella. Le tendió una bolsa de loneta.

—Te he traído ropa seca.

—Gracias. —Apretó en torno a sí con más fuerza la manta que el agente de policía le había dado—. Pero tengo que darme una ducha antes de ponerme ropa limpia. Me siento toda cubierta de sal. Creo que han terminado conmigo. El teniente Lorenzo dijo que regresaría en pocos minutos.

—¿Estás bien? —preguntó Kelby con brusquedad.

Ella asintió.

—No estoy herida. No querían hacerme daño, solo querían atraparme. —Se estremeció—. Mataron a Gary.

—Lo sé.

—Y golpearon a uno de los estudiantes en la cabeza, tiene conmoción cerebral. A Manuel. —Se frotó la frente—. Creo que fue eso lo que me dijeron. Pobre chaval.

—Se llama Manuel Juárez. Estará bien.

—También le dispararon a Cal, pero se va a poner bien. Archer y su gente deben de haber intentado contar con la ventaja de que yo fuera vulnerable junto a los tanques en caso de que no pudieran atraparme por el camino. —Se humedeció los labios—. A Cal le dispararon en el hombro y Archer hizo que lo tiraran al tanque de los delfines para deshacerse del cuerpo. Tenía que ahogarse, pero *Pete* y *Susie* se pusieron a ambos lados, lo levantaron y lo mantuvieron fuera del agua.

—Hurra por *Pete* y *Susie*.

Melis le miró a los ojos.

—Eso mismo piensa Cal.

Kelby se mantuvo callado un instante.

—Estoy de acuerdo con él.

—Entonces, ¿por qué eres tan sarcástico?

—Porque he entrado en este almacén lleno de corrientes de aire y te vi sentada allí, con el aspecto de una rata ahogada. Porque se ha armado un gran lío y yo no estaba allí para impedirlo. Porque fue la policía quien me telefoneó para decirme lo que había ocurrido. ¿Por qué demonios no lo hiciste tú?

—Estaba ocupada, demonios.

—¿No se te ocurrió que yo querría ayudarte?

—¡No! —La voz le temblaba—. No pensaba con claridad.

Kelby la miró por un momento y a continuación masculló una maldición. Cayó de rodillas junto a ella, tomó el borde de la manta y le frotó la mejilla.

—¿Por qué no te secas el pelo? El agua te corre por el rostro...

—De todos modos tengo que lavármelo. Apesto a agua de mar. —Melis intentó dejar de temblar—. Tu tenías razón. El revólver no hizo el trabajo, Kelby. Intenté dispararles pero eso no funcionó. Después de saltar al agua me metí nadando bajo el embarcadero y sólo entonces se largaron. Abandonaron el coche a seis manzanas de los muelles. El teniente Lorenzo cree que debo de haber herido al chófer. Había sangre en el asiento.

—Bien, espero que haya sido Archer.

—No, Archer estaba en el asiento trasero. Fue él quien abrió la puerta y se preparaba para hacerme entrar en el coche.

—¿Cómo lo sabes? Aún no hemos conseguido una foto.

—Cox.

—¿Qué?

—Carolyn mencionó ese nombre por teléfono. Creo que estaba intentando ayudarme a identificar a Archer. Ella era fan de los programas nocturnos de televisión y de las comedias clásicas. Incluso tenía grabados sus programas favoritos, los que no volvieron a transmitirse. Nos encantaba quedarnos allí sentadas hasta bien tarde, comiendo palomitas, hablando y viendo *Nick at Nite*.

—¿Y?

—Ella tenía un vídeo de un programa llamado *Mr. Peepers,* con Wally Cox. Hacía el papel del personaje sumiso por excelencia, canijo y tímido. Archer se parece a Wally Cox.

—Lo de tímido no se corresponde con la reputación de Archer.

—Pero su veta sádica puede haber sido alimentada por una aparente debilidad. Cuando consigamos la foto apuesto a que se parecerá mucho a Wally Cox.

—No apuesto. Tiene sentido. —Se puso de pie—. No vamos a seguir esperando a tu teniente. Necesitas una ducha caliente y cambiarte la ropa. Si tiene más preguntas, puede subir a bordo del *Trina*.

Melis asintió.

—Tan pronto controle a *Pete* y *Susie* nos vamos. El teniente dijo que estaban bien, pero tengo que verlo con mis propios ojos.

—Sabía que estarías preocupada y por eso mandé a Terry y a Karl al tanque para que lo custodien. Nada va a... —Se detuvo—. Estoy hablando por gusto. Vamos. Veremos a tu teniente y después iremos hasta el tanque.

En el momento en que vio a Melis, *Susie* comenzó a emitir sonidos con excitación. Era como si estuviera intentando contar lo ocurrido. *Pete* callaba, pero su cola se movía de manera nerviosa mientras nadaba en círculos en el tanque.

—Ahí los tienes, te dije que estaban bien —dijo Kelby—. Quizá algo alterado, pero ¿qué podías esperar?

—Sí, están bien —dijo ella en voz baja—. Más que bien.

—¿De veras le salvaron la vida a Cal?

—Sin la menor duda. Cuando los médicos entraron en el tanque para sacarlo, estaba inconsciente. No es una rareza. A lo largo de la historia hay muchos relatos sobre delfines que salvan a nadadores. —Se dirigió a los delfines con suavidad—. Lo habéis hecho bien, chicos. Estoy orgullosa de vosotros.

De repente, *Pete* subió a la superficie y dio un enorme salto que hizo que el agua salpicara fuera del tanque.

—¿Eso es una respuesta? —preguntó Kelby.

—Podría ser —asintió Melis—. Sí, creo que él también está orgulloso de sí mismo.

—Entonces, ¿podemos regresar al *Trina*? No has dejado de temblar desde que salimos del almacén.

Ella no quería marcharse. Había estado demasiado cerca del peligro. Había perdido a Gary y a punto había estado de perder a Cal. No podía soportar la idea de perder a los delfines.

—Archer no va a volver esta noche —dijo Kelby—. Además de los guardias que les he puesto a los delfines, todo el muelle está lleno de policías. Tendría que estar loco para volver.

—Está loco. Ya viste lo que le hizo a Carolyn. —Cuando él comenzó a abrir la boca ella hizo un gesto con la mano—. Lo sé, lo sé. Esto es diferente. Tampoco yo creo que vaya a volver esta noche. —Se volvió y echó a andar por el embarcadero—. Volvamos al barco.

Kelby estaba en el camarote de ella, sentado en una silla, cuando Melis salió de la ducha.

—¿Te sientes mejor?

—Más cálida. Más limpia. Mejor, no. —Se sentó en la cama y comenzó a secarse el cabello con la toalla—. No esperaba que ocurriera esto. Pensé que lo había engañado. Pensé que aguardaría a que me rindiera y le entregara toda la investigación.

—Quizá se haya vuelto impaciente.

—Cometí un error. No debí estar tan segura de que era un tipo predecible. Si hubiera sido más cuidadosa, quizá Gary estaría vivo.

—Carolyn diría que estás llegando al punto en el que te culpas de lo ocurrido. Eso no le habría gustado.

—No, claro que no. Habría estado en contra. —Intentó sonreír—. Al parecer sabes mejor que yo cómo reaccionaría Carolyn.

—Estoy comenzando a conocerte. Y ella es una parte importante de ti.

—Me imagino que tienes razón. Está bien, nada de culpa. —Colocó la toalla a un lado—. Pero no voy a quedarme por aquí para correr más riesgos. Los delfines en ese tanque son como dianas en un tiro al blanco. Después de deshacerse de Manuel y Cal, Archer pudo haber matado a los delfines. No me importa si el barco está totalmente equipado o no. Tengo que ir a la comisaría mañana por la mañana para darle mi declaración al teniente, pero después de eso dejamos Las Palmas. Tenemos que encontrar Marinth lo más pronto posible y después vamos a por Archer. Se está acercando demasiado.

Kelby asintió.

—No lo discuto. Nadie desea zarpar tanto como lo deseo yo mismo.

—Claro que no. —Melis sonrió con esfuerzo—. Marinth se divisa en el horizonte.

—Tienes toda la razón. ¿Esperabas que negara que todavía quiero la ciudad? Pero es mejor que primero nos ocupemos de la investigación de Lontana y las tablillas. Dijiste que sabías que estaban aquí.

—No exactamente aquí. Están en una pequeña isla, a cierta distancia de Lanzarote.

—¿En qué isla?

—Cadora. Está oculta frente a la ladera de un volcán extinto, en la orilla norte de la isla. En Cadora sólo viven unos miles de personas y casi todos en la costa. Es un lugar hermoso. Phil y yo alquilamos allí un chalet durante un tiempo. —Ella hizo una mueca—. Por supuesto, cuando necesitábamos suministros, teníamos que ir a Lanzarote. Cadora no era una meca del comercio.

—¿Están en un escondrijo? Pensé que Lontana las tendría bajo llave en la caja de seguridad de un banco o en alguna otra parte.

—No conocías a Phil. No confiaba en los bancos. Lo metió todo en un cofre enorme y lo enterró. Siempre me decía que los piratas habían enterrado tesoros que nadie pudo encontrar durante siglos.

—En aquella época el mundo estaba algo menos poblado.

—Pero su mundo no. Estaba lleno de sueños. —Melis sintió una tristeza repentina—. Demasiados sueños.

—¿Confiarías en mí para que fuera a buscar las tablillas y los papeles de la investigación y los guardara en algún lugar seguro?

—No. —Melis vio cómo él se ponía tenso y añadió con prontitud—: No es que no confíe. Quizá necesite todo eso como carnada para Archer. Que se queden donde están. No quiero que estén metidos en una caja de seguridad donde no tendría acceso a ellos.

—¿Y no confías en nadie que no seas tú?

—No creo que te interesen sus investigaciones.

—Pero las tablillas y la traducción serían un premio para mí.

—Por supuesto. Puedes quedarte con todo eso después de que atrapemos a Archer. —Ella se volvió hacia la cama—. Necesito descansar. Mañana tengo que levantarme temprano. Buenas noches.

—¿Me estás echando?

—No iré a tu camarote. Y ahora mismo no tengo ganas de sexo.

—Por supuesto. —Kelby se puso de pie—. Claro que no, estás herida, dolida y algo asustada. —Se le acercó un paso—.

Y no vas a admitirlo. —La tomó en sus brazos—. Dios, qué difícil eres. Deja de ponerte rígida conmigo. No voy a violarte. Simplemente intento mostrarte que el sexo no es lo único que aprecio de ti. —La empujó para que se acostara y la cubrió con la sábana—. Aunque tengo que admitir que es de primera. —Se tendió junto a ella y la abrazó—. Ahora, relájate y duerme. Estás segura.

Segura. Melis exhaló el aire en un suspiro tembloroso mientras sus músculos se relajaban gradualmente. Hasta ese momento no había caído en la cuenta de que estaba asustada. Desde el momento en que vio a Archer en aquel coche había estado espantando el miedo.

—Gary está muerto, Kelby —susurró—. Estaba hablando con él y un segundo después estaba muerto. Ni siquiera oí el disparo. El teniente dijo que el arma debió tener un silenciador. Gary me decía cuán entusiasmado estaba con Marinth, me hablaba de Phil y entonces cayó y...

—Lo sé. —Los dedos del hombre trazaban una espiral relajante en la espalda de ella—. La primera vez que vi morir a un amigo cuando estaba en los SEAL no pude creer que ocurriera tan de prisa. No me parecía correcto que no hubiera tenido ninguna oportunidad de prepararse. Mas tarde pensé que quizá fuera algo misericordioso. No la vio venir y todo terminó un latido después. Trata de pensar en Gary a partir de eso.

—Archer lo mató porque estaba en el camino que llevaba a mí. Cogió todos sus años y los borró de un soplido. Phil, Carolyn, María y ahora Gary. No puedo permitir que siga adelante.

—Lo atraparemos.

—No le importa nada... Haría cualquier cosa. Es como Irmak. Llegó a decirme que le encantaría volverme a meter en *Kafas*. Le gustaría ver cómo me usan, me hacen daño, me usan de nuevo... Y eso me asusta. Él lo sabe. Él sabe lo de los sueños.

—¿Sueñas con *Kafas*?

—Sí, pero en mis sueños ya no soy una niñita. Estoy de vuelta allí, pero ocurre ahora.

—Eso no volverá a pasar. —La abrazó con más fuerza—. No dejaré que pase.

En ese momento ella podía creer que él decía la verdad. Que nunca habría otro *Kafas*, que no permitiría que Archer la destrozara.

—No es responsabilidad tuya. Soy yo quien debe afrontarlo. Carolyn diría que yo tengo que...

—Shhh. Siento muchísimo respeto por Carolyn, pero ella era de la línea dura. No está mal ceder un poco.

Melis estaba cediendo. Se sentía envuelta, absorbida por la fuerza del hombre. Probablemente aquello no era bueno para ella. Debería apartarlo de sí.

Pero no en ese momento. Necesitaba recuperar algo de su propia fuerza. Lo adecuado sería hacerlo al día siguiente.

—Gracias. Eres muy bueno. Yo... te lo agradezco.

—No te preocupes. Hallaré una manera de cobrártelo.

—¿Marinth?

—No —los labios de él rozaron delicadamente su sien—. No, Marinth no.

—¿Café?

Melis abrió unos ojos adormilados para ver a Kelby de pie junto a la cama con una taza y un platito en la mano. Estaba totalmente vestido y parecía haberse levantado mucho rato antes.

—Gracias. —Se sentó y estiró la mano para tomar la taza—. ¿Qué hora es?

—Algo más de las diez. —Kelby se dejó caer en la silla con su propia taza de café en la mano—. Dormías como un tronco. Creo que lo necesitabas.

—Yo también. —Melis no recordaba nada desde el momento en que se había quedado dormida—. ¿Cuánto tiempo llevas levantado?

—Varias horas. Tenía que arreglar unos asuntos.

—¿Qué arreglos? ¿Zarpamos?

—Tuve que ocuparme de algunas otras cosas. —Tomó un sorbo de café—. Hablé con Cal en el hospital y conseguí el nombre de un pariente de Gary. Tiene una hermana en Key West. La llamé y le comuniqué la noticia. Quiere que le enviemos el cadáver para el funeral. Wilson viene hacia aquí, él se ocupará de los detalles.

—Iba a hacerlo yo.

—Eso pensé, pero cuando se trata de detalles Wilson es el mejor.

—Gary era mi amigo, Kelby.

—Exactamente. Por eso no puedo imaginármelo con ganas de causarte más estrés. Dios es testigo de que has tenido suficiente. —Prosiguió—: Llamé al teniente Lorenzo y va a mandar un coche policial para recogerte a las once. Dijo que estarías libre hacia las dos y que te devolvería al barco con una escolta policial. —Bebió otro poco de café—. Debemos estar listos para zarpar a las cinco. ¿Cómo liberamos a los delfines?

—Sal mar adentro, yo acercaré la gabarra al tanque. Abrimos la puerta que da al mar y dejamos que salgan los delfines. Estarán algo confusos pero les hablaré y espero que sigan la gabarra hasta el barco. A los delfines habitualmente les encanta saltar y nadar en la estela de los barcos.

—¿Esperas que te sigan?

—Podrían largarse. Les he colocado transmisores, si se van es probable que pueda encontrarlos de nuevo.

—Esperas, es probable... —La mirada del hombre se clavó fijamente en el rostro de Melis—. Tienes miedo de perderlos.

—Tienes toda la razón, tengo miedo. Tengo miedo de que se desorienten y terminen en las redes de algún pesquero. Tengo miedo de que se den cuenta de que están en casa y se vayan a donde esté su familia. Tengo miedo de que Archer esté oculto allá fuera en algún sitio, listo para clavarles un arpón. Tengo que mantenerlos cerca del barco y no estoy segura de que pueda hacerme entender.

—Pero crees que podrás.

—Si no lo creyera, no los habría traído. Confío más en su instinto que en cualquier tipo de comunicación. Te dije que a veces pienso que ellos me leen la mente. Espero que en esta ocasión sea así. —Dejó su taza sobre la mesa de noche—. Quiero controlar a los delfines antes de ir a la comisaría. —Puso los pies en el suelo—. Van a tener otro día de mucho estrés y tengo que cerciorarme de que están preparados para ello. —Echó a andar hacia el baño pero se detuvo un momento en la puerta y se volvió a mirarlo—. Gracias por llamar a la hermana de Gary. Hubiera sido algo muy duro para mí.

—Tampoco me resultó fácil. Pero había que hacerlo y no quería que tú te ocuparas de eso. —Sus labios se tensaron—. Espero que sea la última vez que tengamos que afrontar el cumplimiento de semejante deber. —Se puso de pie—. Tengo que darle algunas órdenes a la tripulación y después me reuniré contigo en la plancha.

—¿Vas a venir conmigo?

—A todas partes. Cada minuto. No dejaré que estés fuera de mi vista salvo cuando vayas a la policía. Anoche aprendí la lección. No delegar nunca.

—Pero entonces hubieras sido tú el que hubiera recibido la bala en la frente.

Melis se puso rígida al visualizar aquel pensamiento.

—Tengo más experiencia de guerrilla que la que tenía Gary. Yo hubiera estado alerta. Te veré en cubierta.

Se quedó allí de pie después de que la puerta se cerró detrás de él. De repente el pánico la sumió en un frío gélido. Nunca había imaginado que alguien pudiera hacerle daño a Kelby. Era demasiado seguro, demasiado duro, demasiado vivo.

Kelby herido de un disparo.

Dios, Kelby muerto.

La puerta del tanque estaba abierta.

Melis contuvo el aliento y esperó a que *Pete* y *Susie* lo descubrieran.

Un minuto.

Dos.

Tres.

De repente, el morro de *Susie* apareció en la abertura.

—Chica buena —la llamó Melis—. Vamos, *Susie*.

Susie estalló en una sonata de cloqueos mientras nadaba hacia la gabarra.

—*Pete*.

Ni rastro de *Pete*.

Melis se llevó el silbato a los labios y sopló suavemente.

Ni rastro de *Pete*.

Sopló con más fuerza.

—Maldita sea, *Pete*, deja de ser tan terco. Sal de ahí.

Su morro en forma de pico de botella apareció en la abertura pero no avanzó más.

Susie emitió sonidos, nerviosa.

—Se está alterando —dijo Melis—. Te necesita.

Pete vaciló, pero cuando los sonidos de *Susie* aumentaron de volumen salió nadando del tanque hacia la gabarra.

—Y que digan que es difícil convencerlo. —Melis encendió el motor—. Vamos, acerquémonos al barco.

¿La seguirían o tomarían su propio camino? En los minutos siguientes Melis miró hacia atrás varias veces. La seguían. Hasta ese momento todo iba bien.

¡No, habían desaparecido!

Suspiró con alivio al ver dos cuerpos plateados emerger del agua dando un enorme salto. Los delfines se habían limitado a zambullirse bien profundo antes del salto. Estaban flexionando sus músculos y probando su talento tras el largo encarcelamiento en el tanque.

El *Trina* se encontraba directamente delante y podía ver a Kelby y a Nicholas Lyons de pie sobre cubierta.

—¿Funciona? —le gritó Kelby.

Ella asintió.

—Me siguen. Costó algo sacarlos del tanque. Ahora mismo *Pete* no confía en nadie. Ha sufrido lo suyo.

—No lo culpo —dijo Nicholas—. ¿Qué podemos hacer?

—Nada. Subiré a bordo y les daré de comer. No iremos a ninguna parte hasta que ellos se habitúen a la idea de que yo estoy en el barco y que allí es donde me encontrarán. —Miró por encima del hombro. Los delfines seguían saltando y jugando detrás de ella. Llevó la gabarra hasta la popa del barco—. Tirad la escala para que suba a bordo mientras están distraídos. No quiero que se pongan ansiosos.

12

—Te he traído un emparedado. —Kelby se sentó al lado de Melis en la cubierta—. A Billy le preocupaba que rechazaras su cena.

—Gracias. —Mordió el emparedado de jamón mientras sus ojos no se apartaban de *Pete* y *Susie*—. No quiero abandonarlos. Éste es un momento crítico. Tienen que habituarse a la idea de que estoy en el barco.

—¿Y lo harán?

—Eso creo. Están cerca y juegan en torno al *Trina* igual que lo hacían con el *Último hogar* todos estos años. —Hizo una pausa—. Pero al ponerse el sol deberían dejarme e ir al lugar que consideran su casa. Es casi medianoche y todavía no se han apartado de mí.

—¿Eso es bueno?

—No lo sé. Pueden percibir que aún no están en sus aguas natales. Casi tengo la esperanza de que no se marchen. No tengo la menor idea de qué pasaría si intentan buscar su grupo familiar y no lo encuentran.

—Si se quedan esta noche aquí, ¿podemos poner en marcha los motores al amanecer?

—Sí, pero tendremos que viajar muy despacio. Quiero hablarles. Necesitan oír mi voz. —Melis se terminó el emparedado—. Parece que ya se han orientado de nuevo hacia mar abierto, pero tienen que vincular eso conmigo. Tengo que formar parte del cuadro general.

—No parece que hayan perdido su afecto por ti. —Hizo una pausa—. ¿Archer no te ha llamado?

—No, quizá se esconde tras todo el alboroto de la policía por el asesinato de Gary.

—Yo no contaría con que eso durara mucho.

—No cuento con nada. Simplemente agradezco todo respiro que pueda sacarle. Tengo que concentrarme en *Pete* y *Susie*.

—Sin la menor duda. —Se quitó el chubasquero y lo dobló, formando una almohada—. Si vas a quedarte aquí toda la noche, debes de estar cómoda. —Puso el bulto sobre cubierta y se incorporó—. Te seguiré trayendo café y emparedados.

—No tienes por qué hacerlo.

—Claro que sí. —Se inclinó sobre la borda y miró a los delfines—. Por dios, puedo ver cómo brillan sus ojos en la oscuridad. Nunca me había dado cuenta de eso. Parecen ojos de gato.

—Son más brillantes que los de los gatos. Tienen que funcionar en las profundidades y trabajar con niveles de iluminación bajo la superficie que serían dañinos para los humanos.

—Dijiste que el concepto de Flipper no tenía sentido, que ellos son extraños. Pero los miro y todo lo que veo es un par de mamíferos bellos y simpáticos. ¿En qué sentido son extraños?

—En muchos sentidos. Su potencial auditivo es asombroso. Su rango de frecuencias es diez veces mayor que el nuestro. Pueden obtener imágenes tridimensionales con su ecolocación y las procesan más deprisa que cualquier ordenador.

—Eso sí es muy extraño.

—Carecen del sentido del olfato. Se tragan los alimentos enteros, por lo que el sentido del gusto no es importante.

—¿El tacto?

—Para ellos, el tacto es primordial. Pasan quizá el treinta por ciento de su tiempo en contacto físico con otros delfines. No tienen manos, por lo que utilizan todas las partes del cuerpo para acariciar, investigar o llevar cosas de un lado a otro. —Sonrió—. Ya los has visto jugar.

—Me he dado cuenta de que se frotan y acarician mutuamente. Pero eso los hace ser más humanos que extraños.

Melis asintió.

—Pero existe otra diferencia. No creemos que duerman. Si lo hacen, es sólo con la mitad del cerebro. Y un científico ruso registró su REM y no sueñan. —Echó de nuevo una mirada hacia *Pete* y *Susie*—. Para mí, eso es lo más extraño. No sueñan. —Se encogió de hombros—. Por supuesto, podría ser una bendición.

—O podría ser la razón por la que no han vuelto a la tierra de donde salieron y se hayan apoderado de ella. Uno no puede conseguir muchas cosas sin un sueño.

—Quizá tienen otra manera de soñar. El funcionamiento de la mente de los delfines es un misterio para nosotros. —Hizo una pausa—. Pero es un misterio maravilloso. ¿Sabes que hay un sitio en el Mar Negro donde llevan a los niños con traumas y desórdenes mentales a que jueguen con delfines? Se han registrado ciertos progresos clínicos y al menos los niños están calmados y alegres cuando se marchan. Pero lo más interesante es que, al final del día, los delfines están malhumorados y desorientados. Es como si se hubieran apropiado de las perturbaciones de los niños regalándoles su propia serenidad.

—Esa idea es bastante exagerada.

Melis asintió.

—Hay mucho escepticismo con respecto a ese programa.

—Pero tú crees en él.

—Sé lo que hicieron por mí. Cuando llegue a Chile y vi a los delfines por primera vez, no había nadie tan perturbado como yo.

—¿Y te trajeron la paz?

Ella sonrió.

—¿Recuerdas que te dije eso?

—Recuerdo todo lo que me has dicho. —Echó a caminar por la cubierta—. Te veré dentro de una hora, te traeré café recién hecho.

Ella lo contempló alejarse antes de tenderse sobre cubierta y acomodar la cabeza sobre la chaqueta del hombre. Olía a cal, a aire salado, a almizcle, y aún conservaba el calor de su cuerpo. Los olores eran vagamente reconfortantes y su mirada regresó a los delfines.

—Estoy aquí, chicos —les habló—. Nadie va a haceros daño. Sé que es algo extraño, pero tenemos que pasar por todo esto.

Sigue hablando. Déjalos que te oigan y te identifiquen. Sigue hablando.

Pusieron en marcha los motores a las seis y media de la mañana siguiente. Les dieron una hora a los delfines para acostumbrarse al sonido y la vibración, y a continuación el *Trina* comenzó a moverse lentamente hacia el este.

Las manos de Melis se aferraban al pasamanos. *Pete* y *Susie* no se habían movido de la zona donde habían estado nadando.

—Venid, nos vamos.

No le hicieron el menor caso.

Sopló su silbato.

Pete vaciló un instante y después echó a nadar en dirección contraria. *Susie* los guió de inmediato.

—¡*Pete*, regresa aquí!

El delfín desapareció bajo el agua.

—¿Detengo la máquina? —preguntó Kelby.

—Aún no.

Susie también había desaparecido en pos de *Pete* hacia lo profundo.

¿Y si la habían abandonado? ¿Y si habían tomado la decisión de...?

De repente, la cabeza de *Pete* rompió la superficie a un metro del sitio donde ella estaba de pie sobre cubierta. Soltó una risita divertida mientras ascendía y cayó de vuelta al agua muy erguido.

El alivio la hizo sentir el cuerpo flojo.

—Bien, muy divertido. ¿Dónde está *Susie*?

El morro de botella de *Susie* apareció junto a *Pete*. Cloqueó de forma estridente mientras intentaba imitar al macho.

—Sí, sois fascinantes. El número ha terminado —dio Melis—. Nos vamos.

Y la siguieron. Cortando el agua detrás del *Trina*. Jugando y cabalgando las olas.

—¿Podemos irnos? —preguntó Kelby.

—Podemos irnos —murmuró Melis—. Dales otra hora y podrás aumentar la velocidad.

—Bien. De otra manera nos tomaría una semana llegar a Cadora. —Miró a los delfines que saltaban en la estela—. Dios, qué bellos son. Me hacen sentirme de nuevo como un niño.

Ella también estaba eufórica. Sólo que su alegría tenía una gran dosis de alivio.

—También ellos se sienten como niños. *Pete* me gastó una broma.

—¿Todavía tienes que hablarles?

—Sólo por seguridad. Pero si siguen saltando no me prestarán la menor atención. ¿Cuánto nos falta para llegar a Cadora?

—Depende de los delfines. —Se volvió y echó a andar hacia el puente de mando—. No llegaremos hasta poco antes del crepúsculo.

De repente todo el alivio desapareció.

El sol se pondría en las aguas natales de *Pete* y *Susie*. El instinto y la memoria genética entrarían en el juego.

¿La abandonarían?

Cadora apareció, oscura y montañosa, contra el cielo color rosado y lavanda. El sol se ponía en un estallido de feroz gloria.

Pete y *Susie* aún nadaban por las cercanías, aunque Kelby había parado la máquina.

—Y ahora, qué? —preguntó Kelby.

—Ahora vamos a esperar. —Melis se inclinó sobre la borda sin quitarle la vista a los delfines—. Ahora es vuestro turno, chicos. Os he traído a casa. Tenéis que decidir.

—Ha pasado mucho tiempo. Quizá no se dan cuenta de que están en casa.

—Creo que sí. Desde que tuvimos la isla a la vista dejaron de jugar y se volvieron más tranquilos.

—¿Miedo?

—Inquietud. No están seguros de lo que tienen que hacer. —Ella tampoco lo sabía. No se había sentido tan indefensa desde aquel momento, años atrás, cuando vio a los delfines atrapados en las redes cerca de Lanzarote—. Está bien —gritó—. Haced lo que tengáis que hacer. No hay problemas conmigo.

—Ellos no te entienden, ¿verdad?

—¿Cómo voy a saberlo? Los científicos debaten el tema constantemente. A veces creo que me entienden. Quizá no procesan la información de la misma manera que nosotros, pero pueden ser sensibles al tono. Te dije que su oído es agudísimo.

—Me he dado cuenta.

Pete y *Susie* nadaban lentamente en torno al barco.

—¿Qué hacen?

—Piensan.

—No están emitiendo esa serie de clics. ¿Se están comunicando entre sí?

—Se comunican sin sonido. Nadie sabe cómo. Me inclino por la teoría que dice que la única explicación es la telepatía. —Las manos de Melis se aferraron al pasamanos hasta que los nudillos se le pusieron blancos—. Ya veremos.

Pasaron cinco minutos y los delfines seguían trazando círculos.

—Quizá se detengan si los alimentas —sugirió Kelby.

Ella negó con la cabeza.

—No quiero que se detengan. No puedo obligarlos o persuadirlos de que estamos aquí. Será lo que tenga que ser. Me los llevé lejos hace seis años y ahora los he traído de vuelta. Deben ser ellos los que decidan... ¡Ahí van!

Pero los delfines se zambulleron. Melis vigiló la superficie pero no volvieron a salir.

Transcurrieron varios minutos sin que *Pete* o *Susie* aparecieran.

—Bien, parece que han tomado una decisión. —Kelby se volvió para mirarla—. ¿Estás bien?

—No —repuso ella—. Tengo miedo de que no regresen.

—Llevan el transmisor.

—Pero eso es diferente. No sería algo voluntario. Estaría entrometiéndome en su mundo. —Se sentó en una de las sillas de lona, con la mirada en el horizonte que se oscurecía en el crepúsculo—. Esperaré a que amanezca para ver si regresan.

—Dijiste que antes lo habían hecho.

—Pero eso fue antes de que Phil los hostigara y los hiciera meterse en aquellas malditas redes. Quizá lo recuerden y decidan quedarse lejos.

—Y recordarán seis años de cariño y amistad contigo. Yo diría que todo está a tu favor. —Se sentó a su lado—. Tendremos buenos pensamientos.

—No tienes que quedarte aquí conmigo.

—No vas a irte a la cama, ¿verdad?

—No, podrían regresar esta noche.

—Entonces, me quedo. No habrías dejado irse a los delfines a no ser por mí. Me siento responsable en cierto sentido.

—Yo soy la responsable. Yo sabía lo que estaba haciendo. Te necesitaba y sabía que tenía que pagar un precio. Phil me dijo que tú tenías la misma pasión que él y que no había la menor duda de que terminaríamos aquí. —La luna estaba en lo alto y ella podía ver sus reflejos plateados sobre las aguas oscuras, pero no se veían por ninguna parte señales de una aleta dorsal—. Él tenía razón. ¿Por qué? ¿Por qué tienes que encontrarla? Es una ciudad muerta. Déjala descansar en paz.

—No puedo. Hay tantas cosas por descubrir. Toda esa belleza. Todo ese conocimiento. ¿Quién sabe qué más podremos encontrar? Dios mío, hasta ese dispositivo sónico será una bendición si se utiliza de manera correcta. ¿Se supone que debemos ignorar miles de años de aprendizaje y tecnología?

El entusiasmo encendía su expresión. Melis negó con la cabeza, con expresión de cansancio.

—Me recuerdas a Phil.

—No voy a disculparme por querer traer Marinth a la vida. Siempre he querido encontrar algo desde que era un niño.

—¿Tanto tiempo?

Kelby asintió.

—Mi tío me traía todo tipo de libros de viajes e historias de tesoros para leer a bordo. Algunos de ellos mencionaban a Marinth y él me consiguió una vieja edición de *National Geographic* donde se describía la tumba de Hepsut. Ahí fue donde me enganché. Me tiraba en la cama a imaginar que nadaba por toda la ciudad, y en todos los sitios que miraba había aventuras y maravillas.

—La fantasía de un niño.

—Quizá. Pero a mí me funcionó. Hubo momentos en que tenía que alejarme de toda la porquería que ocurría a mi alrededor y me centraba en Marinth. Era una buena puerta de escape.

Ella negó con la cabeza.

—Para Phil, no. Era El Dorado.

—Quizá sea lo más atractivo de todo eso. Satisface todas las necesidades. Para personas diferentes significa diferentes cosas. —Hizo una pausa—. Pero me dijiste que, al principio, también te entusiasmaste con Marinth.

—La búsqueda convirtió a Phil en un fanático de todo lo relacionado con Marinth. Estuvo a punto de matar a *Pete* y *Susie*.

—Pero eso no es todo, ¿verdad?

Melis guardó silencio unos segundos.

—No. Las tablillas...

—¿Qué?

—La ciudad descrita en las tablillas era todo lo que un hombre querría. Una democracia como la griega. Libertad para trabajar y rendir culto a quien quisieran. Lo que era extraño, considerando que tenían una larga lista de dioses y diosas. Promovían el arte en todas sus formas y despreciaban la guerra. Eran bondadosos con sus hermanos menores, los delfines.

—¿Y qué era lo desagradable?

—Era todo lo que un hombre querría que fuera —repitió ella—. Incluyendo el hecho de que era una sociedad que usaba a las mujeres cómo animales de cría y juguetes. Sin matrimonios. Sin igualdad. Sin libertad para las mujeres. Eran esclavas o putas, según su belleza y fuerza. Por todo Marinth había casas con mujeres, para la diversión. Hermosas mansiones para complacer a los ciudadanos varones, a quienes se alentaba a apreciar las formas más delicadas del arte. Cojines de seda y mesas con joyas incrustadas. —Miró a Kelby—. ¿Y qué te apuestas a que tenían paneles calados de encaje dorado?

—La identificaste con *Kafas*.

Melis asintió.

—Después de leer la traducción tuve pesadillas con Marinth. Se me confundían en la cabeza.

—Y ésa fue una de las razones por las que no ayudaste a Lontana. Me imagino cómo se sintió después de eso, pero uno no prohíbe estudiar el Renacimiento porque la política de aquella época era pura corrupción.

—Quizá no fuera razonable. Quizá Phil y tú tengáis razón al pensar que lo bueno pesaba más que lo malo. Pero yo no quería tener nada que ver con aquello.

—Hasta que yo te obligué ¿no? —dijo él con expresión tensa.

—Hasta que Archer me obligó. Carolyn diría que tienes que vigilar tu tendencia a asumir la culpa de todo. No es saludable.

Kelby sonrió.

—Está bien, vigilaré eso. —Su mirada se desplazó de nuevo al mar—. Y vigilaré para que vengan tus delfines. ¿Al amanecer?

—Eso espero.

La sonrisa del hombre desapareció.

—Yo también.

Los delfines no regresaron al amanecer. Dos horas más tarde seguía sin haber señales de ellos.

—No sabes cuánto han tenido que nadar para reunirse con su grupo —dijo Kelby—. Quizá los delfines cambiaron de territorio en los últimos seis años.

—O quizá organizaron una tremenda fiesta de bienvenida —intervino Nicholas—. Nunca puedo levantarme temprano al otro día.

Hacían todo lo posible para que ella se sintiera mejor. Melis se daba cuenta. No funcionaba, pero se obligó a sonreír de todos modos.

—No os esforcéis tanto. Estoy bien. Sólo debemos tener paciencia.

—No estás bien. Aprietas los dientes para aguantar —le respondió Kelby—. Les daremos otras ocho horas y después comenzaremos a rastrearlos.

—Mañana.

Kelby negó con la cabeza.

—No voy a dejar que pases otra noche sin pegar ojo, como anoche. Sé que quieres que regresen por su propia voluntad, pero sería mejor estimularlos. —Se volvió y echó a andar hacia el puente—. A las cuatro comenzaremos a seguirlos.

—Está decidido a hacerlo, Melis —dijo Nicholas—. Si ese silbato que llevas sirve para algo, es mejor que comiences a usarlo.

Ella sacudió la cabeza con desesperación.

—Si ellos no quieren volver, nada servirá.

—¿Quieres que haga un poco de magia chamánica?

—No, pero una oración podría ser de ayuda.

—No hay problema. ¿Cristiana, hindú o budista? No tengo ninguna influencia en cualquiera de las otras religiones. —La mano del hombre tocó el hombro de la chica para tranquilizarla—. Debes recordar lo que dicen los viejos de que si tuerces un árbol, así crecerá. Los delfines sienten afecto hacia ti. No te olvidarán.

—No están aquí —dijo ella, moviendo la cabeza de un lado a otro—. Pero estarán. Sólo debo tener paciencia.

A mediodía los delfines no habían regresado aún.

Tampoco habían aparecido a las dos y media.

A las tres y quince, a metro y medio de donde Melis estaba de pie junto a la borda, se levantó un estallido de agua.

¡*Pete*!

Emitió un sonido rápido y muy alto mientras retrocedía parado sobre la cola, y después se zambulló en el mar.

—¿Dónde está *Susie*? —Kelby había corrido hasta llegar junto a Melis—. No la veo.

Melis tampoco. Pero *Pete* no la dejaría sola.

—Allí. —Nicholas estaba al otro lado del barco—. Eso allá fuera, ¿es un tiburón o un delfín?

Melis corrió hacia la borda. Una aleta dorsal se dirigía hacia ellos, una dorsal con una V en el centro.

—*Susie*.

La cabeza de *Susie* salió del agua y el delfín hembra comenzó a hacer ruidos furiosamente a Melis como si intentara contarle lo que le había ocurrido.

Enseguida *Pete* acudió a su lado y comenzó a empujarla hacia el barco.

—Ya era hora de que volvieran. Llevo esperando... —Melis se cortó—. Está herida. Mírale la aleta dorsal. —Saltó del barco y se zambulló. Cuando su cabeza salió a la superficie, llamó a la delfín hembra—. Acércate, *Susie*.

—¿Qué demonios haces? —preguntó Kelby—. Vuelve a bordo y ponte un bañador.

—Primero quiero echar un vistazo para saber si tenemos que sacarla del agua. Si sangra, eso atraerá a los tiburones.

—Y tú serás su cena.

—Shhh, estoy ocupada. —Melis examinó el lomo—. Si hubo hemorragia, ya se detuvo. Creo que está bien. —Nadó en torno a *Susie*, examinándola—. No hay otras heridas. —Palmeó el hocico de *Susie*—. ¿Ves lo que pasa cuando uno se va de juerga al pueblo?

Kelby le lanzó una cuerda.

—Sal del agua.

Melis acarició el morro de *Pete*, después agarró la cuerda y se dirigió a la escala.

—Nicholas, ¿podrías echarles un poco de pescado?

—Ahora mismo.

Cuando ella llegó a cubierta, Nicholas les tiraba arenques al agua. Melis tomó la toalla que Kelby le tendió y permaneció allí de pie, secándose, mientras contemplaba cómo *Pete* y *Susie* devoraban el pescado. No podía dejar de sonreír.

—Qué bien que hayan vuelto —dijo Kelby—. Nunca imaginé que pudiera tomarle tanto cariño a una pareja de delfines. Comenzaba a sentirme como el padre de unos adolescentes revoltosos.

—Un buen concepto. —Melis volvió a recostarse en el pasamanos y permaneció allí, contemplando a *Pete* y *Susie*—. Quizá tuvieron razones para ser revoltosos. Creo que lo que tiene *Susie* en el lomo es una abrasión, no una mordida.

—¿Y qué significa eso?

—Otros delfines a menudo manifiestan su desagrado frotándose contra los invasores. No son delicados. Existe la posibilidad de que *Pete* y *Susie* no fueran recibidos con entusiasmo. Puede haber tenido que resolver problemas de interacción antes de que se sintieran cómodos para abandonar el grupo.

—Están aquí ahora. —La mirada de Kelby se levantó hacia el cielo—. Pero sólo disponen de cuatro o cinco horas antes del crepúsculo. ¿Volverán a marcharse?

—Creo que sí. A no ser que lo pasaran realmente mal y tuvieran miedo. Pero no parecen asustados. Se ven muy normales. Y si volvieron una vez, volverán de nuevo.

—¿Cómo lo sabes?

—Ellos recuerdan el patrón que conformamos hace seis años.

—Y tú les gustas —dijo Nicholas por encima del hombro.

Melis sonrió.

—Sí, diablos, les gusto.

—¿Qué hacemos ahora? —preguntó Kelby.

—Tan pronto Nicholas termine de alimentarlos, me pondré el bañador y los dejaré que se acostumbren a nadar conmigo en estas aguas.

—He dicho «haremos». Van a tener que acostumbrarse a tenerme a mí también en el agua. —Levantó la mano cuando ella intentó protestar—. No voy a comportarme como Lontana, no voy a acosarlos. Tú eres la que mandas. Pero sabes perfectamente que es peligroso nadar sin compañero.

—Tengo dos compañeros.

—Bien, ahora tienes tres. Y yo seré el que lleve el fusil contra tiburones. —Se volvió y echó a andar hacia los camarotes—. Iré a ponerme el bañador mientras discutes con *Pete* y *Susie* y les dices que sean buenos conmigo.

Poco antes de la puesta del sol Kelby le tendió la mano a Melis para ayudarla a subir a bordo del *Trina*.

—No se han alejado mucho del barco. —Se quitó las gafas—. Quizá tienen miedo.

—Pronto lo sabremos. —Melis se despojó del tanque de aire comprimido y fue hasta el pasamanos. *Pete* y *Susie* seguían jugando en el mar—. No podría haber tenido mejor compañero allá abajo. Eres muy bueno en el agua, Kelby.

—¿Qué esperabas? Esto es lo que hago para vivir.

Ella sonrió.

—¿Además de recortar cupones?

—Eso lo hace Wilson para mí. —Miró a los delfines—. Me sentí muy raro allá abajo con ellos. Es su mundo. Uno se siente algo así como inadecuado.

—¿Cómo crees que se sienten ellos cuando están en una playa? —Melis negó con la cabeza—. Sólo que, para ellos, es cuestión de vida o muerte.

—Para nosotros, en sus dominios, también podría ser cuestión de vida o muerte, pero tenemos todos los aparatos para mantenernos vivos.

—A no ser que algo no funcione. Entonces podríamos congelarnos y morir en pocos minutos. Sus cuerpos se limitan a hacer los ajustes para aportarles más calor. Están muy bien preparados para la vida en el mar. Es casi increíble que tengan su origen en tierra. Cada parte de su cuerpo es... Ahí van.

Los delfines se zambulleron y mientras se alejaban sólo se distinguía un destello plateado mate.

No tenía sentido quedarse allí, mirando cómo se alejaban.

—Eso es. —Se volvió y echó a andar hacia los camarotes—. Tengo que quitarme el bañador y darme una ducha.

—¿No quieres ver primero la imagen del sonar?

Melis se detuvo.

—¿Qué?

Kelby señaló un bulto informe cubierto de lona embreada, en el centro de la cubierta.

—Le dije a Nicholas que fuera con la tripulación a traerlo de la bodega. No estaba seguro de que *Pete* y *Susie* colaboraran con nosotros. Es de lo mejor que hay.

De repente, él le recordó a un niño ansioso.

—Muéstramelo, por favor.

Kelby retiró la lona del largo equipo pintado de amarillo.

—Es la última tecnología. Mira, se ata a la popa del barco y lo arrastramos. Las ondas de sonido rebotan en el fondo oceánico, se miden y se transfieren gráficamente a la máquina. Puede decirnos incluso lo que hay a varios metros bajo el fondo. Es más sofisticada que la que usaron en Helike. A aquella la llamaban el pez, pero a esta la bautizaron...

—¿El pájaro dodo?

Kelby frunció el entrecejo.

—Dynojet. ¿Y por qué demonios te ríes?

—Porque es muy divertido. Esas extensiones a los lados parecen alitas. —Fue hasta la cabeza del captador de imágenes y comenzó a reír de nuevo—. ¡Oh, Dios mío!

—¿Qué pasa? —Kelby la siguió para examinar la cabeza. Masculló un taco—. Voy a matar a Nicholas.

Habían pintado un ojo a cada lado de la cabeza, con pestañas y todo.

—¿Estás seguro de que fue Nicholas?

—¿Y quién otro sería capaz de ultrajar un equipo tan bueno como éste?

—En eso tienes razón. Parece un pelícano o un pájaro de dibujos animados.

Kelby hizo una mueca.

—Puede que sí. Pero los dodos se extinguieron, y ésta es la última tecnología.

—Creo que ya lo has dicho —declaró ella con solemnidad—. Lo siento, le he puesto el nombre de lo que veía. —Kelby parecía presa de tal desencanto que Melis añadió—: Pero tu dodo tiene un color hermoso, alegre.

—Gracias por esas palabras condescendientes. Al menos no tendré que sobornar al captador para que nos ayudes, como haces tú con *Pete* y *Susie*.

—Me temo que confío más en los delfines. —Melis echó a andar—. Te veré en la cena.

—A Billy le encantará —dijo Kelby—. Como evitabas sus comidas, se le estaba creando un complejo.

—No queremos que pase eso. —Le sonrió por encima del hombro—. Por aquí hay muy pocas cosas normales.

—Pues a mí me gusta esta normalidad —le dijo Kelby—. Aunque te hayas reído de mi captador de imágenes. No te había visto sonreír tanto desde que te conozco.

—Estoy feliz —se limitó a decir Melis—. Últimamente las cosas no han ido bien, pero estas últimas horas han sido perfectas. Y me niego a sentirme culpable por permitirme disfrutarlas.

—Claro que sí. —La sonrisa suavizó la expresión de él—. Disfrútalas.

Archer telefoneó una hora después, cuando ella iba hacia la puerta de su camarote.

Melis se detuvo y contempló el teléfono sobre la mesa de noche. Tenía muchos deseos de no hacerle el menor caso.

Volvió a sonar.

Muerde la bala. Se volvió, camino hacia el teléfono y respondió.

—Ha sido muy mala —dijo Archer—. Y ya sabe cómo castigan a las niñitas malas.

La mano de Melis se puso tensa. La fealdad que la salpicaba estaba a punto de barrerla. Había alimentado la esperanza de que el tiempo que había estado libre de la ponzoña de Archer le permitiría hacer acopio de fuerzas, pero aquello la golpeó con la misma fuerza.

—¿Esperaba que le permitiera obligarme a subir a aquel coche?

—Admito que esperaba que se quedara tiesa como un conejo. No tenía la menor idea de que iba a pegarle un tiro al pobre Pennig.

—Espero haberlo matado.

—No lo hizo. Le rozó el cuello y sangró un poco. Estaba muy molesto con usted. Me rogó que le diera la oportunidad de castigarla, pero le expliqué que no soportaría renunciar a usted. Tengo demasiados planes.

—Pero no se mostró muy dispuesto a llevarlos a cabo después de fallar en Las Palmas.

—Lo más discreto era desaparecer de la escena durante un tiempo. De todos modos, no crea que no tuve a gente vigilándola. En este momento usted se encuentra cerca de la encantadora isla de Cadora. —Hizo una pausa—. Y ha soltado a los delfines. ¿No cree que es un riesgo?

—¿Va a perseguirlos con un arpón? Me encantaría ver al señor Peepers con un traje de inmersión.

Hubo un corto silencio.

—No es la primera vez que me comparan con ese alfeñique. No creo que ninguna comparación me moleste más. Sí, mataré a los delfines. Tenía el plan de esperar a que usted estuviera tanto tiempo en una casa como *Kafas* que no le importara lo que yo hiciera. Pero he cambiado de idea. Ahora tengo que castigarla. No se me ocurre nada que pueda dolerle más que la muerte de sus amigos marinos.

El miedo fue como una puñalada que la atravesó. En la voz del hombre había una nota de total seriedad. Ella había sido demasiado desafiante. Le resultaba difícil recordar una ocasión en que hubiera sentido más ira. Era el momento de dar marcha atrás.

—¿Los delfines? —No tuvo que impostar el temblor en la voz—. No creí que lo decía en serio. ¿Va a hacer daño a *Pete* y *Susie*?

—¿Tiene miedo? Se lo advertí. Tiene que ser más obediente. Si se porta muy bien y me entrega ahora mismo los papeles de la investigación, podría reconsiderarlo.

—No... no lo creo.

—Me están presionando para que entregue esa arma sónica a mi amigo de Oriente Medio. Ésa es la razón por la que metí más presión en Las Palmas.

—Metió presión... —repitió Melis—. Allí murió un buen hombre.

—Y usted se asustó y salió huyendo con sus delfines.

—Sí, me asusté. ¿Cómo no iba a asustarme? Usted me persigue. No puedo dormir, no puedo comer. —La voz le temblaba—. Y ahora me dice que va a matar a *Pete* y a *Susie*.

—Pobre niña.

—Voy a colgar.

—No. ¿No ha aprendido aún que soy yo el que manda? Vamos a conversar un rato sobre *Kafas* y lo que le voy a hacer a los delfines. Entonces decidiré cuándo colgamos. ¿Me oye?

Ella esperó unos segundos antes de responder.

—Sí.

—Así es una niña buena. Ahora vamos a hacer como si estuviéramos de vuelta en *Kafas* y yo acabara de entrar en su habitación del harén...

13

—Te tomaste mucho tiempo —dijo Kelby con una sonrisa cuando ella entró en el camarote principal—. Llevo diez minutos tranquilizando a Billy... Por Dios —Dijo, ahora con expresión sombría—. ¿Archer?

—Estaba en muy buena forma. —Los labios de Melis estaban tensos—. Pero yo también. Lo convencí de que estaba a punto de derrumbarme. Fui totalmente lastimera. Un par de veces más y creerá que ya me tiene.

—¿Fue la misma mierda de siempre?

—Tan sucio como siempre, pero ha añadido algo nuevo. Creo que ha decidido cambiar el enfoque. Y hay algo que debes saber. Me dijo que tiene a alguien vigilándonos. Sabe que hemos soltado a los delfines. —Hizo una pausa—. Y dijo que los iba a matar. Es mi castigo por lo ocurrido en Las Palmas.

—Antes también amenazó con hacerles daño.

—No creo que esta vez sea una amenaza. Creo que habla en serio.

—No dejaremos que eso ocurra. —Él la miró a los ojos—. Pero si quieres sacar a *Pete* y *Susie* de la zona y meterlos en un corral, no diré nada.

—No estarían más seguros. Él irá a por ellos dondequiera que estén. Es probable que corran menos riesgos si tienen todo el océano para ocultarse. Con centenares de delfines en el agua, ¿cómo va a poder encontrar a *Pete* y *Susie*? Si podemos mantenerlo alejado del barco y vigilar como halcones a *Pete* y *Susie* cuando estén con nosotros, quizá eso baste. —Movió la cabeza de un lado a otro—. Dios, espero que sí.

Kelby asintió.

—Y haré que la tripulación vigile en el agua cuando los tengamos cerca.

—Iba a pedirte precisamente eso. —Melis miró la mesa bellamente servida—. No creo que cene. No tengo ganas. Explícaselo a Billy, por favor.

—¿Explicarle que ese hijo de puta te hace sangrar por dentro? Eso es difícil de creer y más difícil de entender. —Se puso de pie—. Vamos, tomemos un poco de aire. A no ser que quieras ir a lamerte las heridas.

Ella negó con la cabeza.

—No estoy sangrando. No le daré esa satisfacción. Al principio era terrible oírlo. Ahora sigue siendo malo pero he aprendido cómo manejarlo.

Ya en cubierta, ella se pegó al pasamanos y respiró profundamente.

—Aquí fuera se está bien, hay fresco y todo está limpio. Dios, tan limpio que es una bendición.

Kelby optó por no decir nada durante un rato.

—Dejemos Marinth a un lado por el momento. Creo que debemos ir a por Archer.

Ella lo miró con sorpresa.

—Eso no fue lo que dijiste en la isla. Yo no garantizaba nada, y lo primero era Marinth. Después Archer.

—He cambiado de idea. Tengo derecho a eso.

Melis negó con la cabeza.

—Te prometí Marinth. Mantengo mi promesa.

—A la mierda con tu promesa. Confío en ti, maldita sea.

Ella lo meditó por un instante y después volvió a decir que no.

—Si me lo hubieras ofrecido antes de que hablara esta noche con Archer, lo habría aceptado de inmediato. Después de lo ocurrido en Las Palmas, no perseguir a Archer en primer lugar hubiera parecido una locura.

—¿Pero ahora no?

—Cuanto antes encontremos Marinth, antes podré concentrarme en hallar una manera infalible de mantener seguros a *Pete* y *Susie*. Ésa es mi primera preocupación. Además, si está tras los delfines podría aproximarse a nosotros.

—Eso es verdad. Pero, ¿si no tuviéramos Marinth? ¿Y si lo único que queda de la ciudad son esas tablillas?

—Primero Marinth. —Ella se volvió para mirarlo a la cara—. Ahora no hables más de eso, Kelby. Hay algo importante que quiero preguntarte.

—Estoy más que impaciente.

—No seas sarcástico. —Melis se humedeció los labios—. ¿Me dejarías ir a la cama contigo?

Él se quedó inmóvil.

—¿Ahora?

Ella asintió con fuerza.

—Si no te importa.

—Demonios, no. No me importa. A estas alturas deberías saberlo. Solamente siento curiosidad. Después de esa llamada de Archer no pensaría estar en el primer lugar de tu agenda.

—No lo entiendes. Es tan asqueroso, me hace sentirme tan sucia. Eso me asfixia. —Ella intentó sonreír—. Pero eso es mentira. Yo no soy sucia. No me siento sucia contigo. Tú eres limpio, Kelby. Contigo todo es natural y correcto. Me siento como cuando nado con los delfines. Necesito sentir eso en este momento.

Kelby la miró un instante; después estiró la mano y le acarició la mejilla.

—No hay nada que a un hombre le guste tanto como que lo comparen con una fría zambullida en el océano con un par de mamíferos acuáticos.

—Son unos mamíferos muy especiales —dijo ella, con voz quebrada—. Y no será nada frío. Yo no seré fría. —Melis se le acercó un paso y reclinó la cabeza sobre el pecho del hombre—. Lo prometo.

—Se está acercando, Pennig. —Archer sonrió mientras contemplaba el horizonte—. Creo que pronto la tendré.

—Bien —dijo Pennig con rencor—. Quiero verla destrozada.

—La verás. Como recompensa por esa herida, te dejaré que la visites en el burdel al que la venderé. No hay nada como la dominación para hacer más dulce el castigo.

—No quiero follármela. La quiero muerta.

—No tienes imaginación. La muerte no es lo primero, es lo último. —Inclinó la cabeza, regodeándose—. Pero ella podría estar sintiéndose más segura de lo necesario. La asusté cuando amenacé a los delfines, pero tenemos que mantener la presión. En realidad, estuvo muy insultante. Eso me irritó. Creo que deberíamos demostrarle que no puede hacer eso.

—¿Cómo?

Agarró el teléfono.

—Cerciorándonos de que sepa que no existe un lugar en la tierra o en el mar donde esté a salvo de mí...

Melis dormía aún.

Kelby salió de la cama con mucho cuidado, en silencio, y se vistió enseguida.

Hizo una pausa junto a la puerta. Ella no se había movido. No era habitual que durmiera tan profundamente. Por lo general se levantaba al amanecer y comenzaba a trajinar con una vitalidad incansable. Ahora parecía una niñita cansada, despeinada y tibia, tan bella que cuando la miraba se le hacía un nudo en la garganta.

Entonces, no la mires. Tenía cosas que hacer.

Se volvió y abandonó el camarote.

Encontró a Nicholas en cubierta. Fue directo al grano.

—Archer tiene a un hombre tan cerca que sabe que hemos soltado a los delfines. Ha amenazado con matarlos —le informó a Nicholas—. Tenemos que saber dónde está y asegurarnos de que no se acerque más.

—El océano es grande —sonrió Nicholas—. Pero yo soy un hombre grande. Eres listo por haber seleccionado a alguien tan excepcional para este trabajo. —Su sonrisa desapareció—. ¿Llamó a Melis?

—Anoche.

—Hijo de puta. Tenemos que hacer algo con ese cabrón... y pronto.

Kelby asintió.

—Lo mismo pienso yo. No sólo tenemos que encontrar al centinela, sino también el barco madre. Y de la manera más discreta posible. No quiero que Archer sepa que nos estamos acercando.

—¿Crees que está en el *Jolie Fille*?

—Si está acechando a Melis eso tiene sentido. Wilson dijo que su barco había salido de Marsella antes de que zarpáramos de Isla Lontana.

—¿Eso quiere decir que vamos a abordar el *Jolie Fille*, verdad?

—Probablemente.

Nicholas sonrió.

—Gracias a Dios por los pequeños favores. Ahora esto se ha convertido en un juego de hombres. Estaba cansado de hacer de canguro a los delfines.

—Todos hacemos de canguro a los delfines. —Echó una mirada a *Pete* que acababa de aparecer en la superficie—. Esperemos que nos devuelvan el favor cuando Melis y yo estemos a cuarenta metros bajo el agua.

Melis pensó que probablemente los delfines estuvieran jugando con ella. Al principio parecían tener un propósito pero durante la última hora habían nadado a través de cavernas, en torno a rocas y arrecifes de coral. Podía haber jurado que estaban jugando al escondite.

Kelby nadó hacia ella y con un gesto le dijo que debían salir a la superficie.

Negó con la cabeza y nadó en pos de *Pete*. Un intento más. Los delfines los habían llevado más lejos del barco que en cualquiera de los tres días anteriores. Allí el agua estaba más turbia a corta distancia. Era difícil ver a *Susie*, que nadaba delante de *Pete*. Los delfines desaparecieron tras una enorme roca.

Melis rodeó el peñasco.

Ni *Pete* ni *Susie*.

Kelby nadó delante de ella y apuntó hacia arriba con el pulgar. Estaba claramente exasperado.

Bueno, ella también, pero no se rendiría hasta que intentara localizar a los delfines una vez más. Kelby solamente tenía que ser paciente hasta que ella tuviera su oportunidad.

Le hizo el gesto universal de rechazo con un solo dedo y lo rodeó nadando. Cinco minutos después aún no había visto a *Pete* o a *Susie*.

Eso era todo.

Le hizo una señal a Kelby de que ascendía y comenzó el lento viaje hacia la superficie.

Se puso tensa cuando algo se frotó contra su pierna. Miró hacia abajo y vio una aleta dorsal que se apartaba de ella. ¿*Susie*?

Kelby estaba detrás de ella con el fusil contra tiburones en la mano. Negó con la cabeza, como si le hubiera leído el pensamiento. No era un tiburón. Con la mano hizo el gesto de algo nadando

Un delfín. Pero no se trataba de *Susie* o *Pete*. A través del agua turbia pudo ver que aquel mamífero era más grande que cualquiera de los dos y que nadaba en dirección a...

Dios mío.

Delfines, centenares de ellos. Nunca había visto un grupo tan grande.

Kelby le hacía señales, preguntándole si quería quedarse a investigar.

Ella dudó un instante y después le dijo que no con la cabeza. Siguió ascendiendo. Salió a la superficie unos minutos después y le hizo un gesto con la mano a Nicholas, que estaba a corta distancia en la gabarra. El hombre le respondió el gesto y aceleró hacia ella.

—¿Dónde está Kelby? —preguntó cuando se detuvo junto a Melis.

Eso mismo se estaba preguntando ella.

—No lo sé. Estaba detrás de mí.

Kelby no emergió antes de que pasaran otros dos minutos.

Ella suspiró aliviada.

—Vaya compañero —dijo, mientras Nicholas tiraba de ella para meterla en el bote.

—Quería verlos de cerca —dijo Kelby mientras trepaba a la gabarra—. Son grandes, muy grandes. ¿Los machos son más grandes que las hembras? ¿Quizás todos fueran machos?

—Un grupo tan grande, no. Los machos viajan formando subgrupos cuando han dejado a sus madres, y estaríamos hablando de un grupo de más de cien machos.

Kelby se encogió de hombros.

—Quizá me equivoqué. No quería estar tanto tiempo apartado de ti.

—O quizá tenías razón. —Al pensar en eso pudo sentir como despertaba su entusiasmo—. Si los grupos de subadultos son tan grandes, ¿puedes imaginarte cuántos delfines hay allá abajo?

—¿Por qué no quisiste quedarte para contarlos?

—Los machos pueden ser agresivos. Podrían haber sentido alarma y se agruparían para atacarnos.

—¿Por qué no han salido a la superficie?

—No lo sé. Deben tener patrones fijos de comportamiento. Quizá emerjan a varios kilómetros de aquí.

—¿*Pete* y *Susie* están seguros allá abajo con ellos?

—Eso espero. Deben sentirse seguros con ellos. —Se encogió de hombros—. Creo que *Pete* y *Susie* solamente estaban jugando, pero quizá quieran presentarnos.

—Hacer las presentaciones ante tantos delfines llevará su tiempo —dijo Kelby con sequedad—. Mejor paso.

Ella sacudió la cabeza, cada vez más entusiasmada.

—No creo que llegues a hacerlo. Los delfines eran los hermanos menores de Marinth. Los habitantes de la isla los protegían, por lo que es natural que la población aumentara. Esas cantidades no son habituales. Estamos buscando lo no habitual.

—Pero hace dos mil años que nadie los protege. —Pensativo añadió—. Sin embargo, una vez establecidos, las cantidades básicas deben permanecer más o menos constantes.

Ella se apresuró a asentir.

—Y hay muchísimo légamo allá abajo.

—¿Y eso qué significa? —preguntó Nicholas.

—Si toda una isla es barrida por las aguas, ¿no habrá un tanto por ciento mayor de légamo?

—Yo diría que sí —Kelby frunció el ceño—. Vamos a bajar de nuevo.

Ella negó con la cabeza.

—Mañana. Con *Pete* y *Susie*. Quiero darles la oportunidad de actuar como nuestros protectores. No cometas el error de pensar que todos los delfines son como ellos, porque siempre han sido un poco diferentes. En ciertas situaciones los delfines pueden ser tan letales como un tiburón. Por lo que sabemos, esos delfines podrían tener ciertos instintos genéticos innatos para proteger Marinth.

—Qué locura —exclamó Nicholas.

Kelby levantó las cejas.

—¿Alegas ser un chamán y resulta que los raros son los delfines?

—No es un alegato. Y me reservo el derecho de ser raro. —Hizo girar la gabarra—. Y también me reservo el derecho de quedarme fuera del agua mientras jugáis con los delfines. Gracias a Melis, ya tuve una experiencia inolvidable con *Pete* y *Susie*. No necesito que me asalten cien.

Cuando *Pete* y *Susie* salieron finalmente a la superficie junto al barco, Kelby, Nicholas y Melis llevaban dos horas a bordo del *Trina*.

—Parece que están bien. —La mirada de Melis examinó a los dos delfines cuando llegaron junto a la borda y se dirigieron a ella con sus sonidos—. No hay heridas ni traumas. Parecen perfectamente normales.

—Eso está bien. —El tono de Kelby era de distracción—. He estado pensando. Quizá mañana no bajemos con los delfines.

—¿Qué? —Ella se volvió y lo miró—. ¿Por qué no? Estabas dispuesto a volver a bajar hoy.

—Y tú dijiste que los delfines podían ser agresivos. Vamos a intentar que la tecnología nos diga si vale la pena hacerlo.

Ella suspiró.

—El pájaro dodo.

—Pagué una suma enorme por ese pájaro dodo. Un solo día. No pasará nada. Podría darnos una idea de si existe algo extraño en el fondo oceánico.

—Y también podría no dárnosla. —Eso, para que confíes en un hombre totalmente enamorado de la tecnología. Melis se encogió de hombros—. Creo que después de miles de años un día no tiene importancia. Está bien, probaremos el dodo. —Vio cómo Nicholas saltaba a la gabarra—. ¿Adónde va?

—Solo de exploración. No queremos darle a Archer la ventaja de la sorpresa.

Ella había estado tan absorta con los delfines que había olvidado a Archer. Con todo su corazón quería ser capaz de hacerlo de forma permanente.

—No, no queremos darle nada a Archer.

Calado dorado.
   Tambores.
   Kafas.
Se sentó en la cama con el corazón saliéndosele del pecho.

—¿Estás bien? —Kelby estaba totalmente despierto—. ¿Un mal sueño?

Ella asintió espasmódicamente y puso los pies en el suelo.

—Voy a cubierta. —Cogió su bata—. Necesito aire.

Kelby salió de la cama.

—Voy contigo.

—No tienes por qué hacerlo.

—Claro que sí. —Se puso su bata—. Vamos, haremos algunos ejercicios de respiración profunda y después iremos a la cocina y tomaremos café.

—Estoy bien. No es necesario...

Pero él no la estaba escuchando. Melis se volvió y salió del camarote. La noche era fresca y cuando se recostó en el pasamanos una leve brisa le agitó el pelo.

—Se está bien aquí. —Kelby calló durante unos minutos, y después dijo—: ¿El mismo sueño?

Ella asintió.

—*Kafas.* Casi lo esperaba. Nos estamos aproximando a Marinth. No puedo dejar de pensar en ello.

—Yo podría intentar buscarla en solitario. Ahora, *Pete* y *Susie* me conocen.

—No.

—¿Por qué no?

Ella negó moviendo la cabeza con cansancio.

—No lo sé. —Pensó un momento—. Sí, sí lo sé. Es una de las cosas de las que llevo escondiéndome todos estos años. La primera vez que pensé que habíamos hallado Marinth, yo estaba tan entusiasmada como Phil. Después dejé que *Kafas* me lo envenenara. No debí permitir que eso ocurriera. Diablos, los hombres han sido unos perros con las mujeres a lo largo de la historia. En la Edad Media un consejo de nobles se reunión para decidir si las mujeres éramos bestias o humanas. La única razón por la que decidieron que éramos humanas fue porque no querían que los acusaran de bestialismo. Pero de todos modos logramos sobrevivir y obtener nuestra independencia.

Él sonrió.

—Porque aprendieron a afrontarla.

—Al ciento por ciento. —Ella se volvió para mirarlo—. Así que te daré tu Marinth y no te quedará más remedio que encontrar ahí algo maravilloso. Lo suficiente para compensar a aquellas mujeres que no tuvieron la oportunidad de derrocar a aquellos puñeteros machistas.

—Me esforzaré al máximo. —Su mano, cálida y reconfortante, cubrió las de ella sobre el pasamanos. —¿Estás lista para tomar un poco de café?

—Todavía no. Necesito un poco más de tiempo. —Pero ella descubrió, sorprendida, que el terror se desvanecía. Por lo general le costaba más tiempo sobreponerse. Miró hacia el agua—. Archer no llamó anoche. Eso me preocupa.

—Probablemente eso sea lo que él quiere. Parece que se dedica científicamente a la tortura mental.

Ella asintió.

—Es un hombre horrible y debe odiar a todas las mujeres. —Hizo una mueca—. Apuesto a que él hubiera votado en el consejo por la teoría de la bestia.

Kelby rió para sus adentros.

—No apuesto.

Se estaban riendo de Archer. Al darse cuenta, Melis se quedó estupefacta. Pero permitirse un poquito de humor hacía que Archer fuera más pequeño, que no resultara tan intimidatorio.

—No es más que un hombrecito malvado, Melis. —Kelby estudió su expresión—. Podemos acabar con él.

Melis asintió e hizo un esfuerzo para sonreír.

—Claro que podemos. Ahora estoy lista para tomar ese café. —Se volvió y echó a andar hacia la cocina—. Yo lo preparo. Te has sacrificado bastante al escuchar mi conferencia sobre la liberación femenina.

—Eh, le estás predicando a un converso. En mi experiencia con las mujeres nunca me he tropezado con una debilidad. Me he limitado a intentar sobrevivir.

Su madre y su abuela. Fue presa de un súbito ataque de ira cuando pensó en aquel niño que aquellas dos se disputaban.

—Existe la independencia y existen las que son zorras al ciento por ciento. —Melis frunció el ceño—. Y no creo que me guste la idea de ponerle *Trina* a tu barco. Sé que es algo así como un mal chiste, pero ella no debía ocupar un lugar tan amplio en tu vida.

—Estás molesta.

—Sí, lo estoy. —Molesta, protectora y asustada, así se sentía. Respiró profundamente—. ¿Por qué no? Has sido gentil conmigo. Cuando tengo una pesadilla por lo habitual busco a los delfines para que me hagan compañía.

—Aquí estamos otra vez. Sólo soy un sustituto de *Pete* y *Susie*. —Kelby abrió la puerta de la cocina—. Es la historia de mi vida.

Ella se detuvo.

—No fuiste el sustituto de... No tuve necesidad de *Pete* y *Susie*. Hasta cuando estaba con ellos después de una pesadilla me sentía... como hueca. Pero esta noche no me he sentido sola. —Se enredaba y probablemente decía cosas que él no quería escuchar. Pasó presurosa junto a él y se dirigió a la cafetera que había sobre el mostrador—. Eso es todo. Sólo quería decirte que no creo que hubieras votado por la bestia en ese consejo. Y por una buena razón, no por una mala.

—No sabes cómo te lo agradezco —dijo él con la voz queda.

—Claro que sí. —Melis se volvió para mirarle al rostro—. ¿Dónde está el café en esta selva de acero inoxidable? Espero que... —Respiró profundamente—. ¿Por qué me miras de esa manera?

—¿Qué? —Él apartó la vista—. Oh, por lujuria. Pura lujuria, sin adulterar. —Se sentó a la mesa—. Pero intentaré contenerme mientras preparas el café. Está en la balda superior, a tu izquierda.

—Estamos a kilómetro y medio de donde vimos el banco de delfines. —Kelby abandonó el puente y bajó al sitio donde habían colocado la pantalla, en la cubierta principal—. Ahora veremos cómo funcionan los pájaros dodo.

El captador de imágenes amarillo era arrastrado detrás del barco, y sus grandes extensiones laterales parecían alas de pelícanos.

—Lo veremos. —A pesar de las dudas, Melis comenzaba a entusiasmarse. Miró el gráfico—. Parece que funciona bien. Quizá la tecnología triunfará.

—Ojalá que sí. La marina me cobró una fortuna por este dodo. —Kelby sacudió la cabeza—. Demonios, me has hecho llamarlo así.

—Quizá no eres tan fanático de los instrumentos como crees. —Nicholas se recostó en el pasamanos con los ojos fijos en el captador—. De veras tiene un aspecto idiota. ¿No quieres que haga un poco de magia para otorgarle un alma?

—No, mejor no —dijo Kelby—. Lo único que nos hace falta es uno de tus encantamientos para que todo se vuelva un desastre.

—¿Un encantamiento? Yo solo había pensado en grapar un compacto de Stevie Wonder en el cuello del dodo.

Melis contuvo una sonrisa.

—Buena idea. Pero prefiero a Aretha Franklin.

—Qué graciosos —dijo Kelby, molesto—. Estamos en el sitio. Veremos quién ríe... ¡Mierda!

La mirada de Melis voló hasta el dodo.

—Oh, qué hace...

Nicholas comenzó a reírse.

Pete había salido quien sabe de dónde y había embestido el captador con todas sus fuerzas. El dodo se balanceó como un borracho antes de recobrar su posición.

Kelby estaba furioso.

—Dile que se vaya. Está intentando hundirlo.

Melis temía que eso fuera verdad. *Pete* se alejaba nadando hacia donde *Susie* lo esperaba, pero era cuestión de tiempo que regresara y embistiera de nuevo el equipo.

—No, *Pete*. —Tocó el silbato.

El delfín no le prestó atención. Comenzó a trazar círculos para ganar impulso.

Ella volvió a tocar el silbato.

Nicholas se reía con tanta fuerza que tuvo que aguantarse en el pasamanos.

—Parece un toro rascando el suelo antes de lanzarse contra el torero.

—Voy a matarte, Nicholas —masculló Kelby—. ¿Por qué demonios lo hace?

—No tengo idea. Parece un pájaro. Pero quizá se haya confundido. Puede ser que crea que es un tipo raro de delfín o un tiburón. Quizá sea un problema territorial. —Melis fue incapaz de seguir conteniendo la risa—. Lo siento, Kelby. Sé que es un equipo valioso...

—Deja de reír.

Melis trataba desesperadamente de parar.

Pete volvió a embestir el dodo y lo hizo girar en círculos.

—Rayos. —Entonces Kelby comenzó a reírse—. Oh, qué demonios. Húndelo, mamífero neurótico.

—No. —Melis se secó las lágrimas de las mejillas—. Tenemos que salvar a ese pobre dodo tonto. —Se quitó los zapatos náuticos—. Más de prisa que una bala... —Se zambulló en el mar y comenzó a nadar hacia el dodo—. Aguanta. No tengas miedo. Yo te salvaré.

—Si no dejas de reírte, no podrás salvar nada ni a nadie. —Kelby estaba junto a ella en el agua—. Esto no lo olvidaré.

—¿Es una amenaza? No tenía idea de que *Pete* se iba a enojar.

—No, es una constatación. Es la primera vez que te veo reír de verdad. Me gusta. —Dio una brazada y la adelantó—. Ahora, ¿cómo logramos que *Pete* deje de embestir el dodo?

—No tengo la menor idea. ¿Nadar a su lado para que vea que es un amigo? —La idea era tan ridícula que ella comenzó a reírse otra vez—. ¿Atravesarme en su camino e intentar disuadirlo? —Eso no era tan cómico—. Quizá podamos utilizar a *Susie* para tranquilizarlo. Algo se nos ocurrirá.

—Eso espero. —Kelby echó una mirada asesina hacia el *Trina*—. Porque Nicholas se está divirtiendo demasiado con todo esto.

14

Persuadir a *Pete* de que dejara en paz el captador de imágenes les tomó más de una hora. Melis lo intentó todo, desde colgarse del dodo hasta que *Susie* nadara a su lado. *Pete* siguió tan terco como siempre y se negaba a ceder. Finalmente Nicholas maniobró con la gabarra hasta colocarse junto al dodo y desde allí les tiró pescado a los delfines hasta que el macho comenzó a asociar el captador de imágenes con algo placentero.

—De nuevo el pescadero —dijo Nicholas mientras ayudaba a Melis a subir a la gabarra—. Iba a traer el compacto de Stevie Wonder. Ya conoces la cita: la música tiene encanto para amansar a las bestias salvajes.

—Vaya con el poeta —dijo Kelby—. Y creo que a Melis no le gustará que llames salvaje a *Pete*. Simplemente es un incomprendido.

—Bueno, de todos modos creo que el pescado funcionó mejor —dijo Nicholas mientras contemplaba cómo *Pete* y *Susie* jugaban en el agua—. Parece que ha olvidado el dodo letal. ¿Crees que habrá sobrevivido al ataque de *Pete*?

—Se supone que es muy resistente —explicó Kelby—. Lo veremos al regresar a bordo, cuando controlemos los instrumentos.

En el panel de control el indicador verde aún estaba encendido cuando volvieron al *Trina* diez minutos después.

—Por San Jorge, todavía vive —murmuró Nicholas—. Definitivamente, ese dodo no está extinto. Lo has salvado, Melis.

—¿Por qué no vas a decirle a Billy que prepare la comida? —la mirada de Kelby estaba clavada en el panel—. Y después, tráenos dos toallas.

—¿Estás intentando librarte de mí? Primero, pescadero, y después botones. —Nicholas echó a andar cubierta abajo—. Tienes que prometer que no harás nada que me divierta mientras me ausento.

—Me sorprende que todavía funcione. —Melis se acercó un paso más al panel de control—. Si es tan sensible como dices.

—El captador es sensible pero la caja ha sido construida como un tanque y debe resistir la mayoría de las cosas. —Kelby se inclinó y ajustó uno de los diales—. Y eso incluye, sin la menor duda, a un delfín que intenta hundirlo.

—¿Me estás diciendo que no salvé al dodo?

—Que dios me perdone. No se me ocurriría semejante cosa. Eres más rápida que una bala... —Se aproximó al gráfico—. Solamente tuviste una ayudita del fabricante... Demonios...

—¿Qué pasa? —Caminó hasta detenerse al lado del hombre y echó un vistazo al gráfico—. ¿Hay algo?

—Todo el tiempo que gastamos en convencer a *Pete* de que dejara tranquilo al dodo estábamos sobre esta zona. —Señaló una línea dentada sobre el papel—. Allá abajo hay algo. —Tiró del papel para examinarlo—. A no ser por un par de minutos en los que el dodo dio vueltas como una peonza, el captador muestra las mismas irregularidades. Hacia el oeste son más grandes y pronunciadas.

—Te estás entusiasmando. Podría ser otro...

—O podría ser el premio gordo. —La mirada de Kelby no se apartaba del gráfico—. Baja y cámbiate, Melis. Vamos a darle un paseíto al dodo hacia el oeste y veamos que encuentra.

Tres kilómetros al oeste la línea dentada del gráfico se hizo más abrupta y aparecieron líneas horizontales.

Otros ochocientos metros y allí estaban los delfines.

Cientos y cientos de ellos, cuerpos esbeltos brillando al sol del atardecer mientras nadaban, saltaban y jugaban. Alegría. Gracia. Libertad.

—Dios mío —susurró Melis—. Eso me hace pensar en el inicio de la creación.

—¿El *Último hogar*? —preguntó Kelby.

—Podría ser —contestó Melis. La visión de los delfines sobrecogía. No podía apartar los ojos de ellos. Rayos de luz solar se filtraban entre las nubes de un gris azulado y tocaban el mar en toda su intensidad. Los delfines la habían impresionado bajo el agua, pero aquel despliegue era verdaderamente notable. La emoción le producía un nudo en la garganta—. Creo que tendremos que esperar a mañana cuando bajemos con *Pete* y *Susie*.

—Si esos otros delfines nos permiten acercarnos.

—No tenemos que utilizar a *Pete* y *Susie*. —Melis no lo miraba—. Puedes usar una campana de inmersión o alguno de tus sumergibles modernos para explorar la zona.

—No, no puedo. No sería lo mismo. Cuando vea Marinth por primera vez no quiero estar metido en una jaula metálica.

Melis sonrió.

—¿El sueño?

—¿Y qué otra cosa? —La voz del hombre vibraba de intensidad—. Dios mío, está aquí, Melis.

—Eso espero.

Kelby estaba feliz. Su expresión era radiante, y mientras lo miraba la recorría una corriente cálida. No podía compartir el sueño pero podía compartir su júbilo. Un júbilo que brotaba de él y la abrazaba, la envolvía. Ella dio un paso, se le acercó y le tomó la mano.

Kelby bajó la vista para mirarla inquisitivamente.

—Nada —sonrió ella—. Sólo quería tocarte.

—Eso es algo grande.

—Ahora mismo, no. —Ella volvió a mirar al mar y los delfines se unieron, formando un círculo eterno de vida y renovación—. Y aquí no. Pero es magnífico.

—Nuestro observador utiliza una gabarra monocasco Ballistic de 7,6 metros —le informó Nicholas a Kelby cuando regresó esa noche al barco—. En realidad, deben ser dos centinelas.

—¿Dos?

—Vi otro bote de motor a escasos metros de distancia, pero se fue antes de que pudiera acercarme. Tiene sentido que sean dos en caso de que necesiten vigilar las veinticuatro horas.

—¿Te vieron?

—No lo sé. Pero si me vieron, no tiene importancia. Sería natural que nosotros también vigiláramos. —Hizo una mueca—. No creo haber espantado a nadie. Esa gabarra tiene tanta potencia y autonomía como la tuya, Jed. Si salen con ventaja, se perderán de vista.

—¿Podrías seguir a una de ellas hasta el *Jolie Fille*?

—Quizá. Pero, de todos modos, voy a organizar mi propia búsqueda. Tan pronto regreses de tu inmersión al final del día, saldré hacia allá.

Melis apenas podía divisar a *Pete* y *Susie* nadando delante de ella en el agua llena de légamo.

Llevarlos como parachoques no había tenido la menor importancia, pensó con arrepentimiento. Desde que ella y Kelby se habían zambullido por la mañana, los delfines no les habían prestado la menor atención.

No, eso no era verdad. Porque se movían con un propósito. Iban hacia alguna parte, tenían un destino. Mostraban la misma actitud del otro día cuando Melis pensó que la llevaban en una cierta dirección. Y ahora, al percibir aquella intensidad, se sintió llena de esperanzas.

Kelby, que se le había adelantado, volvió nadando hacia ella y movió la cabeza.

¿Qué ocurría?

El hombre hizo un gesto con la mano, indicando un pez.

¿Tiburones?

Entonces ella misma lo vio. Delfines. Un banco tan numeroso como el que habían visto allí, en las profundidades, el día anterior por la tarde.

Y estaba a pocos metros de ellos. La enorme cantidad intimidaba.

Y pasaba lo mismo con el interés poco amistoso que mostraba uno de los machos mientras nadaba hacia ellos.

Por Dios.

El macho embistió con fuerza a Kelby y después nadó hacia ella.

Kelby se descolgó su escopeta contra tiburones.

Melis negó con énfasis. Un minuto después el macho la golpeó en las costillas.

Qué dolor.

Después el delfín se marchó.

Pero podría regresar, quizá con refuerzos.

Kelby le hacía señales de que debían salir a la superficie.

Podía ser lo más inteligente. Ellos podrían regresar el día siguientes, después de pensar cómo...

Pete y *Susie* habían regresado.

Pete nadaba en torno a ellos, trazando un círculo protector mientras *Susie* nadaba junto a Melis.

Melis estiró la mano y le acarició el morro. Era hora de que vinieras, jovencita.

Como en respuesta, *Susie* se le acercó y se frotó contra ella.

Melis dudó un momento y después le hizo un gesto a Kelby para que siguieran adelante. El hombre iba a decir que no con la cabeza, pero finalmente se encogió de hombros y siguió adelante.

¿Se quedarían con ellos *Pete* y *Susie*?

Y si lo hacían, ¿significaría algo para los demás delfines?

Melis nadó lentamente hacia el banco de delfines.

Pete continuó trazando sus círculos protectores y *Susie* permaneció nadando a la izquierda de Melis.

Entonces se metieron en medio de la multitud de delfines. Era increíble.

Y daba un miedo tremendo.

Por favor, chicos, no nos dejéis, rezó.

Pete y *Susie* seguían con ellos.

Una hembra se separó del perímetro exterior del banco y nadó hacia ellos.

Al momento *Pete* se le aproximó y la hizo apartarse de Kelby y Melis. Entonces siguió describiendo círculos.

Diez minutos después el banco de delfines comenzó a perder el interés por ellos.

Cinco minutos más tarde *Pete* ensanchó sus círculos, como si se diera cuenta de que estaban seguros.

Pero *Susie* y él permanecieron con ellos mientras se desplazaban lentamente a través de los delfines.

Entonces llegaron al otro lado, siguiendo a *Pete* y *Susie* por una gruta y luego de regreso al mar abierto.

Pero no vieron nada.

El agua estaba turbia, pero se podía ver el fondo. El fondo era de légamo. Sin columnas, sin ruinas. No había ninguna ciudad. Légamo.

Dios, qué tremenda desilusión debería ser para Kelby, pensó Melis.

Pero él no mostraba la menor señal de desencanto. Nadaba con más fuerza, más de prisa, bajaba cada vez más pegándose al fondo. Estaba buscando, revisando. Finalmente se volvió y regresó nadando hacia ella. Apuntó a la superficie con el pulgar para indicar que debían salir.

Kelby no habló hasta que estuvieron de vuelta a bordo del *Trina*, pero ella podía percibir su entusiasmo.

—Creo que está ahí —dijo Kelby mientras Nicholas los ayudaba a quitarse los tanques—. Marinth. Estoy seguro de que está ahí.

—Lo único que he visto es légamo —dijo Melis, negando con la cabeza.

—Yo también, hasta que me aproximé. Vi destellos de fragmentos de metal que brillaban a través del légamo. Dijiste que las tablillas eran de bronce. Es posible que hayan utilizado metales para otras cosas.

—Microondas y lavadoras —asintió Nicholas.

Kelby no prestó atención a la broma.

—Quizá. No lo sabremos hasta que no retiremos todo ese légamo de Marinth.

—Suponiendo que sea Marinth y no los restos de un submarino de la Segunda Guerra Mundial —intervino Nicholas—. Aún no estás seguro.

—Podré hacerme una idea después de que vuelva a bajar y recoja un poco de ese metal. Quiero que bajes conmigo tan pronto rellenemos los tanques.

—Pensaba que nunca me lo pedirías —dijo Nicholas.

—No —dijo Melis—, yo bajaré contigo.

Kelby negó con la cabeza.

—No sabemos si el banco de delfines será tan tolerante como después de que *Pete* y *Susie* aparecieron.

—Y quizá volvamos a necesitar a *Pete* y a *Susie*. No conocen bien a Nicholas.

—Pues me conocen mejor de lo que me gustaría —dijo Nicholas.

—Iré —repitió Melis—. Alguien tiene que quedarse a bordo en caso de que tengamos problemas con los equipos. Después de que nos cercioremos de que éste es el sitio y los delfines nos toleran, Nicholas podrá bajar.

Kelby dudó.

—¿Cómo están tus costillas?

—Doloridas, pero bajaré.

Kelby miró a Nicholas y se encogió de hombros.

—Viene ella.

Se zambulleron dos veces más, pero solamente sacaron pedazos de bronce y de otro metal no identificado.

La tercera vez, Kelby encontró un cilindro largo y fino, hecho del mismo metal.

Cuando volvieron al *Trina*, Nicholas y toda la tripulación los estaban esperando.

—¿Algo interesante? —Nicholas se inclinó para contemplar el objeto en la red—. No parece muy corroído. ¿Bronce?

—Es algún tipo de aleación metálica. —Kelby se arrodilló junto al cilindro—. Y a mí me parece una pieza de un submarino de la segunda guerra. Ven un momento, Melis.

Ella se aproximó de inmediato.

—¿Qué?

—Echa un vistazo a la inscripción que hay junto al borde del cilindro.

Melis inhaló profundamente. No había detectado las pequeñísimas marcas.

—¿Jeroglíficos? —preguntó Kelby—. ¿Los mismos de las tablillas?

—Parecen iguales —asintió ella.

—Maldita sea. —La sonrisa de Kelby iba de oreja a oreja—. Lo sabía. ¡La hemos encontrado!

La tripulación soltó un «hurra».

—Abre la caja de champán, Billy. —Kelby seguía examinando el cilindro—. Me pregunto de qué se trata.

—¿Un tarro de especias? —Nicholas señaló uno de los jeroglíficos—. Creo que aquí dice «chile en polvo»

Kelby soltó la carcajada.

—Demonios, es probable que tengas razón. Estoy tratando de leer ahí algo importante. Creo que en ese mismo momento estoy un poco mareado.

—Pues yo iré a ayudar a Billy a elegir el champán. Tiene que ser algo muy especial para esta ocasión. —La expresión de Nicholas se suavizó cuando se dirigió a Kelby por encima del hombro—. Diría que tienes derecho a estar un poco mareado. Enhorabuena, Jed.

—Gracias. —Kelby miró a Melis—. Y gracias a ti.

Ella negó con la cabeza.

—No tienes que agradecerme nada. Yo hice una promesa. ¿De veras consideras que ésta es la prueba?

—Creo que es lo más parecido. Si mañana sacamos otros objetos, apuesto a que la hemos encontrado.

—¿Y después, qué?

—Ahora mismo llamaré a Wilson y lo mandaré a Madrid para conseguir los derechos de salvamento o cualquier cosa que se requiera para preservar mis derechos de exploración. Porque si hay alguna filtración, toda la zona se llenará de barcos de salvamento con todo tipo de individuos que intentarán hacerse ricos.

—¿Eso le llevará bastante tiempo?

—No, si unta a las personas adecuadas. Wilson es un experto. —La sonrisa desapareció de su rostro—. Me he olvidado de Archer. Dame un día más aquí, Melis. Es todo lo que necesito.

—No te estaba presionando. —Ella sonrió con gesto torcido—. Desearía poder olvidarme de Archer. No puedo. No me lo permitirá. Y yo tampoco. —Hizo una pausa—. Marinth no es lo que pensaste, ¿verdad? Yo esperaba columnas rotas y ruinas. No légamo solamente.

Kelby movió la cabeza de un lado a otro.

—Cuando era niño, soñaba con una arcada que conducía a una hermosa ciudad.

—Pero no pareces decepcionado.

—Eso era un sueño. Esto es la realidad, y la realidad siempre es más emocionante. Puedes tomarla en tus manos, tocarla, moldearla. —Se encogió de hombros—. Entonces quizá necesitaba el sueño, pero ahora no. —Sonrió—. Y quién sabe lo que hay bajo todo ese légamo. Podría ser una arcada. —La tomó del brazo—. Vamos, pongámonos ropa seca y bebamos un poco de champán.

Kelby no estaba en el lecho a su lado.

Melis echó un vistazo al reloj. Eran un poco más de las tres de la madrugada y Kelby rara vez se levantaba antes de las seis.

A no ser que algo anduviera mal.

Los delfines.

Se sentó, bajó los pies de la cama y buscó su bata. Un segundo después subía la escalera que llevaba a la cubierta superior.

Kelby estaba de pie junto al pasamanos con la cabeza levantada y los ojos clavados en el cielo nocturno.

—¿Kelby?

Él se volvió y le sonrió.

—Ven.

Nada andaba mal. Él no podría haber sonreído así si en su mundo no estuviera todo en orden. Ella se le acercó.

—¿Qué haces aquí fuera?

—No podía dormir. Me sentía como un niño en vísperas de Navidad. —Le pasó el brazo por encima de los hombros—. Y abriré mis regalos dentro de pocas horas.

Su expresión tenía el mismo entusiasmo luminoso que había aparecido en su rostro desde que encontró el cilindro.

—Quizá no sean tan excitantes como el que hallaste hoy.

—O quizá sean mejores. —Su mirada volvió al cielo—. ¿Sabes?, se trata de un metal extraño. Me pregunto si procederá de meteoritos.

Ella se echó a reír.

—O quizá lo trajeron viajeros del espacio.

—Bueno, todo es posible. Nadie habría pensado que una sociedad fundada hace milenios pudiera ser tan avanzada como eran ellos. —Sus brazos se cerraron en torno a ella—. Y está aquí, esperándonos, Melis. Todas esas maravillas...

—¿Maravillas?

Kelby asintió.

—Quedan muy pocas maravillas. Los niños son los únicos que las reciben con naturalidad, y las pierden al crecer. Pero una vez cada muchos años aparece algo que nos recuerda que si abrimos los ojos y nos esforzamos en buscar, todavía las podemos encontrar.

Ella lo miró y sintió que se le hacía un nudo en la garganta. Algo... o alguien.

—¿Qué crees que hay todavía allá abajo?

—Hepsut fue muy descriptivo. Estoy impaciente por tener esas tablillas en mis manos. Podrían darme una idea de dónde buscar, de cuáles son las expectativas.

Ella rió y negó con la cabeza.

—No quieres saber cuáles son las expectativas. Eso te lo chafaría todo.

Kelby asintió con cierto arrepentimiento.

—Tienes razón, se perdería una parte de la magia. Y la magia es importante. —La miró—. Es tarde, no tienes que quedarte aquí conmigo. Esta noche estoy loco como una cabra.

Ella quería quedarse. Estaba segura de que él quería conversar y ella quería estar ahí para él. Y estar junto a Kelby en ese momento triunfal tenía su propia magia.

Magia y maravilla.

—No tengo ganas de dormir. Hablaste de arcadas. Si existieron, ¿cómo crees que eran?

—¿Quieres que juegue a eso? —Volvió a mirar al mar—. Totalmente talladas. Quizá con incrustaciones de oro y madreperla. Y cuando uno las atraviesa, se ven calles perfectamente simétricas. Eran como los radios de una rueda que conducían a un gran templo en el centro de la ciudad...

—Anoche encontré el *Jolie Fille* —le dijo Nicholas a Kelby en voz baja a la mañana siguiente, cuando ajustaba su tanque de aire comprimido—. Está anclado a unos cincuenta kilómetros al sur.

Kelby lo miró a la cara.

—¿Pudiste echarle un buen vistazo?

—Es grande, probablemente rápido. Y lleno de centinelas. Durante el poco tiempo que estuve allí conté cuatro en las cubiertas. Archer no corre el riesgo de que lo sorprendan. —Hizo una pausa—. Y vi una lancha de guardacostas que subían a bordo del *Jolie Fille* cuando me marchaba.

—¿Un registro?

—Parecía algo más amistoso.

—¿Soborno?

—Apostaría a que era eso.

—Entonces, es improbable la ayuda por ese lado.

—No perdemos nada. Por lo general los extraños se atraviesan.

—Buen trabajo, Nicholas.

—Es lo que esperabas de mí. Ahora tenemos algo para trabajar. Aunque ahora mismo no esté en el primer lugar de tu agenda. —Sonrió mientras cruzaba la cubierta para ayudar a Melis—. Buena suerte allá abajo, Jed.

● ● ●

A la mañana siguiente Kelby y Melis subieron cuatro redes llenas de artefactos recogidos en el fondo del océano. Algunos eran mundanos, otros irreconocibles, pero uno de ellos hizo que Kelby, entusiasmado, abriera mucho los ojos.

—Melis —levantó cuidadosamente el objeto en su mano—. Mira.

Ella se aproximó.

—¿De qué se trata?

Era un cáliz. El oro era mate y el légamo había oscurecido parcialmente el lapislázuli y los rubíes, pero el trabajo artesanal era magnífico. Aunque la causa de que lo mirara como embrujada no era ésa. Melis extendió un dedo y tocó el borde. Miles de años atrás un hombre o una mujer habían bebido de aquel cáliz. Sus labios habían tocado aquel borde. Habían reído, sollozado y amado en aquella antigua ciudad que estaba debajo de ellos. Qué extraño, lo habían sacado del mar pero era cálido al tacto...

Ella levantó la vista y miró a los ojos de Kelby. El hombre sonrió y asintió, entendiendo perfectamente sus sentimientos.

Maravilla.

El botín vespertino no había sido tan rico, pero había lo bastante para hacer que siguieran zambulléndose.

Al final de la tarde Kelby hizo la señal de que debían ascender. Ella asintió y braceó hacia arriba en el agua turbia. Dios, qué cansada estaba. Los brazos le pesaban como si fueran de plomo y el tanque de aire era una carga que ella no...

Pete se interpuso en su camino, nadando de un lado a otro.

Ahora no, *Pete*. En ese momento no tenía ningún deseo de jugar. Se desplazó en el agua, esperando a que el delfín...

Algo duro y grande pasó rozándola.

¿Otro delfín? No, ella no había visto señales de...

Delante apareció el brillo de algo negro y reluciente. Un traje de inmersión. No era Kelby. Él tenía un traje azul, de la marina, y además se encontraba a sus espaldas.

¡Una escopeta de arpones!

Pete hacía ruidos enloquecido mientras intentaba colocarse entre ella y el hombre del traje de inmersión negro.

Sangre en el agua.

Oh, dios, le había disparado a *Pete*. Podía ver cómo el arpón sobresalía de su costado. Nadó hacia él.

Y Kelby nadaba hacia el hombre de la escopeta de arpones. Melis vio un destello acerado en la mano de Kelby al acercarse al intruso. Su cuchillo.

Pelearon dando vueltas en el agua.

Todo terminó en un instante.

Más sangre en el agua.

Kelby apartó al hombre de sí. No, ya no era un hombre: era un cuerpo que se hundía.

Kelby regreso nadando junto a Melis. Le hizo la señal de que debía ascender, pero Melis negó con la cabeza. *Pete* se movía pero con torpeza. Ella tenía miedo de arrancarle el arpón del costado pero no iba a abandonarlo. Melis intentó empujarlo hacia arriba, pero el delfín no se movió.

A continuación, *Susie* se colocó a su lado, comenzó a empujarlo, a nadar en torno suyo, emitiendo sonidos con preocupación.

Un momento después *Pete* se movió lentamente hacia arriba, hacia la superficie.

Dios mío, la sangre...

15

Archer no llamó hasta después de medianoche.

—¿Qué ha hecho con el pobre Angelo, Melis?

—Hijo de puta. —La voz le temblaba de ira—. Ha matado a *Pete*. No le había hecho ningún daño. ¿Por qué tuvo que matarlo?

—Le advertí que lo haría si no cooperaba. ¿Angelo mató también a la hembra?

—No.

—Entonces, será la próxima, ¿no es verdad?

—¡No! —Melis levantó la voz—. Kelby mató al tal Angelo. Matará a cualquiera que intente hacer daño a *Susie*. No podrá acercarse a ella.

—Tengo otros empleados y el océano es muy grande. La mataré. Dígame, ¿sufrió mucho su delfín?

—Sí —susurró Melis.

—Pensé que sufriría. Le dije a Angelo que se cerciorara de ello. La hembra sufrirá más.

—Por dios —gimoteó ella—, no mate a *Susie*, por favor.

—Pero tengo que hacerlo. No me da los papeles. En realidad es usted la que los mata, Melis. Recuerde eso cuando la vea morir. Buenas noches.

—No, no cuelgue —la voz de ella era de pánico—. Le daré los malditos papeles. Le daré todo lo que quiera. Pero no mate a *Susie*.

—Ah, por fin. —Hubo un momento de silencio—. Y todo lo que hizo falta fue un delfín muerto. Debí haberlo hecho antes.

—No la mate. Dígame qué tengo que hacer. Dijo que se largaría si le daba los papeles.

—Basta de sollozar. No entiendo lo que dice.

Melis respiró profundo.

—Lo siento. Pero no cuelgue. Dígame lo que quiere.

—¿Era eso lo que le decía a los hombres que iban a verla a *Kafas*?

—No.

—Ésa no es la respuesta correcta. Dígame lo que quiero oír.

—Sí, les rogaba. Les decía... cualquier cosa... lo que usted quiera. Lo haré.

—Buena chica. —La voz de Archer estaba henchida de satisfacción—. Después de todo quizá pueda salvar a su delfín.

—No me haga pasar por esto. Déjeme darle esos malditos papeles.

—La dejaré. Pero lo hará a mi manera, según mis reglas.

—Se los daré y usted nos dejará en paz a *Susie* y a mí, ¿de acuerdo?

—Por supuesto. —Hizo una pausa—. Pero usted sabe cuánto voy a extrañar esto.

—¿Dónde se los puedo entregar?

—¿Dónde están?

—En Cadora, en la ladera del volcán extinto.

—Entonces, iremos juntos allí. Estoy impaciente. Mañana por la noche me reuniré con usted en el muelle de Cadora. No me verá hasta que yo lo decida. Si hay alguien con usted, desapareceré y daré la orden de que maten al delfín hembra.

—No habrá nadie conmigo.

—Claro que no, creo que ha recibido suficiente castigo y por eso puedo creerla. Buenas noches, Melis. Sueñe conmigo.

Probablemente ella soñaría con él, con la muerte, con lo horrible de la hemorragia de *Pete*...

—¿Bien?

Se volvió hacia Kelby que estaba sentado al otro lado del camarote.

—Mañana por la noche, a las diez. Se reunirá conmigo en el muelle. Si hay alguien conmigo no se presentará y matará a *Susie*.

—Me parece que creyó que estabas contra las cuerdas. —Los labios de Kelby se tensaron—. Yo mismo estuve a punto de creerlo. El hijo de puta te está sacando las tripas. No me resultó fácil quedarme aquí sentado mientras hablabas.

—¿Y crees para mí resultó fácil? —Aún temblaba de asco, y cruzó los brazos sobre el pecho para intentar parar—. Tenía que hacerlo. Éste es el momento. No quiero que lo que le ha ocurrido a *Pete* haya sido en vano. Tenemos que aprovecharlo.

—Bueno, tú lo has hecho. —Se reclinó en la silla—. Y si crees que voy a dejarte ir sola a Cadora, estás loca. Hicimos un trato: yo eliminaría a Archer si tú me dabas Marinth. Quédate aquí y déjame hacer mi trabajo.

Ella dijo que no con la cabeza.

—Yo soy la carnada. Yo soy la persona que puede llevarlo hasta las tablillas.

—Aunque él crea que te ha acosado lo suficiente como para saltar al abismo, seguro que va a subir la apuesta —dijo Kelby—. Se va a asegurar de que estés indefensa. Como él te quiere.

Kafas. Quería encerrarla en un sitio como *Kafas*. No pienses en eso. Eso no va a ocurrir.

—Entonces, tenemos que asegurarnos de que no estoy indefensa, ¿no es así? —Ella atravesó el camarote para mirar por la ventana—. No te estoy apartando de esto. Eso sería estúpido. Fui yo quien te metió en esto. Pero tengo que ser yo la que accione la trampa.

Kelby masculló un taco.

—No tienes que ser la que lo haga. No nos hacen falta esos malditos papeles de la investigación para atraparlo. Ya te dije que Nicholas descubrió dónde está su barco.

—Eso no es totalmente seguro. Se te escapó en Tobago. Podría levar anclas y largarse mañana mismo. —Ella podía percibir la ira de Kelby, su frustración, y por eso hablaba de prisa, sin mirarlo—. El cofre está en un claro, en la ladera occidental de la montaña. Está bajo la única roca de lava en el claro. Hay que cavar un metro entre rocas y arena, por lo que Archer podrá sacar el cofre en tres minutos, después de que retiren la roca. Creo que tú y Nicholas debéis esperar allí entre los árboles hasta que terminen de cavar. Tienes razón, Archer querrá estar seguro. Me registrará para ver si llevo armas o si alguien me ayuda en caso de que no sea la idiota atontada que cree que soy. ¿Puedes ocultarte en caso de que registren el bosque?

—Sí, demonios. ¿Para qué crees que nos entrenaron? Pero no quiero esconderme en el bosque. Quiero apoderarme del barco de Archer.

Ella no prestó atención a las últimas dos frases.

—Cuando encuentren el cofre y se pongan a revisar los papeles, olvidarán cualquier otra cosa. Ése es el momento de echarle mano a Archer.

—¿Contigo allí, a su lado? Lo primero que hará es pegarte un tiro. Estarás indefensa.

—No lo estaré porque vas a ocultar mi revólver a unos pasos del escondrijo. Al norte del claro hay dos pinos. Cubre el revólver con hojas y déjalo en la base del pino de la izquierda. Cuando avances, estaré lista y correré hacia los árboles.

—Dejemos esto bien claro. No eres más rápida que una bala. Lo que te dije era un chiste. Existen muchas posibilidades de que te pegue un tiro antes de que llegues a esos árboles.

Ella negó con la cabeza.

—Son unos pocos metros. Si me cubres, quizá no me pase nada.

—¿Quizá? No me gusta esa palabra.

—No me pasará nada. ¿Así está mejor?

—No. —Kelby se puso de pie—. Es una mierda. Lo tienes todo planeado. Llevas mucho tiempo planeando esto, ¿no es verdad?

—Desde la noche en que hallaron el cuerpo de Carolyn. —Se volvió para mirarlo—. Tiene que morir, Kelby. Es una abominación sobre la faz de la tierra.

—Y quieres hacerlo con tus propias manos.

—Es un asesino —hizo una pausa—. Es más que eso. Es Irmak y todos los hombres asquerosos y retorcidos que fueron a *Kafas* a violarme y hacerme daño. Nunca tuve la oportunidad de castigar a ninguno de ellos pero puedo castigar a Archer. Necesito castigarlo, Kelby.

Por un momento él se mantuvo callado, pero el silencio vibraba con la emoción.

—Puedo entenderlo. —Se alejó de ella—. Y que Dios me ayude, voy a dejar que lo hagas.

Nicholas estaba tirado en la cama cuando Kelby entró en su camarote.

—¿Ha llamado?

Kelby asintió.

—¿El barco de Archer?

—No, Cadora —dijo brevemente—. No pude convencerla de otra cosa. Mañana por la noche, a las diez en punto. Ella es la carnada. Nosotros somos la trampa. Si ella nos permite accionarla.

—Estás muy rabioso.

—No, me estoy muriendo de miedo.

—Podemos ir esta noche a por el barco y acabar con el problema. Mientras nadabais en Marinth cogí la gabarra, fui a Lanzarote e hice algunas compras vitales. Puedo preparar un par de bombas en cuestión de minutos.

—No, ella tiene que tomar parte en eso. No voy a hacerle trampas.

—Entonces, ¿por qué estás aquí, hablando conmigo? No creo que sea para soltar presión.

—Es para que levantes tu culo de la cama. Esta noche nos vamos a Cadora.

Melis vio cómo la gabarra partía con estruendo hacia el norte, para girar después al este.

Kelby iba a Cadora.

El cofre.

Fue su primera idea. Le había dado tanto la dirección como la ubicación. No había nada que pudiera impedirle hacerse con el cofre. Ni siquiera la conciencia. Ella le había dicho que se lo daría después de acabar con Archer.

Pero no habían acabado con Archer. Y si Archer descubría que el cofre había desaparecido, no se distraería, se pondría furioso y atacaría como la cobra que era.

Y que dios me ayude, voy a dejar que lo hagas. Las palabras de Kelby habían sido demasiado intensas, demasiado apasionadas para ocultar un cálculo frío.

Él no tocaría el cofre. Probablemente iba de reconocimiento, a esconder el arma. Pero no importaba qué fuera a hacer a Cadora, no iba a robar las tablillas. Melis estaba ahora demasiado cerca de él como para no saber cuándo decía la verdad.

Se puso rígida. Por dios, estaba demasiado cerca. Amigo, compañero, colega, amante. En las semanas anteriores él se había convertido en todas esas cosas para ella. Sintió una sacudida de pánico. ¿Cómo había ocurrido? ¿Y cómo sobreviviría ella después de dejarlo?

Vacío. Soledad.

Sabía cómo afrontar ambas cosas. Estaría bien. Toda su vida había sido una solitaria.

Pero ahora no quería seguir siéndolo. Había encontrado algo diferente, mejor.

Entonces, ¿qué debería hacer? ¿Agarrarse a él como una de esas mujeres que Kelby había aprendido a odiar? Le había prometido que nunca sería como ellas.

Y no lo sería. Se marcharía cuando fuera necesario. No quería dar lástima o estar indefensa. Lo quería pero todavía no lo necesitaba. Tenía una vida que vivir y sería una buena vida.

Pero, por Dios, deseaba no haber sido tan estúpida, no haber abierto su mente y su cuerpo, no aprender lo que luego añoraría.

Los deseos no le hacen bien a nadie. Intenta olvidar.

Recuerda a Archer. Recuerda mañana.

● ● ●

No había nadie en el muelle.

En realidad, Melis no esperaba que Archer estuviera allí.

Pero allí estaba, en la oscuridad, vigilándola. Ella lo habría sabido aunque él no se lo hubiera dicho.

Saltó de la gabarra y la ató antes de echar a andar por el embarcadero hacia el muelle. A lo largo del muelle había almacenes y sólo se veían dos farolas en doscientos metros, pero gracias al cielo había luna llena. Ella podía oír los sonidos del tráfico, pero le llegaban de lejos.

Vamos, Archer. Estoy aquí. Pobrecita, doy lástima. Ven y recógeme.

Se detuvo al final del embarcadero. Que te vea aplastada. Que te vea rota. Nerviosa.

Miraba de un lado a otro. Sus ojos revisaban la calle con frenesí y después se paseaban por los almacenes.

—Hola, Melis. Qué bueno volver a verla.

La mirada de ella voló hasta la puerta del segundo almacén a su derecha.

Archer.

Sonreía con gentileza al acercarse. Cox. Pequeño, el cabello ralo, peinado hacia atrás. La frente alta. Sólo lo había visto una fracción de segundo en aquel coche en Las Palmas, pero sin duda era él. Se humedeció los labios.

—Aquí estoy.

—Y tan asustada. No debe tenerme miedo. Ahora somos íntimos. Como el esclavo y el amo. ¿No es verdad?

—Lo que usted diga. Déjeme entregarle los papeles.

—¿Conoce el juego del esclavo y el amo? Es uno de mis favoritos. Con mis pequeñas, en mi casa favorita de Buenos Aires.

—Por favor. Vámonos.

—Oh, está tan dispuesta. Pennig —dijo, por encima del hombro—, creo que tendremos que dejar que me dé los papeles.

—Es la hora. —Pennig salió de las sombras. Era la misma persona que ella había visto en Atenas, pero ahora llevaba la garganta vendada y su expresión era más horrible—. Zorra terca.

—Tranquilo, no debes enfadarte con ella. Las niñas pequeñas se asustan cuando uno se enfada.

—Ella me disparó, maldita sea.

—Pero ahora quiere arreglarlo todo y debemos ser generosos. Regístrala.

Las manos de Pennig fueron violentas, duras, mientras se desplazaban por todo su cuerpo, desde los hombros hasta los pies.

—Está limpia.

—No creí que pudiera ocultar nada en esos pantaloncitos diminutos y esa camisa. —La mirada de Archer recorrió el muelle desierto—. ¿Fue difícil hacer que Kelby la dejara venir sola?

—Ya consiguió lo que buscaba. Marinth. Ahora no soy más que un estorbo.

—Pero un estorbo fascinante. Lo envidio. Estoy seguro de que hizo muy agradable la búsqueda. —Sonrió—. Pero cada minuto está más asustada, ¿no es verdad? Seré bondadoso y pondré punto final a su sufrimiento. —Habló por su teléfono—. Está bien. Trae el coche, Giles. —Colgó—. ¿Qué distancia podemos recorrer en coche?

—Hasta más allá del pie de las colinas. El escondrijo está a kilómetro y medio de ese punto.

Un Mercedes negro dobló por una esquina a dos manzanas de distancia y avanzó como un bólido directamente hacia ellos.

—El cofre está enterrado bajo una roca de lava en un claro de la ladera de la montaña.

La mirada de Melis estaba clavada en el Mercedes. Al parecer había tres hombres más en el coche, con Archer y Pennig serían cinco.

—Oh, casi lo olvidaba. —Archer se volvió hacia Pennig—. Toma la caja y ponla en su gabarra.

¿La caja?

Pennig sacó de las sombras una gran caja envuelta para regalo y echó a correr con ella muelle abajo.

—¿Qué es?

—Solo un pequeño regalo de despedida. Es una sorpresa.

El Mercedes se detuvo y Archer le abrió la puerta trasera.

—Entonces sería mejor que nos pusiéramos en marcha, ¿verdad?

Puso cara de susto al ver a los hombres del coche. No le resultó difícil. Estaba asustada. Ahora, sería razonable protestar.

—Puedo decirle dónde está. No tengo que enseñárselo. Dijo que me dejaría marchar.

—Cuando tenga los papeles —dijo Archer—. Entre en el coche, Melis.

Ella vaciló un instante y después montó en el Mercedes.

—¿Cuánto tiempo? —preguntó Archer cuando se sentó en el asiento del pasajero.

Pennig llegó corriendo al vehículo y se sentó junto a su patrón.

—Quizá quince minutos —susurró mientras el chófer ponía en marcha el coche.

Los dos hombres que se sentaban junto a ella estaban callados, pero su presencia era inmediata, sofocante.

Iban a ser quince minutos largos, muy largos.

* * *

—Se ha detenido un Mercedes al final de la carretera —dijo Nicholas cuando regresó corriendo entre los árboles—. Cinco hombres y Melis. Archer y Melis esperan junto al coche. Los otros cuatro están subiendo.

Era lo que Kelby había esperado. Archer no correría ningún peligro hasta cerciorarse de que la zona era segura. Comenzó a trepar al árbol que había escogido.

—Los dejamos pasar cuando vengan de exploración. Seguramente dejarán a un hombre para que vigile la carretera y a uno o dos entre los árboles. No los liquidaremos hasta que Melis y Archer estén aquí.

—Es una tremenda tentación —murmuró Nicholas mientras trepaba a otro árbol a escasos metros del de Kelby—. Pero intentaré contenerme. Yo estoy más cerca de la carretera. Me toca a mí eliminarlo.

—Yo tocaré de oído. Pero quiero que cuando desentierren ese cofre haya la menor cantidad posible de centinelas.

—¿El pajarito llama?

—Eso. El búho. Vi uno entre los árboles.

Kelby se metió entre las ramas que había elegido como enmascaramiento, en un segundo nivel. Desde su punto de observación podía ver tanto la carretera como la roca en el centro del claro. Melis estaba de pie junto al parachoques delantero del Mercedes y a esa distancia parecía pequeña e infinitamente frágil.

No pienses en ella.

Piensa en la tarea que tienes por delante.

Los cuatro hombres que Archer había enviado a explorar se estaban acercando. En pocos momentos llegarían a los árboles.

Silencio. Respira lentamente. No muevas ni un solo músculo.

. . .

El hombre que conducía el Mercedes estaba de pie al final del sendero y los alumbraba con una linterna.

Archer masculló una maldición.

Melis lo miró, sorprendida.

—¿Algo va mal?

—Nada. Giles está haciendo la señal de que todo está limpio —le explicó Archer—. Vamos, Melis.

Ella intentó no mostrar su alivio. Desde el momento en que Archer había mandado a sus hombres a registrar la zona había estado muy tensa. No debería de preocuparse. Kelby había dicho que ni él ni Nicholas tendrían problema alguno. Pero eso no tenía importancia respecto a lo que ella sentía o no. El miedo estaba allí y la razón no podía espantarlo.

—Déjeme volver a la ciudad. Ya ha visto que no le he tendido ninguna trampa.

—Basta ya de lloriqueos. —La tomó por el codo y la empujó sendero arriba—. Es de muy mal gusto. Ha sido muy buena, no quiero verme obligado a castigarla.

Ella tomó aire entrecortadamente.

—¿No le hará daño a *Susie*? He hecho todo lo que usted me ha dicho.

—Ha tenido un buen comienzo. —La mirada impaciente de Archer estaba clavada en los árboles y su tono era distraído—. No me hable. En este momento usted carece de importancia. Más tarde me ocuparé de usted.

Habían apartado la roca a un lado y Pennig cavaba. Melis y Archer estaban de pie, juntos, a pocos pasos de distancia.

Kelby sabía que ya no contaban con mucho tiempo.

Un hombre en la carretera.

Otro hombre a seis metros del árbol donde se ocultaba Kelby.

Otro más a unos veinte metros al otro lado del claro. Ése era el blanco difícil. Tendrían que eliminar a los hombres de este lado y después abrirse camino hasta el lado opuesto. La cobertura era escasa y el hombre portaba una Uzi. La gente de Archer de este lado del claro sólo llevaba armas cortas.

Kelby aspiró profundamente, se llevó las manos a la boca y emitió el sonido de un búho.

El hombre más cercano a él hizo girar el rayo de su linterna, alumbrando los árboles. Iluminó los ojos amarillos del búho posado en la rama del árbol vecino del de Kelby. El súbito destello de luz hizo que el búho emitiera un grito y abandonara volando la rama.

La linterna se apagó.

Kelby aguardó.

Un minuto.

Dos.

El suave ulular del búho. Otra vez.

Nicholas había eliminado al hombre de la carretera.

Era su turno.

Lanzó la piedra que tenía en la mano a la maleza, varios metros a la izquierda de donde se había detenido el hombre que estaba debajo.

El centinela giró rápidamente y caminó hacia la maleza.

Rápido.

En silencio.

Kelby había bajado del árbol y estaba a menos de un metro del hombre antes de que éste supiera que estaba allí. El hombre comenzó a girar y abrió la boca para avisar.

Demasiado tarde. La cuerda se cerró en torno a su cuello cortando la carne, y sólo un jadeo escapó de sus labios. En pocos segundos estaba muerto.

Kelby dejó caer el cuerpo y ululó tres veces para avisar a Nicholas. Miró hacia Melis y Archer. Pennig había cavado por lo menos medio metro.

Mierda.

Tenía que eliminar a un centinela más, al otro lado del claro, antes de que fuera seguro ir a por Pennig y Archer.

Comenzó a avanzar agachado, rápido, rodeando el claro hacia el hombre con la Uzi.

—Creí que había dicho que estaba a medio metro —dijo Archer—. Estamos a punto de tropezar con él.

—En cualquier momento. —Melis se humedeció los labios. Desde los árboles donde Archer había dispuesto a sus hombres solo llegaba silencio. Eso podía no querer decir nada. O podía ser señal de fracaso—. Solo le he dicho lo que Phil me contó. Phil odiaba el trabajo físico. Me dijo que era una estupidez cavar un agujero profundo cuando teníamos una roca que colocarle encima.

—A mí tampoco me gusta —dijo Pennig entre dientes mientras clavaba profundo la pala—. Si hubiera querido ser excavador, no habría... —Calló—. Creo que he topado con algo.

Archer se le acercó.

—Sigue cavando, maldita sea.

—Eso es lo que estoy haciendo.

Se puso a trabajar más deprisa.

Y dejaron de prestarle atención.

Melis retrocedió mínimamente hacia los dos pinos. A continuación dio otros dos pasos.

Los hombres sacaban el cofre y rompían la cerradura.

Retrocedió otros dos pasos.

Tan pronto abrieran el cofre y comenzaran a revisar el contenido, ella se daría la vuelta y echaría a correr.

De los árboles en torno a ellos sólo llegaba silencio.

Se oía únicamente la respiración jadeante de Pennig y Archer mientras abrían la tapa.

—Pero, ¿qué demonios...?

Estaba vacío. Incluso desde donde estaba ella podía ver que el cofre estaba vacío.

Archer maldecía mientras se volvía hacia ella.

Melis echó a correr en zigzag hacia los pinos.

Una bala silbó junto a su oreja.

Otro metro. Se sentía como corriendo a cámara lenta.

Un dolor penetrante en su costado izquierdo. La fuerza de la bala la hizo llegar trastabillando a los pinos.

El revólver. Tenía que coger el revólver. Buscó enloquecida entre los matorrales debajo del árbol.

Archer vomitaba veneno mientras llamaba a gritos a sus hombres.

Una figura oscura a pocos metros de ella. ¿Otro centinela?

¿Dónde estaba el revólver? Había tanta oscuridad allí en las sombras que no podía distinguir nada.

Entonces lo encontró.

Pero el centinela había caído y Kelby estaba encima de él, partiéndole el cuello.

Archer. Tenía que darle a Archer.

No podía verlo. Pero Pennig estaba allí, avanzando hacia ella. Su rostro estaba crispado por la ira.

Melis levantó el arma y apretó el gatillo.

Pennig dio un paso atrás.

Volvió a disparar.

El hombre cayó a tierra.

Kelby se arrodilló junto a ella y le quitó el arma.

Melis dijo que no con la cabeza.

—Archer. Tenemos que atrapar a Archer.

—No, tenemos que parar esa hemorragia. —La mano de Kelby le desabotonaba la camisa—. Maldita sea, te dije que era demasiado arriesgado.

—Archer...

—Cuando llamó a sus hombres y ninguno apareció, salió huyendo. Quizá Nicholas pueda atraparlo, pero llevaba mucha ventaja. Nicholas estaba conmigo, a este lado del claro. —Hablaba con voz ronca mientras improvisaba una compresa y la apretaba sobre la herida—. Tenemos que llevarte a un médico. Te dije que...

—Calla... —Por Dios, estaba mareada—. Deja de repetir que me lo habías dicho. Hubiera funcionado si el cofre no hubiera estado... vacío. No debió de haber estado vacío.

—Esta maldita sangre... —Kelby soltaba tacos para sus adentros—. ¿Dónde demonios está Nicholas? Lo necesito para que mantenga ahí la compresa mientras te llevo al coche. Que Archer se vaya a la mierda. Después nos ocuparemos...

Ella no oyó nada más.

Cortinas a cuadros rojos.

Fue lo primero que vio cuando abrió los ojos. Cortinas a cuadros rojos y un cómodo sillón de piel en el rincón de la habitación.

—¿Está de vuelta con nosotros? —Un cincuentón que llevaba un jersey de punto le sonrió mientras le levantaba la muñeca para tomarle el pulso—. Soy el doctor González. ¿Cómo se siente?

—Algo mareada.

—Recibió una herida de bala en el costado izquierdo. La bala no tocó ningún órgano vital pero perdió un poco de sangre. —Sonrió—. Aunque no tanta como creyó su amigo, el señor Kelby. Fue grosero y me amenazó. Entró en mi casa gritando e intimidando. Estuve a punto de echarlo. En Cadora no estamos habituados a eso. Es una isla muy pacífica. Por eso me establecí aquí.

—¿Dónde está?

—Fuera. Le dije que podía quedarse en su coche hasta que usted volviera en sí. Es un hombre muy inquietante.

—Y ésta es una isla muy pacífica —Melis repitió las palabras del hombre—. Tengo que verlo.

—Unos minutos no le harán daño. Le he dado a Kelby antibióticos para usted, pero si ve señales de infección acuda directamente a un médico. —Hizo una pausa—. ¿Sabe que tengo que informar sobre esta herida de bala?

—No me importa. Haga lo que deba hacer. ¿Qué hora es?

—Son más de las tres de la madrugada.

Y había sido herida alrededor de la medianoche.

—¿Estuve tres horas sin conocimiento?

—Iba y venía, pero le di un sedante para limpiar y coser la herida.

Archer.

Y tres horas era demasiado tiempo.

—Necesito de veras ver a Kelby, doctor.

El médico se encogió de hombros.

—Si insiste. Aunque odio satisfacer ninguna de sus exigencias. Debe aprender a ser paciente. —Caminó hacia la puerta—. No deje que la altere.

Ya estaba alterada. Esa noche había matado a un hombre, estaba totalmente desconcertada a causa del cofre vacío y no sabía qué le había ocurrido a Archer.

El cofre. Trata de pensar qué ha pasado con los papeles de la investigación.

Pero la pregunta que le había hecho a Kelby cuando entró en la consulta fue:

—¿Y Archer?

—Debí darme cuenta de que ese sería tu primer pensamiento. —Negó con la cabeza—. Cuando Nicholas llegó a la carretera ya estaba en el coche y acelerando.

—Entonces, no sirvió para nada. —Melis cerró los ojos mientras el desencanto se apoderaba de ella—. He arriesgado las vidas de todos nosotros y él todavía está vivo.

—No será por mucho tiempo —dijo Kelby, sombrío—. Ya tendremos nuestra oportunidad. No puede meterse en un agujero. Estará loco de furia y querrá vengarse de nosotros. Eliminamos a cuatro cerdos que estaban apestando el ambiente.

Melis abrió mucho los ojos.

—¿Tendremos problemas con la ley?

—No lo creo. Las autoridades españolas son muy duras con los traficantes de armas que tratan con terroristas, como hace Archer. He llamado a Wilson a Madrid para que venga aquí a entregar informes y fotografías y a hacernos la vida más llevadera. Por supuesto, no va a decirles que hemos tenido algo que ver en todo eso. Pero apuesto a que cuando descubran la clase de escoria que yace en la ladera de esa montaña buscarán la manera de olvidarse de su existencia. —Sonrió con gesto malévolo—. Porque ésta es una isla muy «pacífica».

—El doctor González parece muy buena persona.

—Apenas conversamos pero sabe lo que hace. Dice que puedo llevarte conmigo si prometes reposar los próximos dos días. Supongo que no querrás quedarte aquí.

Ella dijo que no con la cabeza.

—¿Me ayudas a levantarme? —Se miró—. ¿Dónde está mi camisa?

—Demasiado ensangrentada para conservarla. —Se quitó su camisa negra—. Ponte esto. —La ayudó a sentarse y le metió con cuidado los brazos por las mangas—. ¿Estás bien?

La habitación le daba vueltas y su costado latía dolorosamente.

—Sí.

—Mentirosa. —La tomó en brazos y la llevó hacia la puerta—. Pero cuando te lleve a casa estarás mejor.

¿A casa? Oh, sí, el *Trina*. Ésa era la casa de Kelby, y en los últimos días también había sido la suya. Qué extraño...

—¿Peso mucho? Puedo andar.

—Sé que puedes. Pero soy partidario de la eficiencia. Así es más rápido. —Se detuvo ante la puerta al ver al doctor González, y dijo con brusquedad—: Me la llevo. Gracias por su trabajo.

—Gracias por marcharse. —González miró a Melis y le sonrió—. No se quite los puntos y manténgase alejada de personas violentas como ese Kelby. No son buenas para usted.

La última frase fue para la espalda de Kelby, que pasó a un lado del médico en dirección al coche aparcado en el camino de gravilla. Nicholas salió de un salto y abrió la puerta trasera.

—¿Por qué no te estiras? Podrías echar una siesta.

Melis rechazó la idea con un gesto de la cabeza mientras Kelby la colocaba con cuidado en el asiento trasero. No quería dormir. Había algo que no encajaba y tenía que pensar.

—Estoy mejor sentada.

—No lo creo —dijo Kelby mientras ocupaba el asiento del pasajero—. Pero no voy a discutir. Quiero llevarte a la orilla meridional, donde dejamos nuestra gabarra. Dejaremos la tuya en el embarcadero y Nicholas podrá recogerla mañana.

Mientras Nicholas ponía el coche en marcha, ella se sentó muy derecha, intentando bloquear el dolor sordo en el costado. Piensa. Falta una pieza. Y una pregunta que no quería hacerle a Kelby.

No tenía otra opción. Tenía que hacérsela.

—El cofre estaba vacío, Kelby.

—Lo sé, maldita sea.

Ella se humedeció los labios.

—¿Lo hiciste tú?

Vio cómo se endurecían sus hombros y él se volvía lentamente para mirarla.

—¿Qué me decías?

—Anoche viniste a Cadora.

Kelby guardó silencio un instante y cuando habló cada palabra fue muy precisa.

—Los dos sabemos que era crucial distraer a Archer de ti. Casi te mata porque no se distrajo. ¿Me preguntas si vine aquí a robar esos malditos papeles?

Nicholas silbó por lo bajo.

—Ooops.

Melis apenas lo oyó.

—Tenía que preguntarlo. Respóndeme simplemente: sí o no.

—No, rayos, no cogí esos papeles. —Se volvió para mirar al frente—. Es mejor que te calles hasta que lleguemos al muelle, o quizá termine el trabajo que Archer comenzó de forma tan chapucera.

Ella podía percibir la rabia que brotaba de él. Rabia y dolor. No podía culparlo de nada. Ella se hubiera sentido igual.

Pero no podía preocuparse por Kelby en ese momento. Tenía que pensar. Comenzaba a percibir una horrible sensación...

16

Faltaban pocos kilómetros para llegar al muelle cuando Melis se inclinó hacia delante.

—Gira a la izquierda en la próxima carretera —le dijo a Nicholas.

—¿Qué?

—Simplemente hazlo.

Kelby la miró fríamente.

—¿Estás delirando?

—No. Quizá. Creo que sé adónde se llevó Phil los papeles. Hay un sitio en la costa, tengo que ir allí. Por favor. No hagas preguntas.

—¿Crees que están allí los papeles?

—Podría ser. Tengo que ir allí.

Nicholas miró a Kelby, que se encogió de hombros.

—Adelante. Guíalo, Melis.

El chalet era como lo recordaba. Listones blancos con persianas azules, cerradas herméticamente. Abrió la portezuela y salió del coche antes de que Kelby pudiera ayudarla.

—Por Dios, Melis —Kelby caminó a su lado mientras ella se movía hacia el chalet y la tomó del brazo—. Estás débil como un cachorrito. Tendrás suerte de no caerte.

Ella no se sentía débil. La adrenalina generada por el miedo le inundaba el cuerpo.

—¿Por qué crees que podrían estar ocultos aquí? —preguntó Kelby.

—Cuando revisábamos la zona, vivimos varios meses en ese chalet. —Mientras retiraba la mano de Kelby de su brazo, sus ojos miraban fijamente la puerta—. Es la única expli...

La puerta se abrió y apareció la silueta de una persona. Melis percibió cómo Kelby, a su lado, se ponía rígido.

Tenía miedo de ese peligro desconocido. Ella también sentía miedo, pero no por la misma razón. Se adelantó un paso.

—¿Phil?

—No debiste venir, Melis. —Descendió los dos escalones de la entrada y caminó hacia ella—. Esperaba verte en tiempos más felices.

—¿Dónde? ¿En las puertas de nácar? Se supone que estás muerto, Phil.

—Como decía Mark Twain, las noticias sobre mi muerte son muy exageradas.

Kelby se adelantó un paso.

—¿Lontana?

Phil asintió.

—Hola, Kelby. Un gran trabajo. Sabía que podía hacerlo. Por supuesto, yo lo habría hecho mejor.

—¿Qué?

—Marinth, por supuesto. —Sonrió—. Me encantaría darle un apretón de manos, pero las cartas no han predicho eso, ¿no es verdad?

—Todavía no lo sé. —Volvió a tomar a Melis del brazo—. Lo que sé es que quiero que Melis se siente. Está herida.

—¿Herida? —Phil la miró con preocupación—. ¿Es grave?

—¿Y a ti qué te importa? —replicó Melis—. ¿Qué esperabas que ocurriera, Phil?

—Me importa mucho. No es justo por tu parte dudar que me preocupe por ti.

—Pero no es suficiente. No te importó poner mi cabeza bajo la cuchilla cuando vaciaste ese cofre.

—¿Fue así como te hirieron? Tenía la esperanza de que Archer no intentara obtener de ti esos papeles. —Su aspecto era de preocupación—. No quería hacerlo. Fue necesario. No ibas a ayudarme, Melis.

—Esto comienza a apestar —intervino Kelby—. ¿Qué demonios fue lo que hizo, Lontana?

—Escenificó su propia muerte —explicó Melis—. Él mismo voló el *Último hogar.*

—¿Te das cuenta lo doloroso que fue para mí hacer eso? —preguntó Phil.

—¿Cómo escapaste? ¿Con un equipo de buceo y alguien cerca en un bote que te recogió?

Phil asintió.

—Sentí tanta tristeza cuando lo vi volar por los aires. Yo amaba ese barco.

—Pero el sacrificio lo valía —dijo Melis—. Te conseguí lo que querías.

—¿Qué? —pregunto Kelby—. ¿No quería seguir tratando con Archer?

—Mientras veníamos hacia aquí tenía la esperanza de que fuera así. —Melis cruzó su mirada con la de Phil—. Pero te conozco, Phil. Nunca habrías sacrificado el *Último hogar* a no ser que fuera a traerte algo mejor. Y solo Marinth era más importante para ti. Hiciste un trato con Archer, ¿no es verdad?

—¿Por qué crees...?

—¿No es verdad?

Lontana asintió lentamente.

—No tuve otra opción posible. Tú no ibas a ayudarme. Marinth estaba ahí, esperándome, y yo no podía tocarla. Fue culpa tuya.

—¿Por qué, hijo de puta? —masculló Kelby—. Así que fuiste tú quien puso a Archer tras el rastro de Melis.

—Te dije que no quise hacerlo. No se trata de que ella sea el objetivo. Solo queríamos molestarla lo suficiente para que fuera en busca de usted a pedir ayuda. Yo sabía que usted negociaría por Marinth. Sabe que es importante.

—¿De veras?

—Durante seis años intenté que ella utilizara a los delfines. Usted puede entenderlo. Tenía que llegar a Marinth.

—Pero no lo has conseguido —dijo Melis—. Es Kelby quien lo ha hecho.

Lontana apartó la vista del rostro de la chica.

—Es posible que no tenga la gloria, pero sabré que fui yo quien lo hizo posible. —Se encogió de hombros—. Y sobre las utilidades, me estoy volviendo viejo. No necesito mucho dinero. Todo lo que quiero es quedarme aquí y ver cómo Marinth vuelve a la vida.

—¿Y has estado todo el tiempo en este chalet?

—Salvo cuando estaba navegando, vigilándoos con mis binoculares. —Sonrió con entusiasmo—. Admítelo, Melis: ¿no ha sido emocionante? Hubiera deseado estar allá abajo con vosotros. Cuando os vi sacar aquellas redes, quise gritar de alegría.

—Estaba en el segundo bote que vi —intervino Nicholas.

Phil asintió.

—Esa vez me sorprendió. Usted es...

—Nicholas Lyons.

—Oh, sí, he oído hablar de usted.

—Sabes mucho de lo que está pasando, ¿no es verdad, Phil? —preguntó Melis lentamente—. ¿Crees que soy tan idiota como para creer que te contentarías con echarte a un lado y ver cómo otra persona logra el reconocimiento por encontrar Marinth?

—Puedes creer lo que quieras.

—Lo haré. Pero no me gusta. —Intentó hablar con voz firme—. ¿Sabes lo que creo? Comienzo a pensar que tienes tanta culpa como Archer. Estoy armando el puzzle. ¿Cuál era el trato? Archer me atormentaría hasta que yo estuviera tan desesperada que aceptara hacer lo que tú querías. ¿Qué ibas a sacar en limpio de todo eso? Y no me digas que era la oportunidad de quedarte aquí y vivir felizmente lo de Marinth.

—Nunca tuve la intención de hacerte daño, Melis. Yo sabía que Archer no lograría quebrarte. Pero había que espolearte de alguna manera.

—¿Espolearme? —Tuvo un recuerdo momentáneo de aquellas conversaciones de pesadilla. Del odioso momento en que había contemplado el cuerpo de Carolyn—. Oh, sí, ha sido muy persuasivo. ¿Y cuál era tu precio, Phil?

Dio un paso atrás, incómodo.

—Creo que es mejor que se marchen ahora.

—Aún no. —Kelby dio otro paso hacia él—. Vamos a hablar de objetivos. Usted dijo que Melis no era el objetivo. ¿Quién era entonces, Lontana?

Phil comenzó a girar para regresar al chalet.

—Eras tú, Kelby —dijo Melis—. Eras tú desde el principio. Archer me sometió a todo eso sólo para obligarnos a venir a Marinth. Para hostigarme, para desequilibrarme, para cerciorarse de que yo seguía presionándote. No estaba seguro de que pudiera sacarme los papeles de la investigación. ¿No es eso verdad, Phil?

—Tonterías.

—Tu anhelabas Marinth. Le tendiste una trampa a Kelby para que la encontrara. Pero, ¿qué pasa después de que la encuentre? Creo que le dijiste a Archer que matara a Kelby y destruyera el *Trina* para que tú pudieras ocuparte del proyecto. Ésa sería la única retribución que tendría sentido. Marinth y la muerte de Kelby por los papeles de tu investigación. ¿Por qué vaciaste el cofre de la montaña?

Lontana se quedó callado unos segundos y después se encogió de hombros.

—Sabía que lo más probable era que Archer estuviera jugando a dos bandas. Él sabía que tú conocías dónde estaba escondido el cofre. Si podía quitarte los papeles de la investigación, me habría dejado tirado.

—Quiere decir que no me habría eliminado —intervino Kelby.

—No he admitido nada —replicó Phil—. En realidad creo que podría caerme simpático, Kelby. Tenemos muchas cosas en común.

—Archer sí jugaba a dos bandas. Esperaba que vinieras esta noche a la montaña a ayudarme, Kelby —dijo Melis—. Me sorprendió que se sintiera molesto cuando sus hombres no encontraron a nadie entre los árboles. Esperaba que tú estuvieras allí. Y en caso de que yo le mintiera sobre el sitio donde estaban los papeles, aún podía conseguirlos de Phil como pago para matarte. ¿Dónde está el contenido del cofre, Phil?

Lontana vaciló un instante.

—En el despacho, bajo el asiento junto a la ventana.

—¿No temías que Archer viniera aquí y lo encontrara?

—No sabe que estoy aquí. No soy tan estúpido como para dejar que me ponga las manos encima. Nos comunicamos por teléfono. Es un salvaje.

—¿Y tú qué eres, Phil?

—Coge el cofre, Nicholas —dijo Kelby.

Lyons asintió y echó a andar hacia la casa.

—Esas tablillas son mías, y los papeles también —repuso Phil con celeridad—. No me los podéis quitar.

—Mira cómo lo hacemos —le espetó Kelby—. Melis fue quien encontró las tablillas, y de ahí salieron las investigaciones. Te quedas sin nada, Lontana.

—Detenlo, Melis. Tú sabes cuánto trabajo me ha costado todo eso.

—Eres increíble —dijo Kelby—. ¿De veras esperas que te ayude?

—Yo la ayudé. Le di un hogar cuando le hizo falta —dijo, defendiéndose—. Si no hubiera sido tan terca, nada de esto habría sido necesario.

—Aquí lo tengo todo. Tablillas y papeles. —Nicholas salió del chalet llevando en las manos una gran caja de madera—. Voy a ponerlo en el coche.

—No dejes que se lo lleven, Melis. Solamente hice lo que tenía que hacer —dijo Phil con desesperación—. No hice nada verdaderamente malo. En Marinth hay muchas riquezas. Ese dispositivo sónico es sólo la punta del iceberg. Yo soy el único que tiene derecho a explorar la ciudad. El mundo entero podría beneficiarse de lo que yo encuentre allá abajo.

—¿De veras? —la voz de Melis temblaba—. En este momento no me importa que el mundo pueda ser un lugar mejor debido a tus mentiras. Yo quiero una sola cosa. Cuando estabas intentando persuadir a Archer de que financiara lo de

Marinth, seguramente le contaste muchas cosas sobre mí. ¿Le hablaste de Carolyn?

Lontana no respondió de inmediato.

—Es posible que lo haya hecho —dijo por fin—. Dijo que necesitaba algo para empezar. Estábamos discutiendo diversas posibilidades.

Melis se sintió enferma.

—¿Posibilidades? Dios mío. —La rabia la estremeció y se aproximó a él—. Carolyn murió porque le hablaste a Archer de ella y de las grabaciones. Hijo de puta. Él la destrozó.

—¿Está muerta? —los ojos de Phil se abrieron desmesuradamente.

—¿Qué creíste que iba a ocurrir después de soltar a ese cabrón tras las huellas de Carolyn? Así que lo pusiste todo a funcionar y te quedaste aquí, en tu isla, a esperar a que Marinth cayera en tus manos.

—No fue mi intención que le ocurriera nada.

—¿Y tampoco tenías la intención de que mataran a Kelby?

Phil se humedeció los labios.

—Nunca he admitido...

—Eres un soñador pero no eres un tonto. En algún rincón de tu cabeza debes de haber sabido a qué posibilidades se enfrentaba Carolyn. —La voz de Melis temblaba de ira—. Ella no te importó. Kelby tampoco. Y lo mismo yo. Únicamente te importaba Marinth.

—No eres justa. Tú me importabas. Siempre te he tenido mucho cariño, Melis.

—¿De veras? ¿Ésa es la razón por la que te olvidaste de los años que pasamos juntos? ¿Es por eso por lo que hiciste un trato para que mataran a Kelby? ¿Es por eso por lo que dejaste que Archer matara a mi mejor amiga? ¿Es por eso por lo que dejaste en libertad a ese asesino para que me destrozara con su mierda?

—No es culpa mía —dijo, intentando sonreír—. Y nadie puede destrozarte. Sé cuán fuerte eres. Sabía que te repondrías. Siempre has tenido muchas agallas para...

—No tiene sentido hablar contigo. Eres tan asesino como Archer y ni siquiera te das cuenta. Bien, yo sí. Maldito seas, Phil. —Melis se volvió y echó a andar hacia el coche.

—Nunca entendiste lo de Marinth. Yo tenía razón —le dijo mientras ella se alejaba—. No es culpa mía si algunas cosas sin importancia no funcionaron. Tienes que hacer que me devuelvan el cofre. Lo necesito.

¿Algunas cosas sin importancia? Melis estaba anonadada. Tres personas inocentes habían muerto debido a la pasión de Phil por una ciudad extinta y él no entendía la enormidad de lo que había hecho. Probablemente nunca lo entendería.

—Creo que es un error dejar aquí a Lontana, tranquilo en su cómodo chalet —murmuró Kelby mientras le abría a Melis la puerta trasera del coche—. ¿Por qué tú y Nicholas no os quedáis aquí y yo regreso a cerciorarme de que Lontana no vuelva a causarle a nadie todas estas desgracias?

Ella negó con la cabeza.

—¿Por qué no? De todos modos, oficialmente está muerto.

Lo decía en serio. La expresión de su rostro era la más dura que ella le había visto.

Melis volvió a decir que no.

Kelby se encogió de hombros.

—Está bien. Quizá más adelante. Creo que hoy has tenido suficiente. —Se sentó en el asiento trasero, al lado de la chica—. Nos vamos, Nicholas.

—Se lo merece, Melis —dijo Nicholas mientras ponía en marcha el coche—. Deberías reconsiderarlo.

—Sé que se lo merece. Es que... en este mismo momento no puedo pensar en eso. Me ayudó cuando lo necesitaba. Es lo que me impide... —Agotada, se frotó las sienes—. Y ni siquiera cree que haya hecho algo malo. Cuando se trata de Marinth, algo no le funciona en la cabeza.

—¿Cómo supiste que había sido Lontana? —preguntó Kelby.

—No lo sabía. Fue un pálpito. Nada encajaba. Yo estaba allí acostada en el chalet del médico tratando de armar el puzzle, pero no lo lograba. Me habías dicho que no lo hiciste tú. Y las únicas personas que sabíamos dónde estaba enterrado el cofre éramos Phil y yo.

—Yo pude haberte mentido.

Ella negó con la cabeza.

—Sabía que no. Siento mucho haber tenido que preguntártelo.

—Yo también lo siento. Estuve a punto de estrangularte.

—Lo sé. Pero tenía que estar segura. La otra explicación me resultaba demasiado loca y no la podía creer. —Sus labios se torcieron—. No, no es verdad. Es que aceptar que Phil pudiera hacerme eso a mí me dolió mucho.

—Creo que Nicholas debería hacer regresar el coche.

—No. —Melis se reclinó en el asiento. Estaba cansada hasta los huesos y le dolían el cuerpo y la mente. Y también el corazón. Había llorado a Phil en Atenas, pero la separación que percibía ahora era más profunda, más aguda, más amarga—. Si no habíamos sido ni tú ni yo, entonces quien se había llevado los papeles era Phil. ¿Qué razón habría tenido para hacerlo antes de morir? El Phil que creí conocer me lo habría dicho. Para él, Marinth lo era todo. Si estaba en peligro no se habría arriesgado a que todo ese conocimiento se perdiera para siempre. —Hizo una pausa—. Pero no me lo dijo. Entonces, eso me hizo sopesar otras posibilidades y se me ocurrió una locura total. Pero no se trataba de una locura, ¿verdad? Era algo cuerdo, algo verídico, pero tan horrible...

—Calla. —Kelby le tomó la cabeza y la hizo reposar en su hombro—. Todo ha terminado, a no ser que cambies de idea y me permitas hacerle una última visita a Lontana. Estoy a tu disposición.

—Eso no cambiaría nada. Nunca olvidaré que él no era el amigo que creí, que me sacrificó por Marinth. No quiero tener que recordar también su muerte.

—Como quieras. Pero para mí sería un recuerdo muy agradable. —Le acarició la nuca con la mano—. ¿Te duele la herida?

—Un poco.

A su lado el cuerpo del hombre era cálido, fuerte, lleno de vida. Dios mío, y Phil había llegado fríamente a un acuerdo para borrar esa vida. Eso era más terrible que todas las torturas a las que la había sometido Archer. Había que castigarlo. Después vendría la ira, pero en ese momento Melis rebosaba tristeza y soledad. No, porque Kelby borraba la desolación paulatinamente. ¿Cuántas veces la había abrazado para consolarla en el escaso tiempo que habían estado juntos? No lo sabía y no le importaba. En ese preciso momento, ella no quería ser fuerte e independiente. Tomaría todo lo que pudiera recibir.

—Pero Lontana te ha herido más —dijo Kelby—. Y no puedo curar esa herida, maldita sea.

—No quiero seguir hablando de él. —Aunque lo más seguro era que viviera el resto de su vida sintiéndose traicionada—. ¿Falta mucho para el muelle?

—Cinco minutos —dijo Nicholas.

—Bien.

Quería regresar al barco y esconderse un rato. Aún tenía que pensar en Archer, pero en ese momento no podía afrontarlo. Quería alejarse de la isla.

Lejos de Phil en su chalet desde el que se veía el océano profundo azul que cubría su sueño.

Sólo al tercer intento Lontana pudo ponerse en contacto con Archer. Intentó que su voz no revelara el pánico que sentía cuando finalmente logró hablar con él.

—Me prometió que sacaría a Kelby del juego. Tiene que hacerlo ahora. Tengo un barco esperando para zarpar y voy a reclamar los derechos de salvamento, pero no puedo hacerlo si él está vivo. Él y el *Trina* tienen que desaparecer de inmediato.

—¿Dónde están los papeles de la investigación, Lontana?

—Los tengo yo. Deshágase de Kelby.

Se hizo el silencio.

—¿Por qué me ha llamado ahora?

—Porque tiene que... —Phil respiró profundamente—. Ha intentado traicionarme. Esta noche trató de sacarle los papeles a Melis. Eso no está mal, lo entiendo. Pero usted sabe que yo soy el que los tiene, y debe cumplir lo que prometió.

—¿Cómo sabe qué es lo que ha ocurrido hoy?

—Llámeme cuando haya hecho lo que habíamos acordado. Entonces nos volveremos a ver y le daré todos los papeles —dijo y colgó.

• • •

Después de colgar tras la llamada de Lontana, Archer se quedó mirando pensativo el teléfono.

El cabrón estaba asustado. ¿Y cómo rayos sabía que Archer había intentado hacerle una mala jugada esa misma noche?

Solo si Kelby o Melis se lo habían dicho.

¿Y de qué manera habían podido verlo? Melis creía que Lontana estaba muerto. Con toda seguridad no tenía su número de teléfono actual. O él la había llamado, lo que no era probable, o ella había tenido que hablar personalmente con él.

En Cadora.

Sí.

Él había intentado localizar a Lontana después de cerrar el trato y ahora lo tenía entre sus prioridades. Debió haberse dado cuenta de que aquel hijo de puta escurridizo habría querido estar cerca de Marinth.

Ahora regresaría a Cadora, buscaría a Lontana y sus malditos papeles y podría volver a casa con toda libertad.

Lontana se preguntó si Archer lo habría creído. Por Dios, tenía que creerlo. No podía dejar que Kelby se apoderara de Marinth. Si Archer eliminaba enseguida a Kelby, todo volvería a estar en perfecto orden. Más tarde, Lontana hallaría una manera de eludir la venganza de Archer. Si Marinth estaba en sus manos, todo funcionaría.

Marinth.

Abandonó el chalet y caminó hasta el borde del acantilado. Sentía cómo su ansiedad se disipaba a medida que contemplaba el mar. Claro que Archer lo había creído. Marinth había sido siempre su destino y el hado no permitiría que le hicieran trampas. La ciudad esperaba por él. Casi podía oírla pronunciando su nombre.

—Lontana.

Se puso rígido y miró a sus espaldas.

Pelo negro atado formando una cola de caballo, ojos negros que lo miraban con ferocidad implacable.

El terror hizo que su corazón diera un salto.

Se volvió para echar a correr. Un brazo le rodeó el cuello.

Segundos después estaba muerto.

Kelby se reunió con Nicholas cuando éste regresó en la gabarra.

—¿Querrías decirme dónde has estado?

—Quizá. —Subió a bordo del barco—. ¿Cómo está Melis?

—Duerme. Está extenuada. Cuando se acostó, se quedó casi inconsciente. —Kelby miró al este—. ¿Lontana?

—El pobre hombre cayó por el acantilado y se rompió el cuello.

—Ya lo veo. No tenías que hacerlo. No era responsabilidad tuya.

—Melis no quería que lo hicieras tú. Si decidía más adelante que Lontana merecía un castigo, tener que llevarlo a cabo ella misma le habría dolido. —Hizo un gesto con los hombros—. La opción lógica era que lo hiciera yo.

—¿Por qué?

—Ese loco hijo de puta hubiera sido siempre una amenaza para ti si seguías empeñado en lo de Marinth.

—Pero me amenazaba a mí, Nicholas.

—Quien amenaza a mis amigos, me está amenazando a mí. —Sonrió levemente—. Es un viejo proverbio chamánico. —Se volvió para irse—. Buenas noches, Jed. Que duermas bien. —Se detuvo y miró por encima del hombro—. ¿Le contaremos a Melis el infortunado accidente de Lontana?

—Ahora mismo, no. Ha tenido que afrontar muchas cosas los últimos días. —Vaciló y después dijo, con brusquedad—: Gracias, Nicholas.

Lyons asintió con la cabeza y echó a andar cubierta abajo.

Melis durmió ocho horas completas. Pero al despertar aún se sentía drogada y sola. Kelby la había abrazado hasta que se durmió, pero ahora no lo tenía a su lado.

Bien, ¿qué podía esperar? Había sido bondadoso pero no quería que ella dependiera de él para siempre.

Y ella no quería depender. Había recibido un gran golpe pero tenía que levantarse y responder.

Se levantó de la cama y echó a andar hacia la ducha. Veinte minutos después subía los escalones que daban a cubierta. Nicholas lanzaba pescado al mar y cuando ella se le acercó, se volvió.

—Buenas tardes. Ahora tienes un aspecto excelente. ¿Cómo te sientes?

—Algo débil y dolorida. Pero no es nada que no curen la comida y el reposo. ¿Cómo está *Pete*?

—Hambriento. —Le tiró otro pez al delfín macho que flotaba cerca de la borda—. Apenas deja que *Susie* coja alguno. Pero a ella parece no importarle.

—Ya lo veo. —*Susie* se frotaba con cariño contra *Pete*—. Sabe que está herido.

—¿Estás segura de que no deberíamos traerlo a bordo para cuidarlo?

—No, a no ser que queramos matarlo. Kelby le sacó el arpón, yo detuve la hemorragia y le di antibióticos. Sanará más de prisa en el agua de mar.

—Cuando lo trajiste creí que no tendría remedio.

Eso mismo había pensado Melis. Aquella sangre la había aterrorizado. Sólo después se dio cuenta de que podía aprovechar el ataque para hacer creer a Archer que por fin había logrado doblegarla.

—Tuvimos suerte. El hombre de Archer tuvo que ser rápido. Fue una herida de refilón, en caso contrario habría causado más daño.

—¿Cuánto tiempo hará falta para que vuelva a ser él mismo?

—No mucho. Será él quien nos lo diga. Conoce su cuerpo. La naturaleza es algo maravilloso.

—Eso es estupendo. Me gusta el chico. Los dos me gustan. Y están muy apegados a ti. —Hizo una mueca—. Aunque tus malditos delfines me han convertido en una niñera.

—Eso te conviene —dijo Kelby mientras caminaba hacia ellos—. Tienes que ablandarte un poco.

—Dijo la sartén al cazo... —se burló Nicholas—. Uno de vosotros tendrá que alimentarlos la próxima vez. Tengo que coger la gabarra e ir de exploración.

Kelby asintió

—¿Quieres ver si Archer ha zarpado?

—Es una posibilidad.

—No se marchará —dijo Melis—. Aunque no quisiera los papeles, está furioso. Pensará que nos hemos burlado de él. Lo hicimos huir y querrá vengarse.

—De ti —dijo Kelby—. Éste podría ser un buen momento para que te quedaras en tu camarote y nos dejaras encargarnos a nosotros.

—También estará furioso contigo. ¿Nos vamos a esconder todos debajo de la cama? —Melis dijo que no con la cabeza—. Tenemos que poner punto final a esto. —Se volvió hacia Nicholas—. Yo me ocuparé de *Pete* y *Susie*. Y tú, mantén vigilado el barco de Archer. Tenemos que saber lo que está ocurriendo.

—Estoy de acuerdo. —Nicholas se volvió hacia Kelby—. Antes de controlar a los delfines esta mañana, hice un trabajito para mejorar el poder de fuego. Por si acaso. —Echó a andar cubierta abajo—. Voy a morder algo antes de salir. La noche puede ser larga.

—¿Por qué no me despertaste? —le preguntó Melis a Kelby.

—Necesitabas dormir. Además de la herida, Lontana te propinó un golpe demoledor. Y no hubo nada que pudieras hacer. Desde ahora va a ser un juego de paciencia.

Melis temía que tuviera razón, y ella iba a odiar aquella espera.

—Tenía la esperanza de que terminara anoche.

—Debió de ser así. El plan era bastante bueno. Sólo que se chafó.

—Gracias a Phil. —Miró hacia Cadora. Phil estaba allí en su chalet, probablemente congratulándose a sí mismo por su gran éxito—. Estaba tan orgulloso de sí mismo.

—Deja de pensar en él.

—Lo haré. Pero es muy reciente. Pensé que era mi amigo.

—Sonaba como si todavía lo creyera. Está un poco loco.

—No. El problema es que para él todos somos sombras. La realidad es Marinth. Nunca me había dado cuenta de ello. —Se obligó a mirar a lo lejos—. ¿Vas a bajar hoy?

—Una sola vez. Y no, no vas a acompañarme. Me llevaré a Charlie.

—No iba a bajar. No puedo correr el riesgo de que esta herida no cicatrice lo más de prisa posible.

—El médico dijo que no debías hacer esfuerzos en una semana.

—Yo me curo de prisa —Melis sonrió débilmente—. Soy como *Pete*. Sabré cuando esté bien.

Kelby la miró en silencio.

—No sé si estarás lista para esto. Hallamos un paquete envuelto para regalo en la gabarra que dejaste en Cadora.

Melis se puso rígida. Había olvidado totalmente el paquete que Pennig dejó en la gabarra.

—¿Lo abriste?

—No. Quería tirarlo al mar pero no tengo derecho a hacerlo. Está en tu camarote. —Y añadió con brusquedad—. Tíralo tú. Ni siquiera lo abras.

Ella asintió y caminó lentamente hacia su camarote.

¿Qué me has reservado, Archer? ¿Qué cruel capricho?

La caja reposaba sobre su cama. Tenía una nota adherida al envoltorio. Melis abrió el sobre.

Melis,
Espero no tener que deshacerme de ti esta noche y
que lo abramos juntos. Tengo grandes deseos de ver
tu cara.

Vaciló un instante y después arrancó el papel dorado.

Levantó una esquina de la tapa.

Blanco. Delicado como un rayo de sol.

Dejó caer la tapa de la caja.

Maldito sea. Maldito sea.

Levantó la caja y respiró profundamente. No estaba pensando. Todo había cambiado. En ese momento no tenían armas contra Archer. Tendrían que volver contra él sus propias armas.

Ésta no. Oh, Dios, ésta no.

Se forzó a caminar hasta el armario, tiró la caja fuera de su vista y cerró el mueble de un portazo.

Ni siquiera sabía si sería capaz de dormir en la misma habitación donde estaba aquello. Era como saber que en el armario había una cobra lista para saltar.

Pero no tenía por qué vivir en aquel camarote. Tenía a Kelby y estaría a salvo dondequiera que estuviera él. Era bienvenida en su camarote, así como en su cama. No tenía importancia si aquello era sólo para el presente. Qué bueno era saber que él estaba allí para ella.

Nicholas regresó esa noche después de las nueve.

—Localizar el barco me tomó una o dos horas. Archer levó anclas y está ahora fondeado al este, a unos quince kilómetros. Me temo que lo hemos perdido.

—¿Todavía está a bordo?

—Sólo pude encontrar el barco cuando se ponía el sol. No me quedé mucho rato y tuve que mantenerme lejos para que no me vieran. No creo que estuviera en cubierta.

—Está en el barco —dijo Melis—. Se cierne como un mal sueño.

—Apuesto a que está haciendo algo más que concentrar una nube negra sobre tu cabeza —dijo Kelby—. Está consiguiendo refuerzos. Eliminamos a cuatro de sus hombres. Le tomará algún tiempo recibir más ayuda y armas.

—Eso tiene sentido —dijo Nicholas—. Mañana podré ver mejor quién va y quién viene. A unos seis kilómetros de donde está anclado, hay una cadena de islotes desiertos. Puedo organizar la observación desde uno de ellos.

—¿De qué tipo de armas se trata? —preguntó Melis.

—Tiene acceso a cierto armamento peligroso —dijo Kelby, sombrío—. Quizá lanzacohetes. Sin quizá, en caso de que decida venir a por el *Trina*.

—¿Crees que lo hará?

—Creo que está tan rabioso que haría casi cualquier cosa. Existe esa posibilidad.

—Entonces, quizá no debamos esperar a que consiga refuerzos —dijo Nicholas.

—Si está tan cabreado como creo, debemos aprovechar esa circunstancia —propuso Melis.

Kelby la miró, intrigado.

—¿Cómo?

—No estoy muy segura.

—No estás diciendo que aprovechemos su cabreo, sino que te usemos. —Kelby añadió, terminante—: No.

—¿Cómo sabes que no tiene ya esas armas a bordo de su barco? Quizá solo espera más hombres —explicó Melis—. ¿Quieres darle la oportunidad de volar el *Trina*?

—No, y tampoco quiero que te vuele a ti.

—Tenemos que saber qué piensa. Démosle un día más.

—¿Y crees que entonces lo sabremos?

—Sí. Me llamará. No será capaz de resistirse. Sólo espera el momento en que crea tener las mejores cartas. Probablemente ansía llamarme ahora pero no quiere parecer un fracasado cuando hable conmigo. —La sonrisa de Melis era malévola—. Tiene que ser una conversación entre la esclava y el amo.

Kelby la miró un instante.

—Está bien, un día. Eso es todo. —Los ojos del hombre se volvieron una fina línea—. ¿En qué estás pensando? No puedes volver a usar el mismo truco con él.

—Lo sé. Ahora me querrá a mí tanto como los papeles. Antes yo era sólo un extra. —Negó con la cabeza—. No sé en qué estoy pensando. Tiene que existir una manera...

• • •

No tuvieron que esperar un día a que Archer llamara. El teléfono de Melis sonó dos horas después.

—¿Se siente petulante? —preguntó Archer—. Nada ha cambiado, Melis. Yo estoy vivo, usted está viva y todavía tiene que darme los papeles.

—Algunas cosas han cambiado. Pennig está muerto.

—Es sustituible. —Archer hizo una pausa—. Pero tiene razón, ha habido un cambio. Hice un viajecito a Cadora. Ahora usted es mi única posibilidad de hacerme con esos papeles. Se los quitó a Lontana, ¿no es verdad?

—¿Y qué esperaba?

—Me lo ha puesto todo muy incómodo. Temo que tendrá que pagar un precio. ¿Le digo cómo?

—¿Espera que tiemble y solloce? Eso era pura actuación, Archer. Me he burlado de usted. —Melis hizo una pausa antes de añadir, con voz burlona—: Señor Peepers.

—Zorra. —Archer respiró profundo—. Pagará por eso. Casi prefiero ponerle la mano encima que coger esos papeles.

—Eso no va a ocurrir. Aquí estoy segura. Kelby me protegerá. No le intereso nada, pero eso no importa. Le doy lo que él quiere y aleja de mí a todos los impotentes pervertidos como usted.

Ella casi podía percibir el fuego de su ira por el teléfono.

—Se aburrirá de usted.

—Soy demasiado buena y hay una sola cosa que a Kelby le gusta más que el sexo. Cree que su maldito barco fue construido en el cielo. Chilla cuando algún tripulante lo araña. Pero yo logro tranquilizarlo. Aprendí muchas cosas en *Kafas*. No, Archer, nunca volverá a tener posibilidades conmigo. —Y colgó.

—Le has disparado con los dos cañones. —Kelby se apoyó en un codo para incorporarse en el lecho—. Seguro que no volverá a pensar que eres un pelele. Y a ningún hombre le gusta que pongan en duda su virilidad.

—Quiero cabrearlo. —Melis hizo una pausa—. De esa manera no se dará ni cuenta de que he puesto un arma en sus manos de forma deliberada.

—¿Qué arma?

—Tú.

—Oh, el grandote hambriento de sexo al que no le interesas lo más mínimo... No puedo decir que me guste esa descripción.

—Seguro que te gustó más que lo de impotente pervertido.

—Eso es verdad.

—Tenía que desviar su atención. Se está impacientando. De alguna manera ha descubierto que Phil no tiene los papeles. Intentó matar a los delfines y no funcionó. Y hablar conmigo ya no lo satisface. Se da cuenta de que ya no soy una víctima. No puede hacerme daño.

Kelby se tranquilizó.

—¿No puede?

Melis dijo que no con la cabeza.

—Yo soy la única que puedo hacerme daño. Quizá debería darle las gracias. Me castigó tanto que mis cicatrices actuales resistirían casi cualquier cosa.

Kelby estiró la mano y le acarició la mejilla.

—¿Cuándo lo descubriste?

—Ha ido creciendo dentro de mí. —Agitó la cabeza con impaciencia—. No tenemos tiempo para hablar de mí. Archer podría volver a llamar.

—¿Por qué?

—Porque cuando se le pase el primer ataque de rabia contra mí, va a meditar sobre lo que le he dicho.

—Y te volverá a llamar.

—No, te llamará a ti e intentará cerrar un trato contigo. Te amenazará con hundir el *Trina* si no me entregas a él.

Kelby asintió lentamente.

—Porque ¿qué es un buen culo en comparación con un barco como el *Trina*?

—Tienes Marinth. No te hacen ninguna falta las tablillas o las investigaciones. Has conseguido de mí todo el material que querías. Yo sólo soy un objeto sexual. Archer entiende ese concepto.

—Yo no.

Melis sonrió.

—Sí, pero habrías emitido el voto correcto en ese consejo de nobles.

—¿Qué sentido tiene eso? ¿Por qué voy a entregarte a él?

—Tengo que subir a bordo de su barco.

—Y una mierda.

La sonrisa de Melis se desvaneció.

—Tienes que ser convincente. Probablemente lo mejor sea que le digas que tienes que pensarlo.

—Eso no va a ocurrir —dijo él, terminante—. Otra vez, no.

Ella estudió la expresión del hombre. No había manera de convencerlo.

—Entonces, gana tiempo. Cuando llame, haz como si lo estuvieras pensando.

—Pensaré en cortarle las pelotas.

—Kelby, por favor. Sabes que necesitamos el tiempo. Dale una evasiva.

Se hizo un silencio momentáneo.

—Está bien, lo haré. Siempre que no hable nada de ti.

Era lo más que podía sacarle. Sólo podía esperar que Archer fuera breve y conciso.

17

Las esperanzas de Melis recibieron respuesta. Cuando Archer llamó a Kelby a las ocho de la mañana siguiente, la conversación duró escasos minutos. Kelby fue breve, salvo por un torrente de obscenidades muy convincente.

—Si lo haces no te vas a ir de rositas. Llamaré a los guardacostas.

Quedó en silencio otra vez, escuchando.

—Lo pensaré —dijo finalmente y colgó. La miró—. Tenías razón. Me amenazó con volar el barco si no te entregaba a ti junto con los papeles de Lontana. Cuando le mencioné a los guardacostas dijo que podía llamar a quién quisiera, que no vendría nadie. Los tiene en el bolsillo.

—Eso era lo que sospechaba Nicholas.

Kelby asintió.

—Y no dije nada de lo que quería decir. ¿Satisfecha?

—No se podía esperar nada mejor. ¿Te dio un límite de tiempo?

—No le di esa oportunidad. —Kelby se levantó de la cama y comenzó a vestirse—. Si hubiera hablado un minuto más con ese asqueroso gilipollas, habría sido muy diferente.

—¿Adónde vas?

—No puedo quedarme aquí. Estoy a punto de estallar. Voy a cubierta, a esperar a que Nicholas regrese de su vigilancia.

Melis vio cómo el hombre cerraba de un tirón la puerta a sus espaldas.

No la quería a su lado. Estaba enfadado, se sentía protector e intentaba alejarla de Archer. Nunca lo había visto tan decidido. No podía permitirlo. Tenía que estar allí cuando Nicholas regresara.

Se levantó de la cama y comenzó a vestirse.

—Por lo que he podido ver, Archer tiene a cuatro hombres a bordo —dijo Nicholas cuando regresó a mediodía—. Y son buenos. Se mueven, vigilan en busca de embarcaciones y también de nadadores. Tienen reflectores constantemente enfocados al agua en torno al barco. Es difícil colocar un explosivo en el casco. Y sin una distracción sería muy difícil abordarlo.

—¿Qué tipo de distracción? —preguntó Melis.

Nicholas se encogió de hombros.

—Diseñaremos una. —Miró a Kelby—. Vi a Archer. Y anoche recibió un cargamento. Cuatro cajas, de dos por dos metros y medio.

—¿Sin refuerzos adicionales? Esos cuatro hombres sólo pueden servirle para la defensa.

Nicholas movió la cabeza de un lado a otro.

—Pero en cualquier momento podrían venir más.

—Entonces, tenemos que movernos de prisa. Si no podemos colocarle explosivos en el casco, probablemente necesitemos un lanzacohetes.

Melis se puso rígida al oír aquello.

—¿Qué?

Kelby no le prestó atención.

—¿En cuánto tiempo podemos conseguir uno?

—En veinticuatro horas. Quizá un poco más. Mi suministrador más cercano está en Zurich. ¿Tenemos tanto tiempo?

—Es posible. —Kelby miró a Melis—. Hemos conseguido algo de tiempo. Antes de venir a por nosotros es probable que espere hasta estar seguro de que no le voy a dar lo que quiere.

—Eso no me gusta —dijo Nicholas—. En el momento en que actuemos, nos pondremos en evidencia. Si le han traído algo bien grande, puede hundirnos.

—Entonces, tenemos que encontrar la manera de no ponernos en evidencia. Piensa.

Nicholas asintió.

—Ahora me pondré al teléfono para hacer algunas compras. —Echó a caminar por la cubierta—. Pero debemos seguir vigilando al *Jolie Fille* para cerciorarnos de que la situación no haya cambiado.

—Me llevaré la gabarra y vigilaré. Duerme un poco y relévame al amanecer.

—Correcto.

Melis esperó a que Nicholas bajara para hablar con Kelby.

—¿Lanzacohetes? Eso suena como si fuéramos a la guerra.

—Sólo nos preparamos para cualquier eventualidad —le explicó Kelby—. No quiero utilizar ese poder de fuego si no me veo obligado a hacerlo. Es muy sucio.

—Y ellos responderán el fuego. Nicholas tiene razón, es más peligroso.

—Quizá llegue a la conclusión de que Nicholas estaba equivocado en lo de los explosivos en el casco. Ya veremos.

—Dijo que si había una distracción era posible abordarlo.

Los labios de Kelby se tensaron.

—No, Melis, estás fuera de todo esto.

—Y una mierda.

—Escúchame. Entiendo por lo que has tenido que pasar. Por eso te dejé que me convencieras de tenderle una trampa a Archer y casi te matan. No quiero tener que pasar nunca más por esto. —La voz de Kelby era dura—. Puedes discutir hasta quedarte sin aire. No y no.

Se volvió y se alejó.

Lo decía en serio. No había duda alguna de que estaba decidido a mantenerla lejos de cualquier acción contra Archer.

Y no había duda de que ella no le iba a permitir eso.

Melis vio cómo la gabarra de Kelby desaparecía más allá del horizonte y fue en busca de Nicholas. El hombre acababa de colgar el teléfono.

—Parece que está resuelto lo del lanzacohetes. Pero no lo tendremos antes de...

—Necesito tu ayuda —dijo Melis.

Nicholas la miró, precavido.

—Me parece que esto no me va a gustar.

—Ninguno de nosotros quiere usar ese lanzacohetes. Tú y Kelby necesitáis una distracción. Yo os la puedo proporcionar. Pero Kelby no quiere ni oír hablar de eso.

—¿Y por qué crees que yo sí?

—Porque es algo lógico y no hay tiempo para buscar otra. No quiero que disparen cohetes contra el *Trina*. Kelby ama este barco.

—A mí tampoco me gusta mucho la idea. —A continuación sacudió la cabeza—. Es demasiado arriesgado. Archer te odia a muerte.

—No me hará daño en el primer momento.

—Eso no puedes asegurarlo.

—Lo conozco. Puedo ver todos los recovecos sucios de su mente. No soy ninguna mártir. Puedo hacerlo, Nicholas. Sólo necesito un poquito de ayuda para distraer la atención de Archer en el momento crítico. ¿Qué tipo de distracción tenías en mente?

—Una explosión que aparte a los centinelas de la borda.

—¿Puedes conseguirme una granada?

Nicholas asintió.

—Tengo algo más sofisticado. Pequeño y fácil de ocultar.

—Entonces dime dónde y cuando quieres la explosión.

Nicholas vaciló.

—Kelby me matará.

—¿Vas a hacerlo?

—¿Y qué harías tú si me niego a ayudarte?

—Buscar otra manera de llevarlo a cabo, sin ti o sin ese explosivo.

—Eso fue lo que creí. —Quedó callado un momento más—. Déjame pensarlo .

Nicholas se volvió y se alejó de ella.

—No queda mucho tiempo —le dijo Melis.

Nicholas la miró por encima del hombro y su expresión era tan dura que la sorprendió.

—No me presiones, Melis. En este momento no estoy haciendo el payaso. No puedes obligarme a hacer algo que no quiera. Si colaboro contigo es porque pienso que es lo más inteligente que podemos hacer todos. Y no es porque estés loca por atrapar a Archer. No le haría eso a Jed. Y tampoco me lo haría a mí mismo.

Ella lo siguió con la vista, sorprendida e inquieta, mientras él atravesaba la cubierta mirando al mar. Melis había vislumbrado pocas veces a aquel Nicholas más tenebroso y peligroso, que él escondía tan bien bajo su aspecto ligero. Hubiera querido seguirlo, convencerlo, pero sabía que sería inútil. La expresión del hombre había sido remota e intimidatoria. Tendría que esperar a que él viniera en su busca.

Se sentó en una silla de extensión, sin apartar la vista del perfil feo y fascinante de Nicholas. Chamán. El título que él utilizaba en broma no parecía nada cómico en ese momento. Exudaba una fuerza callada, una potencia tal que se preguntó en qué medida lo conocía. El hombre que había pintado los ojos del pájaro dodo no era ése.

Transcurrieron más de treinta minutos antes de que Lyons se apartara del pasamanos y fuera hacia ella.

—Está bien, lo haremos —dijo en tono cortante—. Hay algunas posibilidades de que resulte, pero estarás más segura si Kelby y yo participamos. Me haré responsable.

Melis se sintió aliviada.

—¿Dónde quieres que ponga el explosivo?

—En la sala de máquinas o en la cocina. En ambos sitios habrá suficiente combustible para que ocurra una buena explosión.

—¿Y cómo se supone que llevaré el explosivo?

—En la suela de tu zapato náutico derecho. Tendrás que apretar un interruptor y contarás con quince segundos para lanzarlo. Lo mejor será que estés bien preparada. Sólo tenemos que rezar para que no te registren con demasiada minuciosidad.

—Creo que sé cómo evitar eso. —Melis sonrió sin alborozo—. Tengo en mente una distracción de mi propia cosecha—. Se quitó los zapatos náuticos—. Ponte manos a la obra, Nicholas. —Se volvió para marcharse—. Voy a mi camarote para hacer algunos preparativos.

—Y no sería mala idea que rezaras. Tus probabilidades de salir viva de esto son cincuenta—cincuenta.

La voz de Lyons era fría e inexpresiva, y ella volvió a mirarlo.

—Esto te preocupa mucho.

—Si te mata, me preocuparé. Estaré tan preocupado que tendré que matarlo yo mismo para justificar que te haya dejado ir a por él. Pero como he llegado a una decisión no dejaré que la emoción interfiera. Sólo tenemos que completar el trabajo e intentar sobrevivir. —Recogió los zapatos náuticos blancos—. Te los prepararé. Buenas suelas, gruesas. Es una suerte. —Echó a andar hacia su camarote—. Necesitamos toda la suerte que podamos conseguir.

Melis se sentía enferma.

No te mires en el espejo. No pienses en ello. Limítate a subir a cubierta y buscar a Nicholas.

Lyons estaba de pie junto a la gabarra.

—Te he limpiado los zapatos náuticos. Nadie se daría cuenta... Por dios. —Sus ojos se abrieron más—. ¿Para qué te has disfrazado? ¿Halloween?

Ella tocó el vestido blanco de organdí con mano temblorosa.

—No, pero tiene un elemento de horror. Es un regalo de Archer. Lo describí en una de mis cintas y él lo ha copiado exactamente. Un vestido de niña en talla de adulto. Me atarás las manos y engancharás con un alfiler a la pechera de esta abominación la nota que escribimos, y me enviarás a Archer con saludos de Kelby. —Tragó en seco—. Él sabe cuánto daño me hará ponerme este vestido. No creerá que me lo haya puesto yo misma. Entonces llegará a la conclusión de que ha sido Kelby.

—Dios mío.

—Uno, dará más veracidad a mi entrega. Dos, verme con esta ropa distraerá totalmente a Archer. Se sentirá triunfante. Se excitará. Le gustan las niñitas. —Respiró muy hondo y comenzó a ponerse los zapatos que le había dado Nicholas—. Ahora, larguémonos de aquí. Quiero quitarme este vestido lo antes posible.

—No podemos acercarnos más sin que nos vean —dijo Nicholas cuando apagó el motor. Permaneció sentado, contemplando las luces del barco de Archer más adelante en la oscuridad—. La última oportunidad. ¿Estás segura de que quieres hacerlo?

—Estoy segura. —Melis le presentó las muñecas—. Átame bien fuerte. Pero cerciórate de que pueda ver mi reloj.

Nicholas tomó la cuerda que habían traído y le ató las muñecas.

—Esto es horrible, Melis.

—Él es horrible.

Dios, cuanto miedo sentía al contemplar el barco. El vestido de organdí, las manos atadas, la sensación de indefensión. Casi podía oír el redoble de los tambores de *Kafas*. Quería gritar o lloriquear.

Pero no estaba indefensa. Lo hacía por propia y libre voluntad. Así que adelante.

—Una cosa más, Nicholas. Déjame inconsciente.

—¿Qué?

—Dame un golpe. Asegúrate de que me deje un moretón, pero te agradecería que no me partieras la mandíbula. Quiero que cuando Archer me vea con sus binoculares crea que estoy totalmente indefensa.

—No me gusta...

—Me importa un comino lo que te guste o no. Sabes que debes hacerlo. Pégame, maldita sea.

—Entonces, no me mires.

—Vaya chamán. —Melis desvió la vista hacia el barco.

—Los chamanes eran magos, no guerreros. Aunque oficiaban cuando quemaban a alguien en la hoguera. Y ahora, así es precisamente cómo me siento...

El dolor estalló en la quijada de Melis cuando él le propinó un gancho de derecha.

Nicholas contempló a Melis, caída sobre el asiento. Con aquel vestido parecía una niña pequeña durmiendo.

Y él se sentía como un hijo de puta. Tuvo la tentación de dar vuelta al bote y regresar al *Trina*.

No podía hacerlo. Era un hombre entregado a su trabajo y en situaciones semejantes casi siempre era un suicidio cambiar de idea. Además, Melis había llegado demasiado lejos para engañarla. Le acarició la mejilla.

—Buena suerte.

Conectó el temporizador para que la bengala de salvamento se disparara dentro de tres minutos, dejó caer su bulto impermeable por la borda y después saltó él mismo. Avanzó por el mar dando larguísimas brazadas. Le tomaría no menos de veinte minutos nadar hasta la isla desde donde Kelby vigilaba el barco. No tendría una bienvenida amistosa. Para ese momento habrían llevado a Melis al barco de Archer y Kelby probablemente se habría enterado.

Un silbido estridente sacudió el aire a sus espaldas.

Miró atrás por encima del hombro para ver la bengala de salvamento que estallaba en la oscuridad del cielo.

—¿Qué demonios es eso? —Archer salió corriendo a cubierta con los ojos clavados en la bengala—. Destrex, enciende los reflectores.

Cogió los binoculares que le tendía el primer oficial. Al principio creyó que estaban siendo atacados pero Kelby no habría llamado la atención hacia su persona de una manera tan escandalosa. Y la posibilidad de que se tratara de un salvamento auténtico era mínima.

Su mirada barrió las aguas en la zona donde apareció la bengala. Nada.

—¿Dónde están esos reflectores, maldita sea?

Los dedos de luz registraron la superficie del agua. Un bote de motor se balanceaba sobre las olas con el motor apagado.

—Está demasiado lejos para hundirlo —dijo Destrex—. Además, creo que está vacío.

Archer enfocó el bote.

Un destello blanco... Ajustó de nuevo el foco.

Una niñita de cabello dorado, sus delicadas muñecas atadas con una cuerda.

¡Melis!

Sí.

La excitación lo estremecía. Kelby había cedido. Era tan claro. La tenía.

Se volvió hacia Destrex.

—Ve y tráela. Revisa la gabarra, cerciórate de que no hay trampas cazabobos, pero tráemela.

Vio cómo Destrex y otros dos hombres bajaban un bote y partían, deslizándose sobre el agua. Y enseguida volvió a enfocar los binoculares sobre Melis. Era obvio que estaba inconsciente. ¿La habrían drogado? Para obligarla a ponerse ese vestido habían tenido que inmovilizarla de alguna manera. Eso habría despertado demasiados recuerdos de pesadilla.

Pero si Kelby la había obligado a ponérselo, eso quería decir sin lugar a dudas que se rendía en todos los frentes. No sólo entregaba a Melis, sino que la envolvía en el embalaje que Archer había escogido. En lo que sentía hacia ella no había definitivamente nada, ni una pizca de aprecio.

Destrex había llegado a la gabarra y la examinaba. Después levantó a Melis y se la entregó a uno de los dos hombres del bote. Regresaron a toda velocidad.

El corazón de Archer latía dolorosamente mientras veía cómo el bote se aproximaba a él. No estaba seguro de que fuera odio, lujuria o expectación lo que hacía que la sangre circulara como un torrente por sus venas. Y no tenía importancia.

Ella llegaba.

Cuando vio cómo subían a Melis al barco, las manos de Kelby se cerraron con fuerza sobre los binoculares hasta que las venas comenzaron a hinchársele. En el bote estaba sin sentido, pero en ese momento comenzaba a agitarse.

Y cuando llegó a cubierta ya podía ponerse de pie.

Pero sólo por un instante. La mano de Archer golpeó con inquina y la derribó sobre cubierta.

—Jed.

Era Nicholas a sus espaldas.

Kelby no bajó los binoculares.

—Ahora no, hijo de puta.

Uno de los hombres levantó a Melis y la empujó hacia la escalera que conducía a los camarotes. La chica desapareció de su vista.

Kelby se volvió con celeridad hacia Nicholas. La furia que lo invadía apenas le permitía hablar.

—Hijo de puta, ¿qué has hecho?

—Lo que Melis quería. Desde el inicio el plan fue suyo. No ibas a dejar que participara, así que se lanzó ella misma.

—Con tu ayuda, maldita sea.

—Hubiera hallado la vía para ir sola. Te equivocaste, Jed. No hay forma de mantenerla fuera de esto.

—No me diste la menor oportunidad.

—No, porque si estuviera en el lugar de ella, sentiría lo mismo. Tiene que hacerlo. Tiene que cobrársela. En Cadora se sintió timada. Además, necesitábamos esa distracción.

La imagen de Melis caída sobre cubierta apareció de nuevo ante Kelby.

—Él la tiene.

—Entonces, vamos a rescatarla antes de que le haga mucho daño. Te he traído el traje de inmersión y el equipo —dijo Nicholas—. Melis hará estallar los explosivos a la una y cuarenta y cinco. Eso nos da algo más de una hora para llegar nadando hasta allí y ponernos en posición. Cuando tenga lugar la explosión todo el mundo correrá hacia la cocina. Ésa será nuestra oportunidad de subir a bordo. Después, todo depende de nosotros. Le dije a Melis que se escondiera después de lanzar los explosivos y que permaneciera oculta.

—Si todavía está viva.

—Es muy lista, Jed. No va a hacer ninguna tontería.

Kelby lo sabía pero eso no hacía desaparecer el miedo que lo devoraba. Tenía que sobreponerse o no podría actuar.

—Bien, ¿dónde están los explosivos?

—En su zapato derecho —sonrió Nicholas—. En el izquierdo puse uno de mis estiletes favoritos y también una llave maestra.

—¿El acceso es fácil?

—Lo único que debe hacer es arrancar la tira trasera y arrancar la suela. Puede hacerlo con una sola mano.

—Pero tiene las dos atadas. ¿Fue idea tuya?

—Ya te dije que todo había sido idea de Melis. Si él no la desata, ella podrá usar el estilete. Será horrible pero podrá hacerlo.

—Si tiene la oportunidad.

—Sí. Si tiene la oportunidad.

—Pudiste impedírselo.

—Preferí no intentarlo. —Miró a los ojos de Kelby—. Puedes recriminarme todo lo que quieras. Eso no va a cambiar nada. Ya está hecho.

Tenía razón. Ya estaba hecho. Y no había manera de que Kelby pudiera dar marcha atrás en el tiempo.

El rostro de Nicholas se ablandó al ver la desesperación en la expresión de su amigo.

—Siento mucho que tuviera que ser así. Yo tampoco me siento bien con respecto a todo esto, Jed. Estoy muy preocupado.

—¿Preocupado? No tienes ni puta idea. —Se volvió—. Vamos ya. ¿Dónde está mi traje de inmersión?

En las paredes del camarote había paneles dorados, calados, semejantes a encaje.

La cama estaba cubierta con un tapiz de terciopelo.

Melis, mareada, se recostó a la pared después de que el tripulante la empujara dentro del camarote de Archer. Era su pesadilla materializada. Había hasta lámparas marroquíes colocadas en el suelo a ambos lados de la cama.

¿Había oído el sonido de tambores? No, se trataba de su imaginación. Cerró los ojos para liberarse de la visión. Pero eso no eliminaba los recuerdos.

Entonces, apela a toda tu voluntad y bórralos. Ésa era la respuesta que Archer esperaba de ella. No permitas que se cumpla nada de lo que él quiera.

¿Qué hora era? Se obligó a abrir los ojos y miró el reloj de pared, en un marco dorado. Faltaban cincuenta minutos. Cincuenta minutos que tenía que pasar en aquel agujero infernal. Si se quedaba muy quieta y sólo miraba al techo podría soportarlo.

La puerta se abrió y allí estaba Archer, sonriéndole.

—Pareces un ratón encogido. ¿Dónde está tu dignidad, Melis?

Ella se enderezó trabajosamente.

—Te ha costado mucho trabajo. ¿Cuándo lo hiciste?

—Cuando llegué aquí desde Miami. No tenía la menor duda de que al final vendrías a este camarote. Era sólo cuestión de tiempo. Me divertí mucho seleccionando, combinando. Oía las cintas y después buscaba la mercancía. Eso hacía que no me aburriera. —Sacudió la cabeza—. Es una lástima que no haya podido contemplar tu cara cuando viste esto por primera vez. Estaba algo enfadado o no lo habría olvidado. Tenía la intención de hacerlo. —Se desplazó hasta quedar frente a ella y le tocó el moretón en la quijada—. Kelby no fue tan suave contigo como habías esperado, ¿no es verdad?

—Es un hijo de puta. —Miró a Archer a los ojos—. Como tú.

—Tal para cual, ¿no? —Acarició con un dedo la cinta de satén rosado que tenía en el cabello—. Pero no debes echarle la culpa. Tú misma me dijiste que estaba enamorado de ese barco.

—No creí que me vendería de esta manera.

—¿Aún no has aprendido que las putas son material gastable? Siempre hay otra. Pero tú eres muy especial. Noto que tengo un vínculo contigo. —Retrocedió un paso—. Y luces tan bien. Date la vuelta para que te vea.

—Vete al diablo.

Archer la abofeteó.

—¿Lo has olvidado? La desobediencia siempre se castiga. —Inclinó la cabeza a un lado—. Pero también te drogaban, ¿no es verdad? Para comenzar no quiero que estés llena de moretones. Quizá siga ese camino.

—¡No! —Si la drogaban no podría actuar. Cuarenta y cinco minutos.

Ella giró en redondo.

—De nuevo. Más despacio.

Melis se mordió el labio inferior y obedeció.

—Niñita buena. —Miró hacia abajo, a los zapatos náuticos—. ¿Dónde están los zapatitos de charol que te mandé?

Melis logró que su expresión no mostrara el pánico que la había invadido.

—Para ponerme este vestido tuvieron que sujetarme. Cuando le di una patada en las pelotas, Kelby decidió que no me cambiaría los zapatos.

Archer rió entre dientes.

—Es obvio que no sabe cómo manejar a las niñas traviesas. Eso requiere cierta experiencia. —La sonrisa desapareció—. Pero no me mandó el cofre contigo.

—Él no lo tiene. ¿Crees que lo iba a compartir con él? Es mío.

Archer la miró con atención.

—Claro, veo que necesitabas contar con un seguro. Y, después de todo, él tiene Marinth.

—Y ese maldito barco.

—Qué amargura. Discutiremos después lo del cofre. Ahora ve a la cama y tiéndete.

Ella negó con la cabeza.

—Vaya, te has puesto pálida. Es una cama blanda, encantadora. ¿Y sabes qué vamos a hacer ahí? Vamos a tendernos juntos y a oír las cintas. Y yo voy a contemplar tu cara. Me resulta difícil decirte cómo añoraba eso cuando te telefoneaba. Quería ver todas tus expresiones.

—Yo... yo no puedo hacerlo.

—No me obligues a utilizar las drogas. Eso podría debilitar tus emociones. Mira la cama.

Terciopelo rojo y cojines.

—Ahora, ve hacia allí y siéntate. Iremos lentamente, me gusta la lentitud.

Pero cada momento sería un siglo. Melis atravesó el camarote y se sentó a un lado de la cama.

—Odias que ese terciopelo entre en contacto con tu piel, ¿no es verdad?

—Sí. —Habían transcurrido solo dos minutos—. No puedo soportarlo.

—Te sorprenderá lo que puedes soportar. Exploraremos eso tras oír las cintas. —Archer se acostó y dio unas palmadas sobre la cama—. Acuéstate junto a papaíto, querida. ¿Eso era lo que te decían muchos de ellos?

Ella asintió, con movimientos espasmódicos.

—Te... te daré los papeles si me dejas salir de aquí.

—A su tiempo. Acuéstate, Melis.

Habían transcurrido otros dos minutos.

—Desátame.

—Pero te prefiero así. Di por favor.

—Por favor.

Archer sacó una navaja de bolsillo y cortó las cuerdas.

—Acuéstate o volveré a atarte.

Ella se reclinó lentamente sobre las almohadas.

Oh, dios, iba a ocurrir de nuevo.

Iba a gritar.

No, ella podía controlarse. No iba a ocurrir. Sólo tenía que resistir.

Que afrontarlo.

¿Aquella era la voz de Carolyn?

—Tu expresión no tiene precio —dijo Archer con voz ronca, su mirada hambrienta clavada en el rostro de ella—. Me encantaría tener a mano una cámara. Tendré que acordarme de eso la próxima vez. —Estiró el brazo y encendió la grabadora sobre la mesa de noche—. Pero ahora estoy demasiado impaciente. Tengo que contemplarte...

Entonces ella oyó su propia voz en la cinta.

18

Faltaban cinco minutos.

—Dos hombres en el puente —murmuró Nicholas—. Probablemente uno permanezca al timón aunque el otro corra hacia la explosión. ¿Tú o yo?

—Hazlo tú. Yo iré a los camarotes.

—Eso fue lo que pensé.

Los ojos de Kelby se tensaron mientras examinaba la cubierta. Dios, quería avanzar en ese mismo momento.

Cuatro minutos.

Melis se sentó muy rígida en la cama y se tapó la boca.

—Por Dios, voy a vomitar.

—Qué molestia. —Archer se sentó en la cama—. Cuando estábamos llegando a la parte mejor.

Ella se inclinó a un lado de la cama, con arcadas.

—No, no vas a vomitar. En esta cama, no. Tengo muchos planes para ella. —Se levantó de un salto y la hizo salir de la cama de un tirón—. Al baño, zorra. —La arrastró hacia el cuarto de baño—. De prisa. Y no manches ese vestido.

La metió de un empujón en el baño y cerró la puerta de golpe.

Sola.

Ella había temido que él entrara también. Pero la mayor parte de la gente no quiere ver cómo vomitan otras personas. A pesar de eso, era seguro que estaría esperando al otro lado de la puerta.

Mientras se agachaba para arrancar la tira trasera de su zapato derecho hizo los sonidos de quien está devolviendo. Retiró con cuidado el fino dispositivo explosivo y lo dejó encima de la cómoda. A continuación retiró el estilete de su zapato izquierdo.

—¿Ya terminaste? —preguntó Archer.

Ella volvió a carraspear.

—Creo que sí.

—Entonces, lávate la cara y enjuágate la boca como una niña buena. Me has hecho enfadar. Quizá tenga que darte unos azotes.

Ella contempló cómo el agua corría en el lavabo. Respiró profundo varias veces para calmarse. Su mano se cerró sobre la empuñadura del estilete. Tenía que ponerse en marcha. No cierres el grifo. Eso le daría unos segundos de ventaja para sorprenderlo cuando saliera por la puerta.

—Melis.

Abrió la puerta de golpe y salió de un salto. Tuvo una visión momentánea del estupor que apareció en el rostro de Archer mientras el estilete se le clavaba en la parte superior del pecho. El hombre comenzó a caer.

¿Sería suficiente aquella herida?

No tenía tiempo para comprobarlo. Había pasado un minuto más allá del tiempo acordado. Salió a toda prisa del camarote. Cuando la traían había visto que la cocina se encontraba al final del pasillo. Corrió en esa dirección.

No había nadie allí.

Conectó el interruptor.

—¿Qué está haciendo aquí?

Detrás de ella bajaba por la escalera un hombre con un fusil de asalto.

—Buscaba a Archer. Me dijo que me quedara en el camarote, pero...

Tiró el explosivo a la cocina con todas sus fuerzas y se dejó caer al suelo, tapándose la cabeza.

La cocina estalló con tal violencia que el barco se estremeció y el techo voló. Oyó cómo el hombre de las escaleras gemía de dolor.

Volaban fragmentos como balas en todas direcciones. Sintió que algo se clavaba en su pierna izquierda pero no se descubrió la cabeza para mirar. Mejor la pierna que el cráneo. Unos segundos después levantó la cabeza con precaución. El hombre de la escalera yacía en el suelo hecho un bulto, le brotaba sangre de la frente.

El temblor cesó. Los demás miembros de la tripulación llegarían para investigar. Tenía que esconderse o salir fuera.

Fuera.

La cocina ardía con un rugido. Si se quedaba allí se asaría.

Pero podía oír los gritos y las órdenes de los hombres en cubierta. Si subía la escalera se tropezaría con ellos. Melis no era un comando y quería sobrevivir. Era mejor esconderse, como le había dicho Nicholas.

Está bien, espera. Tomó el fusil de asalto del hombre que yacía en el suelo y se agachó tras los escalones. No sabía de qué le serviría el arma. Demonios, ni siquiera sabía cómo manejar un fusil de asalto.

Pues ése era el momento para descubrirlo.

Dos de los hombres de Archer corrían hacia la escalera que llevaba a la cubierta inferior.

Kelby apuntó y disparó. Cayó uno. El otro giró mascullando un taco, con la pistola en la mano.

Kelby le pegó un tiro entre los ojos.

Quedaba todavía otro tripulante. ¿Dónde demonios estaba?

Dios, por la puerta abierta salía humo negro a borbotones. Corrió hacia la escalera.

No podía ver nada. El humo le escocía en los ojos.

—¡Melis!

Sin respuesta.

Comenzó a bajar la escalera.

—¡Melis!

—No bajes. Ahora subo.

—Gracias a Dios. —No era sólo humo lo que le escocía en los ojos—. ¿Necesitas ayuda? Estás...

—Necesito pulmones nuevos. —Melis tosía mientras subía la escalera—. Los míos están ardiendo.

—¿Y Archer?

—Está muerto.

—Quédate aquí. Me falta otro miembro de la tripulación.

Ella negó con la cabeza.

—Está ahí abajo.

—¿Estás segura?

Melis asintió y señaló el arma que llevaba en las manos.

—Le quité esto.

—Respira. Tengo que ver si Nicholas está bien.

Echó a correr hacia el puente.

● ● ●

¿Respira?

Era más fácil decirlo que hacerlo, pensó Melis mientras se recostaba en el pasamanos. Sentía como si tuviera los pulmones completamente chamuscados. Fue hasta la borda y jadeó varias veces. Eso era mejor. Ahora, intenta respirar profundo...

—Qué niñita más mala.

Giró con rapidez y vio a Archer recostado en el marco de la puerta. Tenía el rostro negro por el humo y estaba cubierto de sangre.

Pero tenía una pistola en la mano.

Ella se echó un lado cuando él apretó el gatillo.

La bala pasó junto a su mejilla.

Levantó el fusil de asalto. Apuntó de prisa, pero con cuidado. Disparó.

Archer gritó cuando las balas se clavaron en su bajo vientre. Mientras caía soltó la pistola.

Ella continuó disparando. Y disparando. Y disparando.

—Creo que ha quedado fuera de servicio, Melis —dijo Kelby en voz baja. Estaba de pie a su lado y le agarraba la mano—. Además, tus balas rebotan como locas en todo lo que hay a su alrededor.

De todos modos había vaciado el cargador pero no bajaba el arma.

—No sabía cómo disparar esto. Así que me limité a mantener apretado el gatillo.

—Ha sido muy efectivo —dijo Nicholas—. Dios mío, creo que le has volado las pelotas.

—Es lo que pretendía. No podía pensar en nada más adecuado. ¿Estás seguro de que ha muerto?

Kelby se apartó y examinó al hombre caído.

—Que me aspen si aún vive.

Los ojos de Archer se abrieron y miraron con odio a Melis.

—Zorra. Puta.

Kelby levantó la pistola.

—Pero creo que ya es tiempo de que diga *sayonara*.

—No —repuso Melis—. ¿Está sufriendo?

—Muchísimo.

—¿Las heridas son mortales?

—Sí, varias de las balas le han destrozado el estómago.

—¿Cuánto tiempo tardará en morir?

—Quizá treinta minutos. Quizá un par de horas.

Melis caminó lentamente hasta llegar junto a Archer.

—Zorra —susurró el hombre—, zorra.

—¿Te duele, Archer? —Melis se agachó y siguió hablando en un susurro—. ¿Crees que te duele tanto como le dolió a Carolyn? ¿Crees que es tan horrible como lo que sentían aquellas niñitas cuando las violabas? Espero que sí.

—Puta. Siempre serás una puta. —La voz del hombre chorreaba maldad—. Y he hecho que te des cuenta. Destruí todo lo que esa Carolyn hizo por ti. Pude verlo esta noche en tu rostro.

—Te equivocas. Me has dado la cura final. Si pude pasar por esa pesadilla, tengo fuerzas suficientes para cualquier cosa.

La duda se insinuó en su rostro.

—Estás mintiendo.

Ella negó con la cabeza.

—Carolyn me decía siempre que la mejor forma para librarme de una pesadilla era afrontarla. —Bajó la vista hasta el pubis sangrante de Archer—. La he afrontado.

Se volvió y se alejó.

* * *

Kelby y Nicholas se reunieron con ella a medio camino en la cubierta.

—¿Estás segura de que no quieres que acabemos con él? —preguntó Nicholas—. Para mí será un placer.

—Quiero que muera lentamente. No es suficiente pero tendrá que bastar. —Echó una mirada al fuego que asomaba de los compartimientos de abajo y lamía ya las tablas de la cubierta principal—. Espero que el barco no se hunda demasiado de prisa.

—Creo que deberíamos largarnos por si acaso. —Kelby caminó hacia la gabarra—. Vámonos.

—Una cosa más. —Melis se despojó del vestido de organdí, quedándose en bragas y sujetador. Después se quitó la cinta rosada del cabello. Lo tiró todo al fuego que avanzaba hacia ellos por la cubierta—. Ahora estoy lista. —Y saltó a la gabarra.

—Jed, déjame en la isla y esperaré hasta que el barco se hunda —dijo Nicholas—. No queremos sorpresas de último momento. —Le tiró a Melis una manta de emergencia—. Tápate, podrías enfriarte.

—No voy a enfriarme.

Ella se sentía fuerte, completa... y libre.

Archer gritaba de dolor.

Kelby puso en marcha el motor y la gabarra se alejó lentamente del barco.

Archer seguía gritando.

Los primeros tentáculos de fuego habían alcanzado el vestido blanco de organdí. La delicada tela se retorcía y se ennegrecía. Entonces ardió del todo.

En escasos minutos el vestido y la cinta desaparecieron.

Cenizas.

· · ·

Dos horas más tarde, desde la cubierta del *Trina*, Melis y Kelby vieron un súbito destello de luz al este.

—Ahí va —dijo Kelby—. El fuego llegó hasta el armamento. Ha tardado más tiempo del que pensaba.

—La verdad es que me hubiera gustado que tardara todavía más.

—Bruja sedienta de sangre.

—Sí, lo soy.

—¿Bajarás ahora y te darás una ducha? Desde que llegamos has permanecido junto a la borda.

—Todavía no. Esperaré a Nicholas. Tengo que estar segura. Tú puedes irte.

Kelby le dijo que no con la cabeza, se recostó en el pasamanos y siguió mirando al este.

Nicholas llegó treinta minutos más tarde.

—El gran bum —dijo, mientras subía a bordo—. Tenía muchísimo armamento pesado. —Se volvió hacia Melis—. No hubo rescate de último momento. El hijo de puta ha muerto, Melis. Voló hecho pedacitos.

Ella echó otra mirada al este.

Está muerto, Carolyn. No volverá a hacer daño a nadie más.

—Melis —la mano de Kelby se posó con gentileza sobre su brazo—. Es hora de olvidarse de todo.

Ella asintió y se volvió. Había terminado. Punto final. Tiempo de olvidar.

Cuando ella subió a cubierta la mañana siguiente, *Pete* y *Susie* se habían marchado.

—¿Está bien eso? —Kelby se detuvo a su lado—. Dijiste que *Pete* sabría cuándo estaría bien.

—Creo que ya lo está —Melis se encogió de hombros—. Los delfines, en muchos sentidos, son un misterio para mí. A veces siento que no sé nada sobre *Pete* y *Susie*.

—Y otras veces sabes que todos los días estás aprendiendo. Volverán, Melis.

Ella asintió con la cabeza mientras se sentaba sobre cubierta.

—Y yo estaré aquí. ¿Vas a bajar hoy?

Él negó con la cabeza.

—Voy a hacerles una visita a los guardacostas. No se puede hundir un barco sin que haya repercusiones, aunque se trate de uno que se ha utilizado para actividades delictivas. Pero si estaban dispuestos a recibir un soborno de Archer, lo estarán para recibir el mío.

—El dinero no es la respuesta para todo.

—No, pero es muy útil. Llámame si hay problemas con *Pete*.

—Podré arreglármelas.

Kelby titubeó mientras la miraba.

—Hoy estás a un millón de kilómetros de aquí.

—Me siento... aplastada. Algo vacía quizá. —Sonrió débilmente—. Durante semanas he tenido un único objetivo y ya no existe. Estaré bien tan pronto me adapte. ¿Cuándo regresarás?

—Depende de cuánto dinero y tiempo necesite para convencerlos de que el barco de Archer estalló accidentalmente a causa de las armas que transportaba. Los réditos del pecado. —Caminó hacia la gabarra—. Si tropiezo con algún obstáculo, te avisaré.

—No tienes que rendirme cuentas. —Miró al agua—. Prometí que no sería una carga para ti.

—Es cortesía, maldita sea. —Frunció el ceño—. Quiero llamarte.

—Entonces, hazlo.

—Melis, yo no puedo... —Negó con la cabeza—. A la mierda. No creo que ahora pueda hacer que me entiendas. —Saltó a la gabarra—. Te veré más tarde.

Ella lo miró mientras él aceleraba, alejándose del *Trina*. A continuación su mirada regresó al océano mientras esperaba el regreso de *Pete* y *Susie*.

Salieron a la superficie dos horas después, muy cerca del barco.

Pete tenía un buen aspecto, pensó Melis aliviada. Más que bueno. Él y *Susie* jugueteaban y emitían sonidos como siempre.

—Hola, chicos —les dijo con suavidad—. Podrían haber esperado a que estuviera aquí antes de emprender vuestro viajecito. —Se quitó la camiseta—. Voy con vosotros. Será como en los viejos tiempos. Hoy necesito ser buena.

Se zambulló en el agua. Estaba fría, limpia y era como siempre. Cuando salió a la superficie vio a Nicholas junto al pasamanos. Le hizo un gesto.

—No llevas el tanque de aire —le dijo Lyons—. Y no deberías estar sola en el agua.

—No voy a zambullirme. Solo voy a nadar un poco con los delfines. Eso siempre me aclara la mente.

—A Jed no le va a gustar. Estuvo a punto de volverse loco cuando vio que te subían a bordo del barco de Archer. Todavía está cabreadísimo conmigo.

—Lo siento, Nicholas. —Pero echó a nadar con *Pete* y *Susie* haciéndole de escolta. La formación duró un instante hasta que los delfines se impacientaron y, como hacían siempre, se adelantaron nadando para volver periódicamente junto a ella.

Nadar con ellos ese día era diferente. Desde que habían llegado a las Canarias siempre habían estado juntos en el agua con algún propósito. Ahora era casi como cuando nadaban juntos en la isla.

No, eso no era verdad. Ahora tenían otra vida. Antes, ellos le pertenecían. Ahora le daban su tiempo y su afecto pero se habían reunido con los suyos. Habían podido optar. Ella no debía lamentarlo. Era lo correcto y lo natural.

Y así era la vida en ese momento. Correcta, natural y todo en su sito.

Y volviéndose más cristalina a cada minuto que pasaba.

Kelby apagó el motor al aproximarse al *Trina*.

La otra gabarra no estaba.

No tengas miedo. Nicholas pudo haber ido a Lanzarote a comprar suministros... ¿O qué, maldita sea?

Nicholas no se había llevado la gabarra. Caminaba por la cubierta hacia Kelby.

—¿Dónde está la otra gabarra? —preguntó Kelby cuando subió a bordo—. ¿Y dónde está Melis?

—La gabarra está en un embarcadero de Lanzarote. Y lo más probable es que Melis esté tomando un avión en Las Palmas.

—¿Qué?

—*Pete* ha vuelto. Ella ha ído a nadar con los delfines y cuando ha regresado a bordo ha hecho las maletas y se ha marchado.

—No me ha llamado. Y tú tampoco.

—Me ha pedido que no lo hiciera.

—¿Qué demonios es esto? ¿Una conspiración entre vosotros dos?

—Bueno, creí que no podía estar en peor lugar en tu lista.

—Te equivocaste.

Nicholas se encogió de hombros.

—Ha dicho que necesitaba regresar a la isla. Ha pasado por un infierno. Me doy cuenta de que necesita un tiempo de reposo.

—Entonces, ¿por qué no ha querido hablar conmigo de eso?

—Tendrás que preguntárselo. —Buscó en su bolsillo—. Te ha dejado una nota.

La nota tenía sólo dos líneas.

Regreso a la isla. Por favor, cuida a Pete *y* Susie.

Melis.

—¡Cabrona!

Isla Lontana

La puesta de sol era hermosa, pero ella añoraba a *Pete* y *Susie* cuando iban a darle las buenas noches.

Pero no solo añoraba aquello.

Melis enderezó los hombros, se dio la vuelta y abandonó la galería. Tenía trabajo que hacer y no había por qué aplazarlo. Había hecho lo que tenía que hacer. Que ocurriera lo que tuviera que ocurrir.

Fue al dormitorio y abrió su maleta. Allí debían estar unas cajas. Seguramente olerían a...

—¿Qué demonios estás haciendo?

Se quedó inmóvil. Tenía miedo de volverse.

—¿Kelby?

—¿Qué otra persona podría atravesar las barreras que eriges en torno a ti? —dijo él con brusquedad—. Me sorprende que no hayas conectado la alta tensión para mantenerme alejado.

—Yo no haría eso. —Le temblaba la voz—. Nunca te haría daño.

—Pues bien que lo has intentado. Vuélvete, maldita sea.

Ella respiró profundamente y se volvió para mirarlo de frente.

—¿Qué tipo de nota es ésta? —Le tiró una pelota de papel a los pies—. Sin una despedida. Sin ninguna razón. Ni siquiera «me alegro de conocerte». Sólo «cuida a los delfines».

—¿Ésa es la razón por la que has cruzado medio mundo? ¿Porque estás enfadado?

—Es una razón suficiente. —Dio cuatro pasos y la tomó por los hombros—. ¿Por qué te fuiste?

—Tenía que regresar a la isla y empacar. No puedo seguir viviendo aquí.

—¿Y adónde pensabas irte?

—Encontraré trabajo en alguna parte. Estoy cualificada.

—Pero no regresabas conmigo.

—Eso depende.

—¿De qué?

—De si me querías lo suficiente. De que me siguieras.

—¿Es algo así como una prueba? —Las manos de él se tensaron sobre los hombros de ella—. Sí, te quiero lo suficiente. Te seguiría hasta el infierno, ida y vuelta. ¿Eso es lo que querías oír?

La alegría la inundó.

—Sí.

—Entonces, ¿por qué demonios te largaste? Te hubiera dicho eso mismo cuando regresé al barco. Lo único que tenías que hacer era hablar conmigo.

—Tenía que dejarte escoger. Podrías haber leído la nota y decir: «a la mierda con esa zorra grosera». Te di la oportunidad de hacerlo.

—¿Por qué?

—Prometí que no te ataría.

—Era yo quien estaba muy atado a ti.

—Pero ya no tenías razón para hacerlo. Tienes Marinth. Archer está muerto. Yo tenía que ser esa razón. La única razón. —Lo miró a los ojos—. Porque yo lo valgo, Kelby. Puedo darte más que Marinth, pero tienes que darme lo que yo necesito.

—¿Y eso es?

—Creo... que te amo. —Melis se humedeció los brazos—. No, es verdad que te amo, sólo que me cuesta trabajo decírtelo. —Se llenó los pulmones de aire. Lo que iba a decir ahora le resultaba más difícil—: Y no quiero seguir estando sola.

—Dios mío. —La apretó contra sí y ocultó la cabeza de ella en su hombro—. Melis...

—No tienes que decir que me quieres. Prometí que no...

—A la mierda tu promesa. Nunca te la exigí. No la quiero. —La besó con fuerza—. Yo tampoco quiero estar solo. Ya me tenías contra las cuerdas antes incluso de que saliéramos de aquí. —Le tomó el rostro entre las manos—. Escúchame. Yo te amo. Te lo habría dicho hace mucho tiempo si no hubiera tenido miedo de que huyeras de mí. Agradecías mucho que lo nuestro fuera tan bello sin implicar compromiso alguno.

—Sólo estaba siendo justa contigo.

—No quiero que seas justa. Quiero que me hagas el amor, que comas conmigo, que duermas conmigo. —Hizo una pausa—. Y cuando estés absolutamente segura de que soy el hombre con el que quieres pasar los próximos setenta años, quiero que nuestro compromiso sea tan fuerte como el acero. ¿Entiendes?

Una sonrisa brillante iluminó el rostro de Melis.

—No tengo que esperar para estar segura.

—Sí, tienes que hacerlo. Porque conmigo no hay marcha atrás. Viste cómo era yo con respecto a Marinth. Multiplica eso por infinito y verás que difícil te lo pondría si quisieras dejarme. —Le rozó la frente con un beso—. Tendrías que irte a vivir con los delfines.

—No tengo los pulmones necesarios.

—Entonces, es mejor que te quedes conmigo.

Ella reclinó la cabeza sobre el pecho del hombre.

—Creo que tienes razón —susurró.

Abandonaron Isla Lontana a la tarde siguiente.

Mientras la lancha aceleraba tras detenerse en las redes, Melis miró atrás a la isla, resplandeciente en la niebla vespertina.

—Es un sitio hermoso —dijo Kelby en voz baja—. Lo vas a extrañar.

—Durante un tiempo.

—Te compraré otra isla. Más grande, mejor.

Ella sonrió.

—Eso es propio de ti. No quiero una isla. Ahora no. Quiero quedarme contigo en el *Trina*. —Frunció el ceño—. ¿No puedes cambiarle el nombre?

—¿Ya pretendes dominarme? ¿Le pongo tu nombre?

—Por dios, no.

—¿El de nuestro primer hijo?

Los ojos de ella se abrieron más.

—Quizá —dijo con precaución—. ¿Ya estás pensando en un compromiso?

Él sonrió.

—No he dicho nuestro tercer o quinto hijo.

—Quizá *Trina* sea un buen nombre por un tiempo.

—Cobarde.

—Tienes que hacer que Marinth vuelva a la vida. Yo tengo que estudiar a los delfines que viven allí. Tengo la idea de que van a ser diferentes de todos los que he observado. Vamos a estar muy ocupados.

—Y tienes que cuidar a *Pete* y *Susie*.

Ella asintió.

—Siempre.

—Pero los dejaste a mi cuidado.

—Si no hubieras venido a buscarme, yo habría regresado y habría encontrado una manera de tenerlos controlados. Son responsabilidad mía.

—Quizá después de todo necesites una isla. Me hablaste de todos los peligros que acechan a los delfines en libertad. ¿Estás segura de que no quieres que tengan un refugio seguro?

—No, no estoy segura. Eso depende de las condiciones. Si tú controlas el proyecto, tendrás poder para proteger a los delfines. —Sus labios se pusieron tensos—. Si no, podríamos reunirlos a todos y llevarlos a un lugar seguro.

Él rió entre dientes.

—No me parece que este sitio aguante a todos esos centenares de delfines, pero podríamos intentarlo.

Melis sacudió la cabeza.

—Voy a legarle la isla a la fundación Salvar a los Delfines, en nombre de Carolyn. Eso irritará constantemente a Phil. Estoy segura de que pensó que finalmente se la devolvería. Sin barco. Sin isla. Tendrá que comenzar de cero.

—No lo creo.

Hubo una nota en su voz que hizo que ella lo mirara a la cara.

—¿No?

Kelby negó con la cabeza.

—¿Está muerto? —susurró Melis.

—Cayó del acantilado.

—¿Tú?

—No. Y eso es todo lo que pienso decir sobre ese tema.

Entonces, debió de haber sido Nicholas. Ella se quedó en silencio, dejando que la noticia se asentara. Todos esos años trabajando con Phil, protegiéndolo. Parecía extraño aceptar que hubiera muerto.

—No siento otra cosa que alivio —dijo finalmente—. Tenía tanto miedo. Hubiera seguido intentando quitarte Marinth y yo no habría podido permitir que eso ocurriera. Todo eso es para ti.

Él sonrió.

—Todo, no.

—Es bueno saberlo.

Melis volvió a mirar atrás, a la isla. A esa distancia parecía más pequeña, más sola. Tantos años, tantos recuerdos de *Pete* y *Susie*.

Pero vendrían años mejores, surgirían recuerdos más ricos. ¿Qué pasaba por sentirse algo triste? Afróntalo.

Y ella sabía cómo hacerlo exactamente.

Extendió el brazo y cubrió la mano de Kelby con la suya.

Maravilla.

Otros títulos publicados en
books4pocket romántica

Julia Quinn
El vizconde que me amó

Mary Jo Putney
Una rosa perfecta